Chasing Cassandra

by Lisa Kleypas

カサンドラを探して

リサ・クレイパス
緒川久美子[訳]

ライムブックス

カサンドラを探して

主要登場人物

カサンドラ・レイヴネル……………………伯爵家の令嬢
トム・セヴェリン……………………………鉄道会社経営者
パンドラ………………………………………カサンドラの双子の姉妹
セントヴィンセント卿ガブリエル・シャロン……クラブ経営者。パンドラの夫
トレニア伯爵デヴォン・レイヴネル………カサンドラのいとこで後見人
ケイトリン……………………………………デヴォンの妻
ウェストン（ウェスト）・レイヴネル……デヴォンの弟
フィービー……………………………………ウェストの妻
リース・ウィンターボーン…………………百貨店経営者。カサンドラの義兄
クリストファー・バーナビー………………トムの個人秘書兼補佐役
バズル…………………………………………トムが清掃係として雇う浮浪児
レディ・バーウィック………………………カサンドラの付き添い役
アデリア・ハワード…………………………子爵家の令嬢
ガレット・ギブソン…………………………医師
ランバート卿ローランド……………………侯爵家の跡継ぎ
リポン侯爵……………………………………ローランドの父親
アンクル・バティ……………………………浮浪児たちの元締め

1

一八七六年六月
英国、ハンプシャー州

結婚式に来ることにしたのは間違いだった。

といっても、トム・セヴェリンは上品さや礼儀作法が要求される場所が嫌いというわけではない。招待されていない場所に押しかけるのは好きだった。押しかけても、とてつもない金持ちである彼を誰も追い返そうとはしない。だがレイヴネル家の結婚式もふつうの結婚式と同じく退屈きわまりないということを、予想してしかるべきだった。ロマンチックなたわごとに冷めた食べ物、そしてどこを見ても花、花、花。今朝行われた式は領地内の小さな礼拝堂にコヴェントガーデン市場の花をすべて運び入れたのではないかと思うほどで、濃厚なにおいに軽く頭痛を覚えた。

トムは古いジャコビアン様式の屋敷の中を歩き回って静かな場所を見つけ、椅子に座って目をつぶった。玄関前にはハネムーンに出発する新婚夫婦を見送るために、客たちが集まっている。

ウェールズ出身の百貨店経営者リース・ウィンターボーンなど数少ない例外を除いて、集まっている人々はほとんどが貴族だ。つまり彼らの会話はキツネ狩り、音楽、偉大なる先祖の話など、どれもこれもトムにとってはどうでもいい話題で構成されている。ビジネスや政治など彼が興味を持てることを話す者は、誰もいない。

年を経たジャコビアン様式の屋敷は貴族の田舎屋敷によくあるように、くたびれてはいても豪華な造りだ。けれどもトムは古いものが好きではなかった。黴(かび)くさいにおい、何世紀もかけて降り積もった埃(ほこり)、すり切れた絨毯(じゅうたん)、平らでなくゆがんでいる年代物の窓ガラスなどにはまるで惹(ひ)かれないし、これらを取り巻く田舎の風景にも魅力を感じなかった。うねうねと続く緑の丘、葉が生い茂った木々、石灰質の土壌から湧きでる澄んだ水の流れ。自然に恵まれたハンプシャーを世界で最も美しい場所だと思う者は多いだろうが、トムは自然のままの場所を見れば道や橋や線路を作りたくなる。

人々の歓声や笑い声が静かな屋敷の中にもかすかに響いてきた。新婚のふたりが生米を浴びせられて、逃げだしているのだろう。ここにいる誰もが心から彼らの結婚を祝っているのが伝わってきて、トムはかすかないらだちと同時に戸惑いを覚えた。まるで彼以外の全員が秘密を共有しているのに、ひとりだけその中身を知らないかのようだ。

鉄道と建設業で財を成したあとは、もう他人に羨望を抱くことはないと思っていた。それなのにいま、古い朽木が内側を虫に食い荒らされるように、胸の内側を羨望にむしばまれている。だが、そんなことはまったく意味が通らない。トムはこの屋敷に集まっているほとんどの人間より幸せなのだ。あるいは裕福だと言い換えてもいい。このふたつはほぼ同義だ。それなのになぜ幸せだと感じないのだろう。そもそも最後に何かを感じたのは何カ月も前だ。これまで興味を覚えていたものに食指が動かなくなってきていると、自分でも認めざるをえなかった。以前は喜びを感じられたものに、うんざりしてしまう。美女の腕の中で夜を過ごしても、満足できない。こんなことは初めてで、どうすればいいのかわからず途方に暮れていた。

それで、一〇年以上前からの知り合いであるデヴォン・レイヴネルとウェスト・レイヴネルと過ごしてみれば何かつかめるかもしれないと思い、トムはここに来たのだった。昔は彼ら三人を含む悪友たちと、ロンドンで酒を飲んでは大騒ぎしたものだ。だが、あれからレイヴネル兄弟を取り巻く環境は変わった。二年前、デヴォンは思いがけなく伯爵位を継ぎ、一族の長として責任を担うようになった。かつては大酒を食らって気楽に騒いでいたウェストも、兄の領地を管理して小作人をまとめ、天候を常に気にかけている。あの男が天気の話をするようになるとはと、トムは苦い顔をした。以前は一緒にいてあれほど楽しかったレイヴネル兄弟は、その他大勢と同じつまらない人間に成りさがってしまった。

誰もいない音楽室に入ると、暗い片隅に大きな布張りの椅子があるのが目に入った。トムはそれを入り口に背を向けるように置き直して座り、目を閉じた。音楽室は地下墓所のように静かで、時計の針が動く音しかしない。なじみのない疲労感に霧のように柔らかく包まれ、トムはため息をついた。人々は彼の活力や目まぐるしい生き方を冗談の種にして、誰もついていけないと言う。だがいまは、彼自身が自分についていけずにいた。

この状態から抜けだすために、何か手を打つ必要がある。

もしかしたら、結婚すべきなのかもしれない。トムももう三一歳。妻を持ち子を成すべき年齢だ。ここには適齢期の若い女性が大勢来ていて、彼女たちは血筋も育ちも申し分ない。そこからひとり選んで結婚すれば、彼の社会的な価値が上がるというものだ。トムはレイヴネル姉妹を思い浮かべた。長女のヘレンはリース・ウィンターボーンと結婚しているし、レディ・パンドラは今朝セントヴィンセント卿の妻となった。だがもうひとり、パンドラの双子の片割れであるカサンドラが残っている。

まだ正式には紹介されていないものの、昨日の夕食の席で彼女を見かけた。あちこちに置かれた植物や銀の燭台の隙間からちらりと見えただけだが、若くて金髪で物静かだった。トムが妻に求める資質はそれがすべてとは言えないけれど、最初の候補としてはまずまずだろう。

誰かが部屋に入ってくる音が聞こえ、トムはわれに返って毒づいた。この階には誰もいない部屋がいくらでもあるのに、なぜわざわざここへ来るのだろう。トムは立ちあがろうとしたが、女性がすすり泣く声を聞いてあわてて身を縮め、よりによって泣いている女かと心の中で舌打ちをした。

「ごめんなさい。どうして涙が出てくるのか、自分でもわからないの」震えている声に聞き覚えはない。

一瞬、トムは自分が話しかけられたのだと思ったが、すぐに男性の声が響いた。

「ずっといちばん近くにいた人間と離れ離れになるのは、簡単に受け入れられることではないと思うよ。きみたちは双子なんだからね」ウェスト・レイヴネルだった。だがその声はトムがこれまで聞いたことがないほど温かくやさしい。

「離れたらどんなに寂しいかと思うと、どうしても泣けてしまって。でもパンドラが本当に愛せる人と出会えたのはうれしいのよ。嘘じゃないわ――」女性の声がひび割れる。

「ああ、わかっている。さあ、このハンカチで喜びの涙を拭くといい」

「ありがとう」

「言っておくが、少しばかり嫉妬のようなものを覚えたとしても、ちっともおかしいことではない。きみは結婚相手を見つけたいとずっと言っていた一方、パンドラは絶対に結婚しないと宣言していたんだから」

「嫉妬なんてしていないわ。心配なだけ」女性は小さな音をたてて洟をかんだ。「これまでものすごい数の晩餐会や舞踏会に行って、いろいろな男性と出会ったわ。中には感じのいい人もいたけれど、どうしてもいやな部分がない代わりに、どうしてもこの人でなければとも思えなかった。いまではもう最初から愛せる人を見つけるのはあきらめて、穏やかな愛情をゆっくりとはぐくんでいけそうな人を探しているだけ。なのに、そういう相手でさえ見つけられない。たぶん、わたしがおかしいのよ。きっと〝オールドミス〟のまま終わるわ」

「〝年老いた乙女（オールドミス）〟なんてものはいないよ」

「じゃあ、一度も結婚したことのない中年の女をなんて呼ぶの？」

「求めるものがはっきりわかっている女性のことを？」

「あなたはそう言うけれど、ほかの人たちはオールドミスと呼ぶわ」陰鬱な雰囲気の間が空く。「それに、いまのわたしは太りすぎているし。ドレスが全部きついの」

「前と変わらないように見えるが」

「ゆうべ背中のボタンが留まらなくて、ドレスを直さなくてはならなかったのよ」

その言葉を耳にしたトムは、体をひねって椅子の背越しにのぞき見をして驚きに息をのんだ。

生まれて初めての衝撃だった。

その女性は炎か陽光を思わせるほど、まばゆく美しい。温かみのある金色に光り輝く彼女を見ていると、胸の中の空洞がうずいて切ない思いが込みあげた。彼女こそ、自分が恵まれない子ども時代に逃してきたすべてであり、失ってきた希望と好機だ。

「いいかい、よく聞いて」ウェストがやさしい声でなだめる。「心配する必要はない。きみはこれから運命の相手に出会うのかもしれないし、すでに出会っている男の価値にこれから気づくのかもしれない。つきあっていくうちに、だんだんよさがわかる男もいるからね。牡蠣（かき）やゴルゴンゾーラチーズのように」

彼女が震える息を吐いた。「ねえ、ウェスト。わたしが二五歳になっても結婚していなくて、あなたも独身だったら、わたしの牡蠣になってくれる？」

ウェストが虚を突かれたように彼女を見つめた。

「ふたりとも誰からも望まれなかったら、結婚する約束をしましょうよ。いい妻になるわ。わたしの夢は家族を持って、みんなが安心して過ごせる幸せな家庭を作ることなの。わたしがしつこく文句を言ったり、ドアを叩きつけたり、隅っこでふくれっ面をしたりしないのは、あなたも知っているでしょう？ ただ、世話をしてあげられる人が欲しいだけ。誰かにとって意味のある存在になりたいの。だから断る前に――」

「レディ・カサンドラ・レイヴネル」ウェストがさえぎった。「それはナポレオンがロシアに侵攻したとき以来のばかげた考えだ」

彼女は相手にとがめるような視線を向けた。「どうして？」

「理由は数えきれないほどあるが、まず、きみはぼくには若すぎる」

「あなたは、わたしの双子の片割れと今朝結婚したセントヴィンセント卿と変わらない年じゃないの」

「内面は彼より何十も年上さ。ぼくは実際よりも年老いている。信じたほうがいい。本当はぼくの妻なんかになりたくないはずだ」

「寂しい思いをするよりはましよ」

「ばかばかしい。〝独身であること〟と〝寂しいこと〟は別物だ」ウェストはカサンドラの涙に濡れた頬に張りついた金色の巻き毛を耳にかけてやった。「さあ、冷たい水で顔を洗っておいで。そして――」

「ぼくがきみの牡蠣になろう」トムはいきなり口をはさんだ。椅子から立ちあがって、驚きに固まっているふたりに近づいていく。

トム自身、自分の行動にいささか驚いていた。彼に得意なことがあるとすれば交渉ごとだが、こんなふうに始めるのはとてもいい交渉とは言えない。いま発した言葉で、自分をきわめて弱い立場に置いてしまったからだ。

だがトムはカサンドラが欲しくてたまらず、どうしても我慢できなかった。

彼女に近づけば近づくほど、頭が正常に働かなくなる。心臓は不規則なリズムで激しく打ち、肋骨にぶつかるのが感じられるくらいだ。

カサンドラが助けを求めるようにウェストに身を寄せ、頭のどうかしている人間を見るような目をトムに向けている。しかしトムは彼女を責められなかった。こんな申し出をしてしまったことをすでに後悔しているとはいえ、いまさら取り消せるものでもない。

ウェストがトムをにらみつけた。「セヴェリン、いったいここで何をやっているんだ?」

「椅子に座って休んでいたのさ。きみたちが話しはじめて、出ていくタイミングを逃してしまった」トムはカサンドラから目をそらせなかった。彼女の驚きに見開かれた目は、流すことを忘れた涙が星のように輝き、やさしい夜空のようだ。甘美な曲線を描く体には鋭角的な部分も直線的な部分もいっさいなく……どこもかしこも官能的で魅惑的で柔らかそうだ。もし彼女が自分のものになったら……ようやくトムもほかの男たちと同じ安らぎを得られるかもしれない。常に飢えを感じ、決して満たされることなく一分一秒を惜しんで走りつづけることから解放されるかもしれない。

「きみと結婚しよう。きみの都合がいいときに、きみが出す条件で」トムは言った。ウェストがカサンドラを扉に向かってそっと押しやる。「さあ、行って。この頭のおかしな男とは、ぼくが話すから」

カサンドラは戸惑った様子でうなずき、ウェストに従った。

廊下に出た彼女に、トムは思わず声をかけた。「ちょっと待って」

カサンドラがゆっくりと戻ってきて、戸枠の向こうからトムを見た。

トムは何を言えばいいのかわからなかったが、カサンドラに自分は完璧ではないと思わせたまま立ち去らせたくなかった。どう考えても彼女は完璧なのだから。

「きみは太りすぎてなんかいない」トムはぶっきらぼうに言った。「この世にきみである部分が増えれば増えるほど素晴らしい」

女性に対するお世辞としては、洗練されても、ふさわしくもない言い草であることは間違いない。けれども、カサンドラがふたたび身をひるがえして去っていく前にちらりと見えた青い目には、おかしそうなきらめきがたしかに見えた。

獲物のにおいを追う猟犬のように彼女を追っていきたくて、トムの体じゅうの筋肉が緊張する。

だが、戸惑いと怒りを浮かべたウェストににらみつけられている。

トムは何か言われる前に、あわてて口を開いた。「彼女をもらえないか？」

「だめだ」

「どうしても欲しい。頼む、彼女を――」

「だめだ！」

トムは本格的に交渉に乗りだした。「きみも彼女が欲しいんだな。よくわかる。それなら交渉しよう」

「レディ・カサンドラとは結婚しないと言ったのを、聞いていたはずだぞ」ウェストがいらだって指摘した。

ウェストが本気で断ったなどと、トムは一瞬たりとも信じていなかった。男性機能が正常に働いている男が身を焦がすような情熱でカサンドラを求めずにいられるなんて、ありえないからだ。「あれは彼女を釣りあげるための戦略だろう。だが譲ってもらえるなら、鉄道会社の四分の一をやろう。掘削会社の株と現金もつける。いくら欲しいか言ってくれ」

「いよいよおかしくなったか？　レディ・カサンドラを傘みたいに気軽に受け渡しできるものか。それに、たとえ傘だって、きみにはやらない」

「彼女を説得することはできるだろう？　信用されているようだから」

「その信用を裏切ると思っているのか？」

トムはわけがわからず、いらだった。「利用するつもりがないなら、誰かの信用を得ることになんの意味がある？」

「セヴェリン、レディ・カサンドラがきみと結婚することは絶対にない」ウェストが憤慨して言った。

「だが彼女は、ぼくがずっと求めていたものなんだ」

「どうしてそうだとわかる？　きみが見たのは、金髪に青い瞳の若い美女だ。彼女の中身がどんなふうかなど、ちっとも考えていないだろう」

「ああ、そんなものはどうだっていい。あの外見が手に入るなら、中身は彼女の好きにしてくれてかまわない」ウェストの表情を見て、トムは弁解した。「ぼくが感傷的な人間でないことはわかっているだろう？」

「人間らしい感情がないってことをか？」ウェストの言葉は辛辣だった。

「感情ならある。自分がそう望むときは」

「ぼくの中にはいま、ものすごい量の感情が渦巻いている。そのせいできみの尻を蹴りあげてしまう前に、とっとと部屋を出ていくことにする」ウェストは刺すような視線をトムに向けた。「レディ・カサンドラに近づくな。手を出したいなら、別の無邪気な娘を見つけろ。きみを殺したい理由なら、すでに充分すぎるほどあるんだ」

トムは眉を上げた。「きみたちと契約したときのことで、まだ恨んでいるのか？」

「この先もずっと恨むさ。うちの領地に属する鉱業権をだまし取ろうとしたんだからな。ぼくたちが破産の瀬戸際にあることを知っていたのに」

「それがビジネスだ」

「その金がどれほど欲しくても？」

「つまりきみは、友人に金をだまし取られそうになっても気にしないっていうのか？　その金がどれほど欲しくても？」

「友情とビジネスは別のものさ」

「たしかにぼくはいつだって金が欲しい。だからいまこれほど持っているんだ。でも友人がだまし取ろうとしても気にしないね。そうしようと試みたことに敬意を表する」

「本当にそうなんだろうな」ウェストの口調は褒めているようには聞こえなかった。「きみはメジロザメのごとく底なしの欲望を持つ冷血なろくでなしだが、少なくともいつだって正直だ」

「きみはいつだって公平だ。だから頼む。レディ・カサンドラにぼくの悪い部分だけでなく、いいところも伝えてほしい」

「どんないいところがあるっていうんだ」ウェストが歯に衣を着せずに問い返した。

トム自身、少し考えなくてはならなかった。「どれだけ金持ちかってこととか？」

ウェストはうなって首を横に振った。「どれだけ自分勝手なやつかわかっていなかったら、気の毒に思うところだ。こういう状態のきみは前にも見たことがあるから、この先どうなるかは予想がつく。きみはそのやみくもな衝動のおかげで、とんでもない数の家屋や馬や絵を所有している一方、同じ数の失望にも襲われてきたはずだ。それはどうしたって避けられない。欲しくてたまらなかったものを手に入れたとたんに興味を失うんだから。それがわかっているのに、レディ・カサンドラに求愛するのをぼくやデヴォンが許すと思うのか？」

「妻に興味を失うことはない」

「どうしてそう言いきれる？」ウェストは静かに問いかけた。「きみにとっては追いかける喜びがすべてなんだ」

2

カサンドラは音楽室を出るとすぐに階段を上がり、部屋に戻って顔を洗った。濡らした冷たい布を目に当てているうちに赤みは引いたが、パンドラの乗った馬車を見送ったときから始まった鈍い痛みに効く薬はなかった。これまで常に隣にいた半身が、夫であるセントヴィンセント卿と過ごす新しい人生へと旅立ってしまった。いまやカサンドラはひとりぼっちだ。

ふたたび泣きたくなるのを懸命にこらえながら、カサンドラは広い玄関広間の左右に設けられた大階段をゆっくりとおりた。幾何学式庭園に形式張らないビュッフェ式の食事が用意されているので、彼女も行ってみんなと話さなくてはならない。出入り自由のその場所には温かいパンやポーチドエッグをのせたトースト、炭火焼きのウズラ、フルーツサラダ、スポンジとムースで作ったシャルロットケーキなどが用意されていて、それぞれが金縁の皿に好きなものを好きなだけ取る。飲み物はコーヒー、紅茶、冷やしたシャンパンなどを、従僕たちがトレイにのせ、玄関広間を横切って運んでいた。

いつもなら、カサンドラはこういう催しが大好きだった。おいしい朝食には目がなく、甘いデザートまであるとなればなおさらで、しかもシャルロットケーキは彼女のお気に入りだ。

それなのにいまは、誰かとおしゃべりをする気分になれない。さらに最近は甘いものを食べすぎている。昨日のお茶の時間にはジャムのタルトをおかわりしたし、夕食のときには料理と料理のあいだに果物のアイスを何度も食べた。加えて、ぱりぱりの砂糖衣がかかった濃厚なアーモンドクリーム入りエクレア。大皿にのったプディングに添えられていた小さなマジパンの花をひとつ食べたことも、忘れてはならない。

カサンドラは階段を半分おりたところで足を止め、いつもよりきつくコルセットで締めあげている腹部に手を当てて、息を整えなければならなかった。コルセットはふだんからしているが、それは背中を支えて美しい姿勢を保つためで、もっとゆるくしている。けれども今日は特別な機会なのできつくしているうえに最近太ったこともあり、苦しくて息ができず、暑くてたまらなかった。コルセットのせいで、空気が肺の上のほうにしか入らない。彼女は赤く上気した顔で階段の隅に座り込むと、手すりにもたれた。ふたたび涙が込みあげ、目の縁がちくちくする。

〝もう、こんなことじゃだめだわ〟カサンドラは自分に腹が立ち、ドレスの内側に隠れているポケットからハンカチを出して、目からこぼれ落ちた涙に押し当てた。ところがしばらく経って、誰かが静かに階段をのぼってくるのに気づいた。

迷子の子どもみたいに階段に座り込んで泣いているのを見つかったきまり悪さに、あわてて立ちあがろうとする。

だが低い声に止められた。「いや……どうかそのままで。これを渡したかっただけだから」

涙にかすんではいたものの、トム・セヴェリンの姿を確認できた。彼女の一段下に立って、両手にひとつずつ冷えたシャンパンの入ったグラスを持っている。彼は片方のグラスを差しだした。

カサンドラは受け取ろうと手を伸ばしかけてためらった。「シャンパンはパンチで割ったものじゃないと、飲んではいけないことになっているの」

ミスター・セヴェリンの大きな口の片端が持ちあがった。「誰にも言わないよ」

カサンドラはグラスをありがたく受け取って、すぐに口に運んだ。泡立つ冷たい液体は心地よく、乾いて突っ張っていた喉を潤していく。

「ありがとう」

彼は小さくうなずくと、すぐに向きを変えた。

「待って」彼にまだいてほしいのか離れてほしいのかわからないまま、カサンドラは声をかけた。

ミスター・セヴェリンが振り返って、問いかけるようにこちらを見た。

音楽室で会ったとき、カサンドラは動揺していて彼のことをよく見ていなかった。背を向けて置かれていた椅子からいきなり飛びだし初対面の女に結婚を申し込むという突飛な行動に、あっけに取られてしまったせいだ。それに、ウエストに泣きながら打ち明けた話を聞かれたことが恥ずかしくてたまらなかった。ドレスを直さなければならなかったと知られ、穴があったら入りたいくらいだ。

でもいまこうして向き合うと、ミスター・セヴェリンがどれだけ魅力的かに気づかずにはいられなかった。見事に引きしまった長身、黒っぽい髪、くすみのない色白の肌、どことなく無慈悲な印象を与える濃い眉。ただし顔の造作のひとつひとつは、長い鼻、大きな口、細い目、鋭角的な頬や顎など取り立てて目を引くものではない。それなのにすべてが合わさるとなぜかひどく印象的で興味深く、いわゆるハンサムな男性よりはるかに心に残る。

「よかったら、一緒にどうぞ」気がつくと、カサンドラは誘っていた。

ミスター・セヴェリンはためらった。「本心から口にしているのかな?」

その質問に驚いて、カサンドラは考え込んだ。「そうね、よくわからないわ。ひとりになりたくはないけれど……誰かと一緒にいたいわけでもないの」

「それならぼくは理想的な相手だ」ミスター・セヴェリンが彼女の隣に座った。「なんでも好きなことを話せばいい。ぼくは道徳に照らしてあれこれ口を出したりしないから」

カサンドラはトム・セヴェリンの目に心を奪われ、すぐには言葉が出てこなかった。両目とも青い虹彩(こうさい)に鮮やかな緑の斑点が散っているが、片側は明らかに緑の分量が多い。

「あれこれ口を出さない人なんていないわ」カサンドラは反論した。

「ぼくはそうなんだ。善悪の基準が人と違うから。道徳に関しては虚無主義の立場を取っている」

「虚無主義?」

「絶対的に正しいことも間違っていることもないという考え方だ」

「ひどい考え方ね」

「そうだな」ミスター・セヴェリンが申し訳なさそうな表情を浮かべた。

そのへんの育ちのいい娘なら彼の言葉に衝撃を受けるところだろうが、カサンドラは規格外の考え方をする人間に慣れている。なんといっても、パンドラと一緒に育ったのだ。何を考えつくのか予測不能なパンドラは、耐えがたいほど隔離された生活に活気をもたらしてくれた。考えてみると、ミスター・セヴェリンの中に渦巻いているエネルギーはパンドラのそれとどことなく似ていた。目を見れば、彼らの頭が凡人の何倍もの速さで回転しているのがわかる。

カサンドラはシャンパンをもうひと口飲み、泣きたい衝動が去って楽に呼吸できるようになっていることに気づいてほっとした。

「あなたは天才なんでしょう？」デヴォンとウエストとミスター・ウィンターボーンの三人が話していたときのことを思いだして、カサンドラは訊(き)いた。彼らは、鉄道会社を所有する大金持ちの友人、ミスター・セヴェリンを、これまで会った中で商売の目先が最もよくきくと評していた。「頭のいい人って、ときどき単純なことをすごく複雑に考えてしまうのよね。あなたが正しいことと間違っていることの見分けがつかないのは、それが原因かもしれないわ」

ミスター・セヴェリンがにやりとした。「ぼくは天才ではない」

「謙遜しているのね」

「そういうわけじゃない」ミスター・セヴェリンはシャンパンを飲み干してグラスを置くと、カサンドラのほうを向いた。「平均以上の知能と写真のように正確な記憶力は備わっている。だが、それを天才とは呼ばない」

「なんて興味深いのかしら。つまり、あなたは頭の中で写真を撮っているの？」さらに奇妙なことを言われて、カサンドラは落ち着かない気分になった。

彼女の心の中を読んだかのように、ミスター・セヴェリンが唇をゆがめた。「そういうことではない。全景よりも細部情報を覚えるほうが得意なんだ。特に一覧表や本のページなんかは、目の前にあるみたいに細部まで思いだせる。一度でも行ったことのある家の家具の配置や壁にかかっていた絵はほぼ記憶しているし、自分が署名をした契約書や仕事上の交渉のやりとりは一言一句頭の中に入っている」彼は長い指でこめかみを叩いた。

「冗談でしょう？」カサンドラは驚いた。

「残念ながら、冗談じゃない」

「どうしてそこまで頭がいいことが残念なの？」

「問題はそこだ。ものすごい量の情報を記憶できるからといって頭がいいわけではない。頭がいいかどうかは、その情報を使って何ができるかで決まる」ミスター・セヴェリンは苦笑した。「多くの記憶を抱えすぎた脳は正常に働かない。人間はいらない情報を忘れていくようにできているんだ。いらないものは邪魔になるだけだからね。それなのにぼくは成功したことだけでなく、そこに至るまでの失敗もすべて覚えている。犯した間違いや思わしくない結果をすべて記憶しているんだ。砂嵐の中にいるみたいに感じることがある。余計なごみがまわりを飛び交っていて、はっきり見渡せない」

「写真のような記憶力を持っているのは、すごく疲れることみたいね。でも、あなたはそれを最大限に利用している。かわいそうなんて言う人はいないと思うわ」

彼はにやりとしてうつむいた。「そのとおりだろうね」

カサンドラはシャンパンの最後の一滴を飲み干し、グラスを置いた。「ミスター・セヴェリン、個人的な質問をしてもいいかしら」

「どうぞ」

「どうしてあなたは、わたしの牡蠣になると言ったの？　わたしがきれいだから？」カサンドラは頬が熱くなるのを感じた。

ミスター・セヴェリンが顔を上げた。「それもある」恥じ入る様子をかけらも見せずに認める。「だが、きみの口にしたことも気に入った。しつこく文句を言ったり、ドアを叩きつけたりしないとも、愛を探すのはやめたとも言っていた。ぼくもそうだから、きみとはすごく合うと思う」彼は生き生きときらめく目を彼女と合わせた。

「愛が欲しくないわけではないのよ」カサンドラは反論した。「ゆっくりはぐくむことにしたというだけ。はっきり言うと、ちゃんと愛を返してくれる夫が欲しいの」

ミスター・セヴェリンはじっくり考えてから口を開いた。「考えてみてほしい。ハンサムとは言えないまでも、それほど見てくれの悪くない、うなるほど金を持っている夫が手に入るなら、どうだろう。もしその夫が親切で思いやりがあり、きみが求めるものをなんでも与えてくれるとしたら？　屋敷でも宝石でも外国旅行でも、専用のヨットでも豪華な鉄道車両でも。もしその夫が……」どう言えばいいのか考え込むように言葉を切る。「もしその夫がきみの庇護者と同時に友人になるとしたら？　それでも、きみを愛せないという理由だけで、彼は夫になれないのかな？」

「どうして愛せないの？　彼には心がまったくないの？」彼の言葉に、カサンドラは興味を引かれるのと同時に不安を覚えた。

「いや、心はある。だが人を愛することはできない。なんていうか……心が凍りついているんだ」

「いつから？」

彼は少し考えてから答えた。「生まれたときからかな」

「心が生まれつき凍りついている人なんていないわ。何かきっかけになるようなことがあったはずよ」

ミスター・セヴェリンがからかうような目を向けた。「どうして心について、そんなによく知っているんだい？」

「本で読んだから――」カサンドラは言いかけて、彼が低く笑っているのに気づいてむっとした。「たくさん読んでいるのよ。本から学べることがあるとは思わないの？」

「本に書かれていることと本物の人生はまったく違う」言葉とは裏腹に、青と緑が入りまじった瞳は楽しげに輝き、彼女の言ったことを気に入っているのがわかった。

「でも、本には生きている人間の生活が描かれているわ。本を読んでいると、つかのまでも別の人間になれるの。そして自分とは違う人間のことが、だんだん理解できるようになるのよ」小説には新聞記事や科学論文を山ほど集めたってかなわないほどの真実がある。

ミスター・セヴェリンはカサンドラの言葉に熱心に耳を傾けていた。まるで本にはさんで押し花にしたいとでも思っているかのごとく。「たしかにそうだ。ぼくも本を読むべきだな。お薦めはあるかい？」

「本を薦めることなどできないわ。あなたの好みがわからないもの」

「列車や船や機械や高い建物が好きだ。それから行ったことのない場所への旅行にも興味がある。そんな時間があったためしはないが。感傷的な話や恋愛ものは好きじゃない。歴史は眠くなる。奇跡や天使や幽霊は信じない」ミスター・セヴェリンは言い終えると、彼女がどう返してくるか期待するようにわくわくした表情を見せた。

「そうね……」どういう本なら彼の興味を引けるか、カサンドラは考え込んだ。「ちょっと考えさせて。ちゃんと楽しんでもらえる本を選びたいから」

ミスター・セヴェリンが微笑んだ。瞳にシャンデリアの光が無数に映り、きらきら輝いている。「ぼくの好みはいま話したとおりだが、きみの好みも教えてほしい」

カサンドラは腿の上で組んでいる両手に視線を落とした。「わたしが好きなのはほとんどがささやかなものよ」自嘲するように笑いを漏らす。「たとえばニードルポイントみたいな刺繍（ししゅう）とか編み物といった手仕事ね。絵も少し描くわ。スケッチをしたり、絵の具を使って描いたり。昼寝やお茶をすること、天気のいい日にのんびり散歩をすること、雨の日の午後に読書をするのも好き。特別な才能には恵まれていないし、大それた野望もないけれど、いつか自分の家族を持ちたいわ。それから……もっと人の役に立ちたいの。いまは小作人や村の知り合いのところに食べ物と薬を詰めたバスケットを届けているけれど、それだけじゃ足りない気がするわ。助けを必要としている人を本当の意味で助けられるようになりたい」短くため息をつく。「聞いていて退屈だったわよね。わたしたち双子のうち、みんなをおもしろがらせたり興奮させたりするのはパンドラのほうなの。みんなの記憶に残るのはパンドラで、わたしはいつだって〝パンドラじゃないほう〟」沈黙のあいだに、自分の言ってしまったことを後悔して、彼女は顔を上げた。「なぜあなたにこんな話をしてしまったのかしら。きっとシャンパンのせいね。いま言ったことは忘れて」

「そうしたいと思ってもできないな。それに忘れたくもない」ミスター・セヴェリンがやさしく言った。

「申し訳なかったわね」カサンドラは空のグラスを取って立ちあがり、ドレスの裾を直した。

ミスター・セヴェリンも自分のグラスを持って立ちあがった。「心配してくれなくても大丈夫だ。なんでも好きなことを言ってほしい。ぼくはきみの牡蠣なんだから」

いけないと思う前に、カサンドラは小さく噴きだしていた。「もう、それはやめて。あなたは牡蠣なんかじゃないわ」

「じゃあ、何か別の言葉に置き換えてくれてかまわない」ミスター・セヴェリンは階段をおりる彼女をエスコートするために、腕を差しだした。「だが事実は変わらない。どんなに些細なことでもいい。助けが必要なときは、ぼくが提供しよう。何も訊かないし、見返りは求めない。そのことを覚えておいてほしいんだ」

カサンドラはしばらくためらったあと彼の腕を取った。「覚えておくわ」階段をおりながら、当惑を隠せずに質問する。「でも、どうしてそんな約束をするの？」

「誰かをひと目で気に入ったことはないか？　気に入った理由はわからないが、そのうちきっとわかるだろうという気がすることが」

カサンドラは思わず顔をほころばせた。〝ええ、あるわ。いまよ〟とはいえ、そんな言葉を口にするのは厚かましいし、彼の気持ちに拍車をかけるようなまねはするべきではない。「あなたとはぜひお友だちになりたいわ、ミスター・セヴェリン。でも、残念ながら結婚は無理よ。わたしたちは合わないもの。わたしがあなたに与えられるのは、ごく表面的な喜びだけみたいだから」

「それでもかまわない。表面的なつきあいは大歓迎だ」

カサンドラは苦笑した。「ミスター・セヴェリン、わたしがずっと夢見てきた生活は、あなたにはかなえられないのよ」

「きみの夢がかなうことを願っているが、もしそれがかなわないなら、その次にいいものをぼくは与えられる」

「あなたの心が凍ってしまっているのなら、無理だわ」

ミスター・セヴェリンはにやりとしただけで黙っていたが、もう少しで階段の下まで着くというときに、カサンドラは戸惑ったようなつぶやきが聞こえたような気がした。

「実を言うと……ほんの少し溶けはじめているような気がする」

3

気軽なビュッフェ式の朝食の際、カサンドラはミスター・セヴェリンと慎重に距離を取っていたが、ほかの客と話している彼をこっそり盗み見ずにはいられなかった。彼は穏やかにくつろいでいて、人の注意を引こうとするようなまねはいっさいしていない。だが彼の正体を知らなかったとしても、どこか特別なところがあると気づいて、カサンドラは注目していただろう。彼はいかにもやり手という雰囲気で自信にあふれ、肉食獣のように隙がない。まさに力強い男性そのものだと、やはりそういう男性のひとりであるミスター・ウィンターボーンと話しているミスター・セヴェリンを見つめながら、カサンドラは考えた。ふたりは彼女が属している上流階級の男性たちとはまるで違う。綿々と受け継がれてきた伝統と行動基準を、生まれたときからすり込まれている男性たちとは。

ミスター・セヴェリンやミスター・ウィンターボーンは平民として生まれながら、自力で財産を築いた。しかし残念ながら、上流階級の人々はあからさまに利益を追求する行為を嫌い、ばかにする。たまたま富を得てしまったとでもいうように、控えめにしているべきだと思っているのだ。

カサンドラはもう何度目かで、上流階級で〝身分違いの結婚〟がこれほど忌避されていなければいいのにと思った。社交界へデビューした年に、ロンドンの上流社会に属するほぼすべての独身男性と顔を合わせた。その中から独身主義者で通っている男性、年配すぎる男性、体の弱い男性を除くと、結婚相手になりうる男性は二ダースほどに減る。社交シーズンが終わるまでに、そのうちの五人から求婚されたにもかかわらず、カサンドラがすべて断ったので、がっかりした付き添い役(シャペロン)のレディ・バーウィックから、姉のヘレンのようになると不機嫌な声で警告された。

「あの子は誰とでも結婚できたんだから。それなのに社交シーズンが始まってもいないうちにウェールズ人の食料品店の息子と結婚して、自分の可能性をすっかりつぶしてしまったの」

レディ・バーウィックの言い方は少し不公平というものだった。ミスター・ウィンターボーンは素晴らしい男性で、ヘレンを全身全霊で愛している。しかも祖父の食料品店を世界一大きな百貨店に育てあげ、とてつもなく裕福なのだ。とはいえ、レディ・バーウィックの反応はまさに上流社会の人々そのものだった。あちこちの客間で、ヘレンは結婚で身分を落としたと言われている。最も身分が高い面々が、ウィンターボーン夫妻を完全に受け入れることはない。だが幸い、ヘレンはそんなことが気にならないくらい幸せだった。

〝相手の男性を愛しているなら、結婚で身分がさがっても全然かまわない〟とカサンドラは考えているのに、残念ながら愛は欲しがっている人間の前には現れてくれないらしい。愛はいたずら好きな妖精と同じで、ほかのことで忙しい人間のところにこっそり忍び寄るものなのだ。

レディ・バーウィックが近づいてきて呼びかけた。「カサンドラ」長身で、四本マストの帆船のように堂々としている年配の女性だ。いつもジャムの中にパンくずが入っているのを見つけたような渋い顔をしている彼女を快活だと評する人間はいないが、賞賛すべきところはおおいにある。現実主義者でどうしようもないことにいつまでもこだわったりしない一方、求めるものを純粋な意志の力と粘り強さで手に入れるのだ。

「どうしてほかの人たちと一緒に座って食べないの？」レディ・バーウィックがとがめるように訊いた。

カサンドラは肩をすくめ、おずおずと言い訳をした。「パンドラが行ってしまって、ちょっと感傷的な気分になってしまったからです」

年上の女性の鋭い視線がやわらいだ。「次はあなたよ。あなたにはパンドラよりさらに素晴らしい男性を見つけてあげましょう」レディ・バーウィックはフォックスホール卿が友人たちと座っている遠くのテーブルに、ちらりと視線を向けた。「彼はウエストクリフ卿の跡継ぎだから、いまにこの国で最も由緒ある素晴らしい爵位を継いで、ここにいる誰より――セントヴィンセント卿より――身分が上になるわ。彼と結婚しなさい。そうすればパンドラよりも身分が上になって、晩餐会で彼女より前を歩けるわ」

「そうなったらパンドラは喜びます」カサンドラは無邪気でいたずら好きなパンドラを思い

浮かべて微笑んだ。「わたしが振り向けないのをわかっていて、あれこれ勝手なことをささやいてくるでしょうね」

それを聞いてもレディ・バーウィックはカサンドラのように楽しい気分にはならないらしく、つけつけと言った。「パンドラはわたしの教えにいつも逆らっていたわ。それなのに、なぜか身分の高い相手と結ばれたんだから、あなたも大丈夫。いらっしゃい。フォックスホール卿と話しに行きましょう。一緒にいるミスター・マースデンもなかなかいい結婚相手だし」

レディ・バーウィックに見張られながらあの兄弟と会話をしなければならないと思うと、カサンドラは身がすくんだ。「おばさま、あのふたりにはもう会っているんです。とても親切な人たちだけれど、わたしには合わないし、あの人たちのほうでもそう思っているはずです」

「なぜそんなふうに考えるの？」

「なんていうか……ふたりともすごく……活動的だから。あの人たちが好きなのは狩りや乗馬や釣りや戸外のゲーム。それにいかにも男性らしく、競争が好きだし……」カサンドラは言葉を切り、わかるでしょうとばかりに苦笑してみせた。

「マースデン家の子どもたちは、みんなそうだわ」レディ・バーウィックは賛成できないという気配をそこはかとなく漂わせた。「あれは母方の血ね。知っているでしょう？　アメリカ人なのよ。それでもふたりとも申し分のない教育を受けているし、ウェストクリフの財産はけた外れだから」

カサンドラは本心をはっきりさせることにした。「フォックスホール卿のこともミスター・マースデンのことも、絶対に愛せません」

「前にも言ったけれど、愛なんて関係ないのよ」

「わたしには関係あります」

「あなたが求めているのは、お気に入りのデザートみたいなものね。ソースの上に浮かんだ甘いメレンゲをスプーンですくおうと追い回しているうちに、いつの間にか崩れてしまっている」

「でもおばさまだって、その男性がほかのすべての点で結婚相手としてふさわしければ、愛しているという理由で結婚しても反対しないでしょう?」

「いいえ、反対するわ。愛から始まる結婚は必ず失望に行き着くものだから。一方、お互いに利益を求めて始まる関係は、安定した実りある結婚につながるのよ」

「ロマンチックな考え方とは言えません」

「最近はロマンチックな考え方をする若い女性が多すぎるのよ。そのために痛い思いをする女性もね。愛が判断を鈍らせ、コルセットの紐をゆるめさせるせいね」

カサンドラは重々しいため息をついた。「わたしもコルセットの紐をゆるめたい」だらだらといつまでも続く朝食会をあとにして階段を駆けあがり、部屋でいつものゆるいコルセットと快適なドレスに着替えるときが待ちきれなかった。

レディ・バーウィックが愛情を込めつつも、たしなめるような視線を向けた。「お茶のときにビスケットを食べすぎてはだめよ、カサンドラ。シーズンが始まるまでに少し痩せたほうがいいわ」

カサンドラは恥ずかしさに赤くなってうなずいた。

「あなたはいま危うい立場にいるのだと、わきまえておかなければ」レディ・バーウィックが静かに続ける。「あなたがデビューしたシーズンは素晴らしい結果だったわ。みんなから賞賛と嫉妬を向けられるほど、大変な美人だと認められたんだもの。でも求婚をすべて断ったことで、プライドが高くて虚栄心が強いという非難を集めてしまったのよ。何かあれば、男性の心をもてあそぶ女だと指さされることでしょう。もちろん、あなたがそんな子ではないことはわかっているわ。とはいえ、社交界では真実かどうかは関係ないの。噂話なんて嘘で成り立っていると言ってもいいくらい。だから今年のシーズン中に、必ずふさわしい男性からの求婚をお受けするのよ。それも早ければ早いほどいいわ」

4

「残念ながら答えはノーだ」妻と一緒にベッドでのんびりしている代わりにブランデーを片手にトム・セヴェリンと書斎にいなければならないことに、トレニア伯爵デヴォンは不機嫌な顔を隠せなかった。

「だが、きみはヘレンをウィンターボーンにやったじゃないか」トムは抗議した。「夫として、ぼくのほうが彼より劣るということはないだろう」

結婚式も朝食会も終わったあとの一日は緊張感が解け、紐をほどいた靴のように空気がすっかりゆるんでいる。客たちは好きな者同士で集まって、散歩に行ったり馬車で出かけたり、ローンテニスやボウリングをしたり、あるいはただ部屋で休んでいたりとそれぞれ自由に過ごしていた。小柄な赤毛の妻ケイトリンから部屋で一緒に昼寝をしようと耳打ちされ、デヴォンは大喜びで同意した。

それなのに階段をのぼっている途中でトム・セヴェリンに声をかけられ、ふたりだけで話したいと言われた。友人の望みを聞いても、デヴォンはさほど驚かなかった。美しいものを熱心に集めているトムがカサンドラに会ったら、こういうことになるのではないかと思っていた。

「ヘレンをウィンターボーンにやったわけじゃない。ふたりとも結婚したいと望んでいたから――」デヴォンは言葉を切り、短くため息をついた。「いや、これでは真実を語っているとは言えないな」顔をしかめて、桟でガラスが小さく区切られた窓が並んでいる羽目板張りの奥まった場所に行く。

デヴォンは二年前に思いがけなく伯爵位を継いだが、そのときレイヴネル姉妹の後見人の役目も担うことになった。当時は三人姉妹をできるだけ早く誰かに、それもできれば結婚に際して多額の金を払う用意のある裕福な男に嫁がせようと考えていた。だがヘレンとパンドラとカサンドラをよく知るようになるにつれ、姉妹の幸せは自分の肩にかかっており、彼女たちの利益を守るのが自分の役目だと思うようになった。

「セヴェリン」デヴォンは慎重に言葉を継いだ。「二年前、ヘレンをオードブルか何かみたいにリース・ウィンターボーンに渡そうとした行為は本当に傲慢だった」

「ああ、そうだな。ぼくもオードブルが欲しい」

デヴォンはトムを無視した。「あのときの自分は間違っていたと言いたいんだ。女性にも彼女たちなりの希望や夢があって、いろいろ感じたり考えたりしているんだと、いまはわかるようになった」唇をゆがめて自嘲するような笑みを浮かべる。

「ぼくにはカサンドラの希望や夢をかなえてやる力がある。すべての希望や夢を、まだ考えついていない希望や夢だって、かなえてやれる」

デヴォンは首を横に振った。「カサンドラたち姉妹について、きみが理解していないことがたくさんある。彼女たちは……ふつうではない環境で育ったんだ」

トムが警戒するようにデヴォンを見た。「三人は領地の屋敷で大切に守られて育ったと聞いているが」

「〝大切に守られて〟か。ものは言いようだな。正確には、三人は放置されて育った。田舎の領地に閉じ込められ、事実上忘れられて。両親は自分勝手な楽しみにふけり、残ったわずかな関心はひとり息子のテオだけに向けていた。そしてテオが爵位を継いだあとも、三人を社交界にデビューさせようとしなかった」

机の前に座っていたデヴォンは立ちあがって、部屋の反対側の壁のくぼみに置かれている棚の前に行った。その棚には宝石つきの嗅ぎ煙草入れ、額装された細密肖像画、象眼細工の煙草入れなどさまざまなものが飾られている。その中に、ガラスドームの内側という隔離された空間に三羽の小さなキクイタダキの剝製が木の枝にとまっているという置物があった。

「この家の中で、見ていてこれほど反吐が出そうになるものはない」デヴォンはガラスドームを見つめた。「家政婦によれば、伯爵は書斎にずっとこれを置いていたらしい。この鳥は三姉妹と同じだ。伯爵がそれをわかったうえで飾っていたのか、あるいは何も考えていなかったのか、ぼくにはわからない。どちらのほうがより腹が立つのかも」

トムは鳥の置物に向けていた鋭い視線を、デヴォンの顔に移した。「トレニア、世の中の誰もが、きみみたいに感傷的なわけではない」

「自分の中で決めていることがある。カサンドラが幸せな結婚をしたら、こいつを叩き壊してやるんだ」

「その願いはもうすぐかなう」

「幸せな結婚と言ったはずだ」デヴォンは一方の肩を棚につけ、胸の前で腕組みをしてトムをにらんだ。「子ども時代に当然与えられるべきだった愛情を与えられなかったカサンドラには、彼女に関心を向けて大切にしてくれる男が必要だ。愛情が必要なんだよ、セヴェリン」

「愛情ならなんとでもなる」

デヴォンは憤慨して首を横に振った。「きみはいまに彼女を息苦しく面倒な存在だと思うようになり、冷たく当たりだすだろう。そうなったら、きみを殺さなくてはならない。ウェストも自分の手で殺したいと思うだろうから、生き返らせてもう一度殺さざるをえなくなる」どうすればカサンドラとトムはふさわしくない組み合わせだと納得させられるのかわからずに考え込む。「求婚すればすぐに承諾してくれる美女の知り合いが、いくらだっているはずだ。その中から誰を選んでも、きみの目的にかなうだろう。だからカサンドラのことは忘れろ。彼女は愛のある結婚を望んでいるんだ」

「愛が何を保証してくれる?」トムはあざ笑った。「愛の名のもとに、どれだけの残酷な行為が行われたと思う? 何百年も前から、女たちは自分に愛を誓った男に利用され、裏切られてきた。ぼくに言わせれば、女性にはリスクを分散した投資計画のほうが、愛なんかよりずっと役立つと思うね」

デヴォンは眉をひそめた。「警告しておく。うまいこと言いくるめようとしはじめたら、顎に拳を叩き込むぞ。じゃあ、ぼくはもう行く。妻が一緒に昼寝をしようと待っているから」

「大の大人が昼間から眠れるものなのか？　そもそもなんで昼寝なんかしたい？」

「眠ろうと思っているわけじゃないさ」デヴォンはつっけんどんに返した。

「ああ、なるほど。それならぼくも、一緒に昼寝をする妻が欲しいな。定期的に激しく気持ちのいい昼寝をしたい」

「どうして愛人を作らないんだ？」

「長い目で見れば、愛人は一時的な解決にしかならないからさ。妻のほうが経済的で都合がいい。庶子ではなく、ちゃんとした跡継ぎを産んでくれる。しかもカサンドラは、ぼくが一緒に寝たいと思う種類の妻だ」取りつく島のないデヴォンの表情を見て、トムはすばやくつけ加えた。「頼む。知り合う機会を与えてくれ。一度か二度でもいい。彼女がいいと言えば、ロンドンに戻ったあと屋敷を訪ねたい。会いたくないと言われたら、近づかないと約束する」

「カサンドラには自分で判断する権利がある。だが、ぼくは全力で自分の考えを彼女に伝えるし、ぼくの意見が変わることはない。きみたちふたりが結婚することは、どちらにとっても間違っている」

トムが急に思い当たったというように、かすかに表情を変えた。「きみがそんなことを言うのは、ぼくたちのあいだの賃借契約と関係があるのか？　ぼくに謝罪してほしいのか？」

デヴォンは笑いたい気持ちと、先ほど言ったとおりトムの顎に拳を叩き込んでやりたい気持ちの両方に襲われた。「そういうことを平気で尋ねるのはきみくらいのものだな」

二年前のトムとの交渉は絶対に忘れられない。領地の隅に線路を建設するための賃借契約だったが、トムはたいていの人間より一〇倍は頭の回転が速いうえ、細部まで漏らさず記憶できる能力を持っている。しかも交渉相手の虚を突いて優位に立つのが楽しいという理由だけで、あらゆる手を繰りだしてくるのだ。トムとやりとりをした弁護士を含めて関わった全員の精神が疲弊し、怒りを爆発させた。デヴォンがいちばん腹立たしかったのは、トムが交渉の過程を明らかに楽しんでいたことだった。

だがデヴォンはラバのような頑固さで自分の意見を変えず、満足のいく契約にこぎつけたが、実は危うく自分の土地に埋蔵されている鉱物の権利を失い大金をふいにするところだったと、あとからわかった。

これまでも何度も感じたことだが、デヴォンは不思議でならなかった。トムはこれほど人の気持ちに敏感なのに、人間というものをちっとも理解していないのだ。「あれはきみにとっても、いい思い出ではないだろう？」皮肉を込めて言った。

トムは沈んだ様子で立ちあがり、行ったり来たりしはじめた。「ぼくはときどき考え方がほかの人とずれている。交渉はぼくにとってゲームなんだ」

「わかっている。きみにとっては、ビジネスの交渉もポーカーも同じなんだろうな。いつだって勝つためにプレイする。だからこそ交渉に長けているんだろう。だが二年前の交渉は、ぼくにとってはゲームじゃなかった。この領地には二〇〇世帯の小作人が暮らしている。彼らを生き延びさせるために、鉱山からの収入が必要だった。その収入がなければ、ぼくたちは破産していただろう」

トムは炉棚の前に行き、短い毛が生えたうなじをこすった。「あの契約の持つ意味が、きみとぼくとでは違うということを考えるべきだった」

デヴォンは肩をすくめた。「ぼくの領地に住む小作人を、きみが心配するいわれはない。ぼくが負うべき責任なんだから」

「そうはいっても、友人の利益を害していいはずがなかった」トムはデヴォンと目を合わせた。「あのときは悪かった」

こういう瞬間に、トムが一秒以上人と目を合わせることがいかにまれであるか、デヴォンは気づかずにはいられなかった。人と心を通い合わせることを危険と考え、慎重に制限でもしているかのようだ。

「もう許しているよ」デヴォンはあっさり言った。

それなのに、トムはまだ話をやめるつもりはないようだった。「きみの領地の経営が危機に瀕しているとわかっていたら、すぐに鉱山に関する権利を返していたよ。カサンドラと結婚したくて言っているわけじゃない。本心からそう思っている」

一〇年間のつきあいの中で、トムがデヴォンに謝ったのはせいぜい六回くらいだろう。富を蓄えて力を手に入れるにつれ、トムが謙虚になる機会は減っていった。

ロンドンのうらぶれた酒場で彼と出会った夜のことを、デヴォンは思いだした。その日の昼間、自室に火をつけたためにオックスフォード大学を退学になったという知らせを携えて、ウェストがデヴォンのテラスアパートメントに現れた。デヴォンは憤慨しつつも弟が心配で、酒場に連れていって薄暗い片隅でエールを飲みながら話し合った。

すると近くのテーブルにいた見知らぬ男が、落ち着いた自信ありげな声でいきなり口をはさんできた。「彼を祝ってやるべきだ。すんだことをあれこれ言うんじゃなく」

デヴォンが振り向くと、酔っ払いに人気の大衆歌を小声で歌っているべろべろの男たちのテーブルに、黒っぽい髪の男が座っていた。高い頬骨に鋭い目をしたその若い男は、痩せてひょろっとしていた。

「何を祝えというんだ。二年分の学費が無駄になったんだぞ」デヴォンは腹立ちをぶつけた。

「四年分の学費が無駄になるよりはいい」若い男は誘われてもいないのに、連れの男たちを残してレイヴネル兄弟のテーブルに椅子を運んできた。「誰も認めたがらない真実を教えてやろう。大学で教わることの少なくとも八〇パーセントは役に立たない。残りの二〇パーセントは科学や技術系の科目を専攻している場合は役に立つが、きみの弟が医者や数学者になるわけじゃないのは明らかだから、多大なる時間と金が節約されたことになる」

ウェストは眉をひそめて見知らぬ男を見つめた。「きみの目は左右で色が違うのか？　それとも、自覚しているよりも酔っ払っているのかな」

「もちろんきみはべろべろに酔っ払っているさ」男は愛想よく請け合った。「だがきみの言うとおり、ぼくの目は左右で違う色をしている。虹彩異色症なんだ」

「それってうつる病気かな？」ウェストは訊いた。

男はにやりとした。「いや、一二歳のときに片目を強く殴られたせいでこうなった」

このときの若い男がトム・セヴェリンで、彼も自分がいらないと思う授業を取らなければならないことに嫌気が差して、ケンブリッジ大学を自主退学していた。トムは金もうけに役立つことしか勉強したくないと考えており、いずれビジネスの世界で大きな成功をおさめると、本人を含め誰もが確信していた。

とはいえ、トムがいま人間としても大成しているかどうかは疑問の余地がある。

今日のトムは地図もなしに見知らぬ場所に放りだされたかのようで、いつもとどこか違っていると、デヴォンは思った。「どうした、セヴェリン？ ここに来た本当の理由はなんだ？」友人が心配になって質問する。

いつものトムなら、軽薄にも聞こえるからかいの言葉を返してくる。それなのに今日は、ぼんやりとした表情でぽつりとつぶやいた。「わからない」

「仕事で何か問題でも抱えているのか？」

「いや、それはない。仕事は順調そのものだ」トムがいらだったように答えた。

「じゃあ、体調が悪いとか？」

「それもない。ただちょっと最近……何かが欲しくてたまらないのに、それが何かわからないんだ。でも、そんなことはありえない。すべてを持っているんだから」

デヴォンは苦笑いを抑えた。トムは自分の感情というものがよくわからず、なんとかして理解しようとするせいで、会話が見当違いの方向へ進んでしまうのだ。「もしかして、寂しいのか？」

「いや、違う」トムは物思いにふけっているようだった。「すべてが退屈で意味がないように思えることを、なんて呼ぶ？　よく知っているはずの人間が他人のように思えてしまうことは？」

「それを寂しいというんだ」

「くそっ。これで六つだ」

「何が六つだって？」デヴォンは当惑した。

「感情さ。これまで五つの感情しか意識したことがない。それだけでも扱いかねていたのに、さらに加わるとなるとお手上げだ」

デヴォンは頭を振りながら、ブランデーの中身を注ぎ足しに行った。「五つの感情が何かは聞きたくない。聞いてしまったら心配になるだけだろうからな」

そのとき会話をさえぎるように、少し開いている書斎の扉を控えめに叩く音がした。

「なんだ？」デヴォンが問いかけた。

振り向くと、部屋のドアのすぐ内側に、年配の執事シムズが立っていた。いつもどおり冷静沈着な表情だが、まばたきの回数がふだんより多く、脇につけた肘に力が入っている。平時なら、たとえ大挙して押し寄せてきたヴァイキングに玄関の扉を叩き壊されても、眉ひとつ動かさないだろう。それなのに、いまはいつもと違う様子を見せているということは、何か大変な事態に陥っているに違いない。

「お邪魔して申し訳ありません。ミスター・レイヴネルがどちらにおいでかご存じないかと思いまして」

「収穫したあとのカブ畑を掘り起こしに行くようなことを言っていたが、自家用の畑なのか小作人の畑なのかはわからない」デヴォンは答えた。

「お許しいただければ、従僕に探しに行かせたいのですが。実は厨房が少々困ったことになっていまして、ミスター・レイヴネルの助言が必要なのです」

「困ったこととは？」

「料理長によりますと、およそ一時間前に厨房のボイラーがひどい音をたてはじめたのだそうです。調べましたところ、大砲から弾が発射されたように、金属の部品がはじけ飛んだようです」

デヴォンは目を見開き、思わず悪態をついた。

「わたしも同じ気持ちでございます」シムズが同意した。

厨房のボイラーの故障は、軽くあしらえる問題ではない。設備の欠陥や誤った取り扱い方法に起因する致命的な爆発が、たびたび新聞で報じられている。

「誰か怪我をしたのか？」デヴォンは訊いた。

「幸い、怪我人はおりません。煮炊き用の火は落とされ、管の弁は閉じられています。残念ながら、配管工の親方が今日は休みで、それ以外でいちばん近いのがオールトンに住んでいる者になります。すぐに従僕を使いに出して――」

「待て」トムがいきなり止めた。「どの弁だ？　冷水を供給する管のか？　それとも湯沸かし装置につながっている管のか？」

「申し訳ありませんが、わかりかねます」

デヴォンはトムに鋭い視線を向けた。

トムが楽しそうな笑みを浮かべる。「爆発するなら、すでにそうなっていただろう。だがとにかく、ぼくに見せてくれるのがいちばんいい」

蒸気エンジンの構造に精通しているので、目隠しをされていてもボイラーを作れるであろう友人がここにいることに感謝して、デヴォンはトムを階下に連れていった。

厨房は活気にあふれていた。使用人がひっきりなしに出入りし、バスケットを持って庭とのあいだを行き来したり、氷貯蔵庫や地下室から木箱を運び込んだりしている。

「ジャーマンポテトサラダを作るわ」むっつりした顔で料理長が言うことを、家政婦が書きとめている。「それを牛肉、ハム、舌肉、ガランティーヌ（若鶏などの骨を抜き内部に鶏肉・子豚・子牛肉・トリュフなどを詰めて煮込み、ゼリーで巻き、冷やして薄切りにしたもの）と一緒に盛りつける。あとは簡単につまめるものをのせた皿も用意するつもり。キャビア、ラディッシュ、オリーブ、氷にのせたセロリなんかを――」デヴォンが来たのに気づいて料理長が振り向き、腰をかがめてお辞儀をした。「ああ、だんなさま。こんなときに火が使えなくなるなんて信じられません！　夕食は冷たいものばかりのビュッフェになってしまいます！」

「いまは暑い季節だから、そのほうがみんなも喜ぶかもしれない。ミセス・ビクスビー、きみがいいと思うようにしてくれ。素晴らしいものを作ってくれると信じているよ」

家政婦のミセス・チャーチも焦った様子でデヴォンに話しかける。「だんなさま、厨房のボイラーは二階と三階にある浴室のお湯も供給しておりました。もうすぐみなさまが夕食前に入浴して着替えをなさる時間です。いま古い炉でお湯を沸かしていて、それをわたしたち使用人で手分けして客室まで運びあげる予定ですが、お客さまの人数が多くてこなさなければならない仕事が多く、手が回らなくなるかもしれません」

デヴォンが話を聞いているあいだに、トムはひとりでボイラーを調べに行っていた。火は消してあるにもかかわらず、まだ熱を放っている。円筒状の銅製のタンクがコンロの横の台に設置され、コンロと銅管でつながっている造りだった。

「宙を飛んだ部品は安全弁だ」トムが振り向いて言った。「つまり、ちゃんと安全弁としての役割を果たしたってことさ。ボイラーが破裂しないように、高くなりすぎた圧力をさげたんだ」

トムは長い調理台の上に置いてあった布巾を取り、それを使ってコンロの扉を開けると、しゃがみ込んで中をのぞいた。「問題はふたつあるようだ。ひとつはコンロ内の水のタンクが、この大きさのボイラーでは扱いかねるほど熱を放出していること。そのせいで銅製の外郭に内側から圧力がかかっている。だからもっと大きなボイラーを設置しなければならない。三六〇リットル以上の容量のものを。そうするまでは、オーブンの火をいつもより弱くして使えば大丈夫だ」次にボイラーと接続されている管を調べる。「こっちのほうが深刻だな。ボイラーへの供給管の径が小さすぎる。ボイラーから湯が引きだされる速度に供給速度が追いつかないと、蒸気が蓄積してそれが大きな爆発につながるんだ。もっと太い管の替えがあれば、ぼくが取り替えよう」

「太い管ならあるはずだ。この屋敷では常にどこかでそういう作業が必要になるから」デヴォンはやるせない思いで言った。

トムが立ちあがって上着を脱いだ。「ミセス・ビクスビー、ぼくが修理をしているあいだ、ここで働いている者たちを連れだしてもらえないか?」

「危険な作業なのですか?」料理長が恐る恐る尋ねた。

「いや、まったく。だが管を調べたり長さを測ったりする場所が必要だし、道具類を広げるからね。誰かがつまずいたら困る」

料理長はトムを守護天使か何かのように見あげた。「では、わたしたちは厨房の反対側から動かないようにして、洗い物用の流しだけを使うことにします」

トムは彼女に笑いかけた。「五、六時間欲しい。そうしたら、すべてを快適な状態にしてあげるよ」

ほかの客たちがくつろいで楽しく過ごしているあいだにトムを働かせることを、デヴォンは申し訳なく思わずにいられなかった。「セヴェリン、きみがそこまでしてくれる必要は――」

「ようやくこの屋敷で興味を持てることが見つかったよ」トムはデヴォンをさえぎって言い、シャツの袖口のボタンを外した。

5

パンドラのにぎやかな結婚式が終わって興奮が去ると、カサンドラは疲れているのに緊張が解けず、昼寝をする気になれなかった。さまざまな考えが次々に浮かんで、心が休まらない。いま頃パンドラとセントヴィンセント卿は、もうワイト島に着いているかもしれない。ふたりはそこの古いホテルで蜜月を過ごすのだ。今夜パンドラは夫の腕の中で、結婚によって結ばれた男女が分かち合う親密さを経験する。

そのことを考えると、嫉妬に近い感情がかすかにうごめくのを覚えた。パンドラが愛する男性と結婚したのはうれしいが、自分も早くそうなりたい。結婚を望んでいなかったパンドラが夫を手に入れたのに、カサンドラは今年もロンドンで社交シーズンを過ごさなければならないなんて、人生は不公平だとしか思えなかった。ふたたび同じ人々に会い、同じダンスを踊り、レモネードを飲みながらつまらない会話をしなければならないのだと思うと、憂鬱でならない。しかも、今年こそ違う結果になるという保証はないのだ。

ローンテニスやクロケットに興じている若い客たちの笑い声や叫び声が聞こえてくる。カサンドラは自分も加わろうかと考えて思い直した。いまは楽しんでいるふりをする気にはなれない。

カサンドラは肩先から肘まで袖がゆるやかに広がっている黄色い日中ドレスに着替えると、家族用の居間に向かった。廊下に家族で飼っている小さなスパニエル犬、ナポレオンとジョゼフィーヌがいて、駆け寄ってくる。隅に古びたピアノが置かれている居間は、椅子やソファの上には色とりどりのクッションがのせられ、あちこちに本が積みあげられていて、居心地がいい。

カサンドラは絨毯の上に脚を組んで座り、犬たちが興奮して膝にのったりおりたりするのを笑顔で見つめた。「わたしたちには王子さまなんて必要ないわよね。そうよ、いらないわ。絨毯の上は日が当たったって気持ちがいいし、手の届くところに本がある。これが幸せじゃないと言うなら、何が幸せなの？」

犬たちは四角形の日だまりに寝そべると、しばらくもぞもぞしたあと満足そうに吐息をついた。

ひとしきり犬たちを撫(な)でたりかいたりしてやると、カサンドラは背の低いテーブルに積んである本に手を伸ばして、どれにしようかと眺めた。『ダブル・ウェディング』『秘密の公爵』『颯爽(さっそう)とした求婚者』など、何度も読み返しているロマンス小説ばかりだ。けれどもそれらの下には、『三〇年間の平和の歴史』や『ネルソン提督伝』といった晩餐会で知的な会話ができるようにするために読む本もある。

緑色の革に型押しして金箔(きんぱく)で仕上げられたよく知っている題名が目に留まった。ジュール・ヴェルヌの『八十日間世界一周』。物語の主人公は冒険好きの英国人の資産家、フィリアス・フォッグ。カサンドラもパンドラも、明らかに変人であるこの主人公が大好きだった。

　これならミスター・セヴェリンにぴったりだという気がして、カサンドラはこの本を贈ることにした。レディ・バーウィックはこの選択に賛成しないだろうが、彼がこの本を読んでどう感じるかに興味がある。もちろん、読んでくれたらの話だが。

　寝てしまった犬たちを居間に残して、カサンドラは一階におりる大階段へ向かった。廊下の向こうから従僕のピーターが湯の入った大きな真鍮製の容器を持って近づいてくるのが見えたので、脇によけた。

「すみません、お嬢さま」従僕がパシャパシャと水音をたてる容器を置き、疲れた手や腕を曲げ伸ばしした。

「ピーター、どうしてお湯を運んでいるの？　また配管に問題が起きたとか？」デヴォンはエヴァースビー・プライオリーを相続するとすぐに屋敷内の配管工事を始めたものの、まだ完了していない。古い床板をはがしてみるとあちこちに腐っている部分があることや、新しく作り直して漆喰を塗らなければならない壁が多いことが原因だ。いまでは家族全員が、この年季の入った屋敷では常にどこかで修理が行われているという状態を受け入れている。

「厨房のボイラーが壊れたんです」ピーターが答えた。

「まあ、大変。すぐに修理してくれる人が見つかるといいけれど」

「もう見つかりましたよ」

「それならよかったわ。ねえ、ピーター、ミスター・セヴェリンの部屋がどこか知らない？」

「あの方は屋敷に滞在しておられません。ご自身が所有される鉄道車両を採掘場の停車場まで運んでこられて、そこに泊まっていらっしゃいます」

カサンドラは眉をひそめた。「この本をどうやって彼に渡したらいいかしら。シムズに訊いたほうがいいわね」

「いま厨房にいらっしゃいますよ。シムズではなくミスター・セヴェリンが。あの方がボイラーを修理しておられるので」

カサンドラはあっけに取られた。「鉄道会社を所有しているあのミスター・セヴェリンのことを言っているの？」

「そうです、お嬢さま。あれほどスパナやのこぎりをうまく扱われる紳士は見たことがありません。子どものおもちゃかなんかみたいに、ボイラーの管を分解されたんですから」

カサンドラは洗練された完璧な装いのトム・セヴェリンがスパナを持っている姿を思い浮かべようとしたが、どれだけ想像力を働かせても無理だった。

これはなんとしても、自分の目で確かめなければならない。

カサンドラは一階におりると、まずは客間で用事をすませた。銀のトレイの上に用意されている冷水をグラスに注いだあと、厨房、洗い場、食料庫、使用人用の広間がある地下へと向かう。

洞窟のような造りの厨房は、静かながら活気に満ちていた。料理長は細長い調理台の前で一列に並んで野菜の皮をむいたり刻んだりしている厨房づきのメイドにあれこれ指示を出し、料理長の助手は頑丈な大理石製のボウルの前に立って、すりこぎでハーブをすりつぶしている。裏口から入ってきた庭師が緑の野菜が入ったバスケットを洗い場の流しのそばに置くのが見えた。

まるで厨房の中に見えない境界線が引かれているようだ。線の片側では大勢の使用人が忙しく立ち働き、もう片側では料理用のコンロの前でひとりの男性が作業をしている。

片手に鋼管を切断するためのナイフを持ち、バランスを取るために腿を開いて膝立ちになっているトム・セヴェリンを見て、カサンドラは戸惑いの笑みを浮かべた。これまでいつも洗練された優雅な格好をしていた彼が、上着を脱いでシャツの袖をまくりあげ、襟元を開けている。肩幅が広く手足が長いので見栄えがいい。コンロに残っている熱のせいで、うなじの短い毛は汗に濡れ、上質のリネンシャツは引きしまった筋肉質の体に張りついている。

それでも魅力的な姿に、カサンドラは目を見開いた。

ミスター・セヴェリンは手際よくナイフの刃に鋼管を固定して、慎重に二、三度回してちょうどいい長さに切りつめた。それから縁を押し広げるための木製のタンピンを一方の端に押し込み、近くに置いてあった木槌(きづち)を取って軽く宙に投げあげ、柄をつかんだ。円錐形(えんすいけい)のタンピンを叩く仕草は、どこから見ても熟練していて正確だ。

カサンドラが近づいていくと、ミスター・セヴェリンは手を止めて顔を上げた。すると強い光を宿した青緑色の目を見たとたんに、彼とのあいだに電気が流れたような軽い衝撃が走った。彼が問いかけるように唇の端を持ちあげる。ミスター・セヴェリンが厨房にいると知って彼女が驚いたように、彼もこんな場所でカサンドラを見て驚いているようだ。工具を置いて立ちあがろうとする彼を、カサンドラはあわてて止めた。

「喉が渇いているんじゃない?」冷水の入ったグラスを渡されると、ミスター・セヴェリンは小声で礼を言い、二、三度喉を動かしただけで飲み干してしまった。

シャツの袖で顔の汗をぬぐい、不本意だとばかりに言う。「格好悪いところを見られてしまった」

彼が身だしなみが完璧でない姿を目撃されて居心地悪そうに服を直しているところを見て、カサンドラはおかしくなった。正直に言えば、こういうふうにくつろいで無防備な姿のほうが好ましい。「あなたは英雄よ、ミスター・セヴェリン。あなたが修理を買ってでてくれなかったら、みんな冷たい水で体を洗い、朝食のお茶もなしですませなければならなかったわ」

彼は空のグラスを返した。「それは困るだろうな」

「これ以上は邪魔しないけれど、いなくなる前にこれをどうぞ。贈り物よ」カサンドラが本を差しだすと、彼は濃いまつげを伏せて表紙を眺めた。その髪の美しさに、カサンドラは目を引かれた。形よくレイヤーカットに整えられた黒い癖毛がさわってくれと誘っているようで、思わずぴくりと動いた指をごまかすために拳を握りしめる。「ジュール・ヴェルヌの小説なの。子ども向けに書かれたものだけれど、大人も楽しめるから」

「どういう話なんだい？」

「八十日間で世界を一周するという賭けを受けた英国人の話。鉄道、船、馬、象、それに風の力で動く橇まで使って旅をするの」

ミスター・セヴェリンが戸惑ったように彼女を見た。「旅行会社に行けば完璧な旅の計画を立ててもらえるのに、どうしてわざわざ小説を読まなければならないんだ？」

カサンドラは微笑んだ。「小説は旅の行程について書かれているのではないわ。重要なのは、主人公が旅をしながら何を学んでいくかよ」

「それで、何を学ぶんだい？」

「それは自分で読んで」

「ああ、そうする。ありがとう」彼は配管用の工具が入ったキャンバス地の袋の横に、丁寧に本を置いた。

カサンドラは立ち去ろうとしてためらった。「少しだけ見ていてもいい？ わたしがいては邪魔かしら」衝動的に質問する。

「しかしここはものすごく暑い。それに今日はいい天気だから、ほかの客たちと外で過ごしたほうがいいんじゃないかな」

「知り合いはほとんどいないもの」

「ぼくのことも知らないだろう」

「じゃあ、知り合えばいいじゃない」カサンドラは軽く言って、床に脚を組んで座った。

「あなたが作業をしているあいだ、おしゃべりができるわ。それとも静かでないと集中できない？」

屋敷の主人一族のひとりが床に直接座っているのを見て、厨房にいる使用人のあいだに動揺が走った。

「別に静かである必要はない。だが、ここにいたせいできみが困った立場に置かれても、ぼくに責任はないとはっきりさせておきたい」

カサンドラはにやりとした。「このことを知って怒りそうなのは、レディ・バーウィックだけよ。そして彼女が厨房に足を踏み入れることは決してないわ」カサンドラは許しを得て満足し、大きく広がったドレスの布地を集めて脚の下に押し込んだ。「どうして修理の仕方なんて知っているの？」

ミスター・セヴェリンは金属の表面を削るための鋭い刃を持つ工具を手に取り、銅管の縁のまくれを削りはじめた。「子どもの頃、路面鉄道の線路を建設する会社で見習いをしていたんだ。そこで昼間は蒸気エンジンを作り、夜は機械技師になるための学校に通っていた」

「機械技師って何をするの？　わたしが知っているのは、列車に必ずひとり乗っているということだけだわ」彼の唇がほころびかけているのを見て、カサンドラはあわてて先を続けた。「ばかみたいな質問よね。いまのは忘れて――」

「いや。何かを知らないのは悪いことじゃない。ばかっていうのは自分はすべてを知っていると思い込んでいるやつらのことさ」

カサンドラはにっこりして肩の力を抜いた。「機械技師って何をするの？」

ミスター・セヴェリンは銅管の内側を削りながら答えた。「機械を設計し、組み立て、動かす」

「どんな機械でも？」

「ああ。列車に乗っている技師は、機関車とそのすべての可動部を円滑に作動させる責任を負っている」彼が丸いブラシを取って、管の内側をこすりはじめた。

「わたしがやりましょうか？」カサンドラは訊いた。

ミスター・セヴェリンが手を止めて、本気かどうかうかがうように彼女を見た。

「やらせて」カサンドラはブラシと管を奪い取ろうと、ミスター・セヴェリンに身を寄せた。すると彼がひゅっと音をたてたあと息を止め、男性が彼女を特別きれいだと思うときにするぼうっとした表情を浮かべた。彼の手から力が抜けた隙に、カサンドラはブラシと管を慎重に抜き取った。

しばらくして、ミスター・セヴェリンがわれに返った。「きみは配管の修理なんてやるべきじゃない」そう言いながら、透けるように薄いドレスの袖をちらりと見る。

「そうね」カサンドラは認めたが、管を磨く手は止めなかった。「でも、ときどき適切なふるまいができなくなるの。規則なんてないような状態で育った人間にとって、たくさんの規則をいっぺんに覚えるのは難しいことなのよ」

「ぼくも規則は好きじゃない」ミスター・セヴェリンはかがみ込むと、ボイラーから突きだしている銅製の接続管を調べ、研磨用のエメリー布で磨いた。「規則で得をするのは、たいていぼくじゃなくてほかの人間だからね」

「あなたにもあなたなりの規則があるんでしょう？」

「三つある」

カサンドラは眉を上げた。「三つだけ？」

彼は振り向かなかったが、にやりとしたのがわかった。「素晴らしい規則が三つだ」

「どんなものか教えて」

ミスター・セヴェリンは工具が入った袋を探りながら答えた。「絶対に嘘をつかない。可能なかぎり、いつでも人のためになることをする。契約書の本文に書かれていることはすべて例外規定で反古にできると、肝に銘じておく」

「なかなかいい規則みたいね。わたしが従わなければならない規則も三つだけならいいんだけれど、山ほどあるのよ」

ミスター・セヴェリンはラベルに〝フラックス〟と書かれた缶を開け、中身を人差し指で管と接続管に塗りつけた。「たとえば？」

カサンドラはすぐに返した。「紳士に紹介されているときは、襟のボタンより上を見てはならない。高価な贈り物を受け取ってはならない――受け取ったら借りを作ることになるから。劇場に行くときは、高さのある帽子をかぶるのは好ましくない。それから――これはとりわけ大事な規則よ――羽根と糊を使う作業をしているときは絶対に犬を部屋に入れない。

あとは――」

「待ってくれ」ミスター・セヴェリンは体を起こして布で手を拭いた。「どうして男と会っているとき、襟のボタンより上を見てはいけないんだ？」

「もし顔を見たら、積極的すぎると思われるからよ」カサンドラはつんとして言った。

「目の検査をしてもらいたいのだと思うかもしれない」

カサンドラは我慢しきれずに噴きだした。「好きなだけからかえばいいけれど、本当にこれは破ってはいけない規則なの」

「初めて会ったとき、きみはぼくと目を合わせた」

カサンドラは彼を軽くにらんだ。「あれは正式な紹介じゃなかったでしょう？　個人的な会話にいきなりあんなふうに割り込むなんて……」

ミスター・セヴェリンは悔い改めているふりすらしなかった。「しかたなかったんだ。きみにウェスト・レイヴネルと結婚されては困るから」

カサンドラは顔と体がかっと熱くなるのを感じた。会話の内容が急に踏み込んだものに変わったせいで動揺する。「あのときは衝動的にばかなことを言ってしまったわ。焦っていたのよ。ときどき、わたしが求めている人には絶対に会えないような気がして――。でもしないわ。ウェストとは結婚しない」

ミスター・セヴェリンが探るような強い視線を向けてきた。「じゃあ、ウェストのことが好きなわけじゃないんだな」声が低くなり、より親密な響きを帯びる。

「ええ。ウェストはおじみたいなものよ」

「おじさんに求婚したわけか」

「ちょっとやけになっていたから。あなたもそういうことがあるでしょう?」

彼は首を横に振った。「そういう感情を抱いたことはない」

「一度も? どんなことがあっても?」

「そうだ。だいぶ前に、自分にとって役に立つ感情だけを残して、それ以外は捨て去ることに決めた」

「望まない感情を捨てることなんてできるの?」カサンドラには信じられなかった。

「ぼくはできた」

厨房の反対側から料理長が呼びかけたので、ふたりの小声の会話はさえぎられた。「ボイラーはどんな感じですか、ミスター・セヴェリン?」

「もうすぐ終わる」

「レディ・カサンドラ、仕事中の紳士の気を散らさないでいただけますか?」

「わかったわ」カサンドラは従順に返し、ミスター・セヴェリンが横目で問いかけるように見ているのに気づいて、ひそひそと説明した。「料理長はわたしを小さな子どもの頃から知っているのよ。調理台の前の椅子に座らせて、練り粉で遊ばせてくれたわ」

「その頃のきみはどんなふうだったんだろう? 巻き毛をおろしてつんと澄ました、いい子ちゃんだったのかな?」

「いいえ、いたずらっ子だったわ。膝に擦り傷をこしらえて、髪に小枝を絡ませているような。あなたこそどうだったの？　男の子らしく、元気いっぱいに走り回っていたんでしょうね」

「いや、ちょっと違うな。ぼくの子ども時代は……短かった」ミスター・セヴェリンの顔から急に表情がなくなった。

カサンドラは首をかしげて彼を見つめた。「どうして？」

ミスター・セヴェリンがなかなか答えないのは、どう説明すればいいのか考えているせいらしい。濃い色の眉のあいだにかすかにしわが刻まれている。「一〇歳のとき、失業中だった父にいきなりキングス・クロス駅に連れていかれた。駅で荷物運搬人（ポーター）を募集しているからって。だが駅に着いたら、ぼくひとりで事務所に行って仕事が欲しいと頼めって言うんだ。父はちょっとロンドンを離れなくてはならないから、戻るまで母さんと妹たちの面倒を見ろとね。そして切符を買いに行ってしまった」

「お父さまは戻ってきたの？」

ミスター・セヴェリンは短く答えた。「片道切符だったんだよ」

カサンドラは少年だった彼に同情したものの、口には出さなかった。哀れまれたと受け取り、いやな気分になるだろう。でも父親に置き去りにされたときの気持ちならよくわかる。カサンドラは彼のように完全に捨てられたわけではなかったが、父親が何週間も、あるいは何カ月もエヴァースビー・プライオリーに戻ってこないことはしょっちゅうあった。

「それで、駅で仕事をさせてもらえた？」

ミスター・セヴェリンはうなずいた。「新聞や食べ物の売り子として雇ってもらえた。駅員のひとりが前払いでまとまったお金を渡してくれて、なんとか父なしの生活を始められた。あれからずっと、母と妹たちの面倒を見ている」

カサンドラは目の前の男性から聞きだした新しい情報について無言で考え込んだ。これまで彼について、相反するさまざまな言葉で語られるのを聞いてきた。冷淡で無情、気前がいい、正直、狡猾（こうかつ）、危険。ときによって友人となったり敵となったりするし、常に利益をあげられる機会をうかがっている。

ミスター・セヴェリンは複雑な性格の持ち主だが、賞賛すべき人間であるのはたしかだった。幼くして人生の荒波に揉（も）まれながらも、大人と同等の責任をしっかり担ってきた。そしてちゃんと生き抜いただけでなく、ビジネスの世界で大成した。

ミスター・セヴェリンが管とその継ぎ目にフラックスを塗るのを、カサンドラは見守った。彼の手は指が長くて優美である一方、力強く有能でもある。ほどよく筋肉のついた前腕には黒っぽい短い毛が生えていて、その下にいくつもの小さな傷跡がうっすら見える。

「それはどうしたの？」カサンドラは訊いた。

ミスター・セヴェリンは彼女の視線をたどって自分の腕を見た。「傷跡か？　これは火傷（やけど）だ。溶接したり鍛造したりするときに、火花が飛んでくるんだ。燃えている小さな金属のかけらは手袋も服だけでなく皮膚まで焼いてしまうことがあるんだ」

その光景を思い浮かべて、カサンドラはひるんだ。「すごく痛いんでしょうね」

「腕の場合はそれほどひどい傷にはならない。汗をかいているから、たいてい跳ね返る」ミスター・セヴェリンがにやりと思い出し笑いをする。「火花がズボンや長靴を焼いて中に入り、肌につくことがあるんだが、これはかなり痛い」彼は近くのコンロにマッチをすりつけて火をつけると、身をかがめて穴の開いたノズルのついたアルコール・ブローランプに火をともした。ノズルからシューという音をたてて安定した炎が出るようにつまみを調整してから、ランプを手に持ってフラックスを塗った継ぎ目に炎を向け、クリームが溶けて泡立つのを見守る。「ここからがおもしろいところなんだが、手伝いたいかい？」うれしそうな表情で彼女をちらりと見て、口の端を持ちあげた。

「ええ」カサンドラは躊躇(ちゅうちょ)なく答えた。

「薄い棒状のはんだが床の上にあるから――そう、それだ。なるべく端を持って、頭を継ぎ目に沿って滑らせてほしい」

「頭を滑らせる？」

「持っているのとは反対の端を、継ぎ目に沿って動かすんだ。ぼくが炎を持っているのとは反対のほうからね」

セヴェリンが炎を管に当てているあいだに、カサンドラははんだの先を継ぎ目に沿って動かした。すると棒状の金属がすぐに溶けてとろりと流れ、彼女は興奮した。溶けたはんだが継ぎ目を覆って管と管をしっかりとつなぐのを見ていると、なぜか気持ちが満たされる。

「ほかにもはんだづけが必要なものはないの？」カサンドラがあまりに熱心な様子で訊くので、彼が笑った。

「管の反対側の端だ」

ふたりは協力して、壁から出ている接続管に銅管をはんだづけした。床に膝をついているカサンドラは相手に少し身を寄せすぎていて、適切な距離を取っているとは言いがたいものの、ミスター・セヴェリンは紳士だ。カサンドラが去年の社交シーズン中に出会った上流階級の男性たちのほとんどより、礼儀正しく丁重にふるまっている。

「すごく不思議ね」溶けたはんだが継ぎ目から下に垂れることなく上に向かって広がっていくのを見て、カサンドラは言った。「重力に逆らっているわ。ペンキ用のブラシの先を水に浸すと、毛のあいだを水が上がっていくときみたい」

「鋭いな」ミスター・セヴェリンの声には笑いがこもっていた。「そのふたつの現象の原因は同じで、毛細管現象というんだ。この管と接続管の継ぎ目のような狭い隙間では、はんだの分子が銅に強く引きつけられて、表面を伝いのぼっていく」

カサンドラは褒められて顔を輝かせた。「いままで鋭いなんて言ってくれた人はいなかったわ。いつだって頭がいいのはパンドラのほうだって言われていたから」

「じゃあ、きみはなんて言われているんだい？」

カサンドラは自嘲するようにかすかな笑みを浮かべた。「そうね、わたしは外見について

「完璧だ」ミスター・セヴェリンが言った。

言われることが多いかしら」

ミスター・セヴェリンはしばらく口をつぐんだ。「きみは外見だけの女性じゃない」

じわじわと喜びが広がって、カサンドラは頭のてっぺんから爪先まで赤くなった。心臓が人に慣れていない馬のように不規則に跳ねているのに手が震えていないことにほっとして、作業に集中する。

はんだづけが終わるとミスター・セヴェリンは火を消して、はんだの棒をカサンドラから受け取った。それから、気まずそうに彼女と目を合わせた。「あんなふうにいきなり求婚して……悪かった。失礼な……言い方だったと思う。本当にばかだった。あれからきみに求婚したい理由を、少なくとも一ダースは思いついた。その中で、外見の美しさはいちばんちっぽけな理由だ」

カサンドラは驚いて彼に目を向けてささやいた。「ありがとう」

むしむしした空気にミスター・セヴェリンの香りが漂っている。ロジン石鹸（せっけん）の松脂（まつやに）や、体温で柔らかくなったシャツ用の糊や、彼のかいた汗の、ぴりっとしていたりつんとしていたりかすかに塩気を感じたりするにおいが入りまじった独特の香り。もっと身を寄せて、その香りを深く吸い込みたい。少し上にある彼の顔を見ると、開き窓から差し込む光を受けて、緑の色彩が強いほうの目が輝いている。抑制された冷静な外見の下に注意深く隠されているものに、カサンドラは惹きつけられた。

ミスター・セヴェリンの心が凍りついていることが残念だ。何もかもが目まぐるしい速さで進んでいる彼の世界では、カサンドラは絶対に幸せになれない。これほどあらがいがたい魅力を持つ男性に初めて会ったというのに。

厨房の調理台の上でボウルが音をたてたので、カサンドラはわれに返った。まばたきをして目をそらし、緊張した雰囲気をどうしたらやわらげられるか、必死に考えをめぐらせる。

「もうすぐロンドンに戻るけれど、ぜひ訪ねてきてね。デヴォンたちに必ず夕食に誘うよう頼んでおくから、そのときに本の話をしましょう」

「意見が合わなくて言い争いになったら？」

カサンドラは笑った。「レイヴネル家の人間と言い争いをしてはだめ。わたしたちは引き際を知らないから」

「そのことには、もう気づいている」彼の声がからかうような響きを含んだ。「きみの言うことに、すべて賛成したほうがいいのかな？」

「いいえ。そのままのあなたが好きよ」

まるで外国語でも聞いたかのごとく、ミスター・セヴェリンが考え込むような表情を浮かべる。

知り合って間もない人間が口にする言葉ではなかったかもしれないと、カサンドラは後悔した。思わず言ってしまったが、彼を当惑させたかもしれない。

そのときデヴォンがきびきびした足取りで現れたので、カサンドラはほっとした。「新しいボイラーを手配した。ウィンターボーンの店に三六〇リットルの容量のものはなかったが、それを製造している業者を知っているというので――」カサンドラが友人と一緒にいるのを見て、デヴォンは言葉を切った。「カサンドラ、トム・セヴェリンといったい何をしているんだ。シャペロンが見当たらないが」

「何メートルも離れていないところに、大勢人がいるわ」

「シャペロンの代わりにはならない。それに、どうして床に膝をついている？」

「ミスター・セヴェリンが管をはんだづけするのを手伝っていたのよ」カサンドラは明るく答えた。

デヴォンが怒りのこもった視線をミスター・セヴェリンに向ける。「溶けた金属と火を扱う作業をさせたのか？」

「ふたりとも気をつけていたから大丈夫よ」カサンドラはなだめた。

ミスター・セヴェリンは何やら考え込んだまま黙っていた。かがみ込んで拾った工具を袋の中にしまいつつ、片手を目立たないように胸に当てて撫でている。

デヴォンが手を伸ばして、カサンドラを立ちあがらせた。「レディ・バーウィックがこのことを知ったら、ゼウスよろしく雷を落とすぞ。それにしても、なんて格好だ」うめくように言った。

カサンドラは汗をかいた自分がどれほどだらしなく見えるかわかっていたので、にっこり笑ってごまかした。黄色いドレスには黒い汚れまでついている。「昔おてんばだったのはパンドラに巻き込まれたせいだと思っているのかもしれないけれど、必ずしもそうじゃないとわかったでしょう？」

「パンドラは褒めてくれるだろうな」デヴォンは楽しげに目を光らせつつも、そっけなく返した。「誰かに見られる前に着替えてくるといい。もうすぐ午後のお茶の時間だから、ケイトリンはきみに客をもてなす準備を手伝ってほしいと思っているはずだ」

ミスター・セヴェリンも立ちあがって小さく会釈をしたが、その表情からは何を考えているのかわからなかった。「手伝ってくれてありがとう」

「お茶の時間にまた会えるかしら」

ミスター・セヴェリンは首を横に振った。「このあとすぐロンドンに発つ。明日の早朝に、仕事で人に会う予定があるから」

「それは残念だわ。お話しできてとても楽しかったのに」カサンドラはがっかりした。

「ぼくも楽しかった」ミスター・セヴェリンはそう言ったが、青緑色の目は用心深く感情を隠している。どうして突然、心を閉ざしてしまったのだろう。

カサンドラは当惑すると同時に少し傷つき、膝を曲げてお辞儀をした。「それでは……ご機嫌よう」

彼は短くうなずいただけだった。

「使用人用の階段まで一緒に行こう」デヴォンが言ったので、カサンドラは喜んでついていった。

そして厨房を出るとすぐ、小声で質問した。「ミスター・セヴェリンはいつもあんなふうに気まぐれなの？　すごく感じがよかったのに、いきなり理由もなく不機嫌になってしまったのよ」

デヴォンは廊下の真ん中で足を止めて、カサンドラと向き合った。「トム・セヴェリンを理解しようとしても無駄だ。絶対に答えは見つからない。そんなものはないんだから」

「ええ。でも……すごく楽しくて……彼のことを好きになったのに」

「セヴェリンがそうなるようにふるまったからだ。人を操るすべに長けているんだよ」

「お父さまの話をしてくれたのも、そういうわけだったのね」カサンドラはがっかりして肩を落とした。

「どんな話だい？」

「子どもの頃に、お父さまが出ていってしまった日のこと」デヴォンが目を見開くのを見て、カサンドラは言葉を継いだ。「聞いていないの？」

デヴォンは戸惑った様子でうなずいた。「そんな話は一度も聞いたことがない。亡くなったと思っていた」

「いいえ、お父さまは――」カサンドラは言葉を切った。「ミスター・セヴェリンが言わないことをわたしが言うべきではないわね」

デヴォンが心配そうに眉をひそめている。「カサンドラ……セヴェリンはきみがふだん会う男たちとはまるで違う。頭は切れるが、節操がなく無鉄砲だ。この英国でウィンターボーンも含め、セヴェリン以上に変化する時代の流れをつかむのがうまいやつはいない。いつか歴史に名を残す人間になるだろう。だが奪うだけでなく与えなければならない結婚生活とか、人が何を求めているのかを汲み取ることとか、そういう部分には難がある。歴史に名を刻んでいる男でいい夫だった者はまれだ」

カサンドラはデヴォンへの愛情が胸にあふれるのを感じて、うなずいた。彼はエヴァースビー・プライオリーに現れたときから、彼女たち姉妹に対して親身になってくれた。カサンドラとパンドラが兄のテオにずっと求めてきたものを、デヴォンが与えてくれている。「あなたの判断を信頼しているわ」

デヴォンは微笑んだ。「ありがとう。さあ、誰かに見られる前に急いで部屋に行くんだ。トム・セヴェリンのことは、もう考えてはいけないよ」

その夜、冷たい料理ばかりの夕食を終えて客間で音楽とゲームでくつろいだあと、カサンドラは部屋に戻った。化粧台の前に座ると、髪をおろして梳かすために侍女のメグが近づいてくる。

メグは化粧台の上に何か置くと、事務的に告げた。「これが厨房にありました。ミセス・チャーチがお届けするようにと」

カサンドラは驚いて、緑の革装の『八十日間世界一周』を見つめた。トム・セヴェリンが持ち帰らなかったのだと気づき、失望に襲われる。たまたま忘れたのではない。贈り物を拒んだのだ。ロンドンに戻った彼が訪ねてくることも、本の話やほかの話をすることもない。

午前中に求婚したのに、夜には気持ちを変えて立ち去った。なんていらだたしく移り気な男なのだろう。

カサンドラは侍女に頭のピンを抜いてもらいながら、本を開いてページをめくった。フィリアス・フォッグの忠実な近侍パスパルトゥーが主人について考察している部分に、目が留まる。

〝フィリアス・フォッグは勇敢でおしゃれだが……ものすごく無情な人だ〟

6

九月

　三カ月間がむしゃらに働き、さまざまな気晴らしに手を出してみたが、トム・セヴェリンはレディ・カサンドラ・レイヴネルを心から追いだせないでいた。絨毯の毛のあいだにちらちら見えるクリスマスのモール飾りの薄片のように、彼女の姿が常に頭の端にちらついている。

　カサンドラがわざわざ厨房まで会いに来るなんて考えもしなかったし、そうしてほしいとも思っていなかった。もっと違った場面で彼女に会うことを思い描いていた。花が飾られて蠟燭(ろうそく)の光がきらめいているような場所や、庭園を臨むテラスといった場所を。それなのに、メイドが大勢いる厨房の汚れた床に彼女と膝をついてボイラーの管をはんだづけしたとき、胸の中にたしかに喜びが広がった。頭の回転が速く、旺盛な好奇心と太陽のように明るいエネルギーを持つ彼女に、すっかり魅了されてしまった。

　そしてカサンドラのなんの思惑もない〝そのままのあなたが好きよ〟という言葉を聞いた

瞬間、トムは自分の反応に動揺した。あの一瞬で、カサンドラは絶対に手に入れたい存在から、絶対に許容できない不利益な存在へと変わったのだ。彼女は危険をもたらす。これまで出会ったことのない新たな危険を。そしてトムは、そんな力を誰にも与えるつもりはない。だから、なんとしてもカサンドラを忘れてみせる。そんなことが可能ならば。

だが友人のリース・ウィンターボーンがカサンドラの姉のヘレンと結婚しているために、彼に会うとカサンドラを思いだしてしまう。ウィンターボーンとは互いの事務所のあいだにある料理屋や肉料理専門店でよく短い昼食をともにしていて、そのときに彼から、ウェスト・レイヴネルがフィービーことレディ・クレアと婚約したという話を聞いた。フィービーは、ジャスティンとスティーブンというふたりの小さな子どもを抱えた年若い未亡人だ。

「そうなるんじゃないかと思っていた」その知らせを聞いて、トムはうれしかった。「おといの晩にレイヴネルと〈ジェナーズ〉に行ったんだが、レディ・クレアのことばかり話していたからな」

「その話は聞いた。きみたちはちょっとした騒ぎに巻き込まれたそうじゃないか」

トムは目をぐるりと回した。「以前レディ・クレアに求愛していた男が、拳銃を持ってぼくたちのテーブルに来たんだ。だが、たいしておもしろい話じゃないぞ。そいつはすぐに武器を取りあげられ、クラブから叩きだされた」メイドがふたりの前に冷製のカニサラダとセロリを置くのを、トムは椅子の背にもたれて見守った。「しかしその前から、レイヴネルはレディ・クレアのことばかり話していた。過去の悪い評判がついて回る自分は彼女にふさわしくないとか、彼女の子どもたちの悪しき手本となってしまうからだめなんだとか、うだうだと」

ウィンターボーンは黒い目を興味深げに光らせた。「で、レイヴネルになんて言ったんだ？」

トムは肩をすくめた。「レディ・クレアとの結婚でレイヴネルは得をする。ほかに重要なことなんてあるか？ 彼女は裕福で美しいうえに公爵の娘だ。それから彼女の息子たちについては……身近にどんな人間がいたとしても、子どもはなるようになるものだ」トムはエールをひと口飲んで続けた。「罪の意識はいつだって決断を必要以上に複雑にする。人間の体には必要のない部分があるように、罪の意識なんてなくてもかまやしない」

ウィンターボーンは殻の中に入っているカニの身を口に運ぼうとして、途中でフォークを止めた。「体に必要のない部分なんてあるのか？」

「盲腸とか男の乳首とか耳殻とか」

「耳はいるな」

「必要なのは内側の部分だけだ。頭の横に突きだしている部分は必要ない」

「帽子を支えるのに耳の外側の部分も必要だな」

トムはにやりとして肩をすくめ、負けを認めた。「なんにしても、レイヴネルはいい女性と婚約した。めでたいな」

ふたりはグラスを打ち合わせて乾杯した。

「結婚式の日取りは決まったのか？」トムは訊いた。

「まだだが、近々だ。クレアの領地があるエセックスで式を挙げるらしい。親しい友人と家族だけで、こぢんまりと行うそうだ」ウィンターボーンはセロリの茎を取って、少量の塩を振りかけた。「レイヴネルはきみを招待するつもりだぞ」

櫛形のレモンをつかんだ指に思わず力が入って頬に果汁が飛び、トムは皮を置いてナプキンで拭き取った。「どうしてぼくを。これまでは招待客のリストにぼくを入れたことなんてなかったのに。名前の綴りだって知らないんじゃないか？　とにかく紙とインクの無駄だから、招待状なんて送りつけてこないでほしい。行くつもりはないから」

本気かというように、ウィンターボーンがトムを見る。「本当に行かないのか？　一〇年も前からの友人だというのに」

「ぼくが行かなくたって、レイヴネルは困らないさ」トムはいらだって返した。

「そんなことを言うのは、カサンドラと関係があるのか？」

トムはすっと目を細めた。「トレニアに聞いたんだな」

「きみがカサンドラに会って気に入ったようだと言っていた」

「もちろん気に入ったさ」トムは冷静に返した。「ぼくが美しいものを好きなのは知っているだろう？　だが、どうにもならない。トレニアにはだめだと釘を刺されたし、ぼくも言われたとおりだと思ったからな」

ウィンターボーンは感情をまじえずに返した。「興味を引かれたのは、きみのほうだけじゃなかったそうじゃないか」

それを聞いて、トムは体の奥に震えが走った。目の前の料理への興味が急に失せ、フォークの先でパセリの枝を皿の端に押しやる。「どうしてきみが知っている？」

「先週、カサンドラがヘレンとお茶を飲んだんだが、そのとき話していた感じからすると、きみは彼女に強い印象を残したらしい」

トムは短く笑った。「ぼくは誰にでも強い印象を残すのさ。だがカサンドラはずっと夢見てきた愛してくれる夫との生活は、ぼくでは与えられないと言っていた」

「で、本当にそうなのか？」

「ああ、当然無理だ。愛なんてものは存在しないんだから」

ウィンターボーンが疑わしげに首をかしげた。「愛なんてものは存在しない？」

「金と同様にな」

ウィンターボーンが途方に暮れた。「金が存在しないだと？」

トムは答える代わりに上着のポケットに手を入れ、中から紙幣を取りだした。「これにどれだけの価値があるか、言ってみてくれ」

「五ポンドだ」

「そうじゃない。この紙切れの価値だ」

「半ペニーくらいか？」

「そうだ。だが、この半ペニーの紙切れに五ポンドの価値がある。それはわれわれみんながそういうふりをすると同意しているからだ。さて、結婚の話に移ると――」

「そう来たか」ウィンターボーンは話がどこへ向かおうとしているのかに気づいてつぶやいた。

「結婚は経済上の取り決めだ」トムは続けた。「人は愛なしに結婚できるか？　答えは〝当然できる〟だ。愛なしに子どもを作れるか？　この答えも〝できる〟だ。それなのにわれわれは、この伝説とも言えるつかみどころのない概念が存在するふりをしている。誰にも聞くことも見ることもさわることもできない愛なんて、人が勝手に作りあげた幻想にすぎないというのに」

「子どもはどうなんだ？　子どもが持つ感情も幻想だっていうのか？」ウィンターボーンが反論した。

トムは五ポンド札をポケットに戻した。「子どもが愛を感じるのは生存本能だ。自立できるようになるまで面倒を見るよう、親にうながすための手段さ」

ウィンターボーンが唖然とした表情になる。「本気で言っているのか、トム」カニをゆっくり咀嚼しながら考えを整理し、ふたたび口を開く。「愛は存在する。一度でも経験したことがあれば――」

「ああ、わかっている」トムはげんなりした。「ぼくがこんな議論を始めるなんていう間違いを犯すたびに、みんなからそう言われる。だが仮に愛が存在するとしても、どうしてぼくがそれを求めていると思うんだ？　愛のせいで人は理性に反することをするし、その結果、死ぬ人間だっている。それなら愛なんてないほうが幸せだね」

「本当にそうか？」ウィンターボーンが疑わしげに訊き、給仕の女性がエールのピッチャーを持ってくると口をつぐんだ。女性がふたりのジョッキにエールを注ぎ足して立ち去ると、彼は口を開いた。「〝つらいのは、世界を求める人間。それから世界を手に入れた人間〟と母がいつも言っていた。でも母は間違っていると、ずっと思っていた。世界を手に入れた人間が幸せでないはずがないじゃないか。だが成功して富を手にして初めて、母の言葉が理解できた。みずからを山の頂上へと駆り立てる衝動が、成功を楽しむことを妨げるんだ」

自分は成功を楽しんでいるとトムは反論しようとしたが、いまいましいことにウィンターボーンの言うとおりだった。もう何カ月もみじめな気分で過ごしていると気づき、腹が立つ。この先もずっとこうなのだろうか。「じゃあ、ぼくの人生に希望はないな」むっつりと返す。

「証拠のないものは信じられない。ただ信じるなんてできないんだ」

「きみが考えすぎて間違った決断を下すのを、何度も見てきた。だが論理の迷路から抜けだして、これを求めるべきだと理性で判断するのではなく、本能の導きに従えたら、魂が求めるものを見つけられるかもしれない」

「ぼくに魂はない。そんなものは存在しないんだ」

むっとしながらもおかしくてたまらない様子で、ウィンターボーンは問いかけた。「それなら、きみの脳を働かせ、心臓を動かしているものはなんだ？」

「電気信号さ。ガルヴァーニという名のイタリアの科学者が、一〇〇年前にカエルを使って証明している」

ウィンターボーンは強い口調で諭した。「カエルのことはわからないが、きみには魂がある。そして、そろそろきみは自分の魂に注意を向けるべきだ」


昼食のあと、トムはハノーヴァー通りにある事務所まで歩いて戻った。肌寒い秋の日で、あらゆる方向からいきなり突風が吹きつけてくるこんな日をウィンターボーンはプディングにたとえたが、たしかにぶるぶる震えてしまうところがプディングみたいだと言えなくもない。通りや歩道の上を、落としものの手袋、煙草の吸い殻、新聞、物干し用のロープから飛んできた服などが舞っている。

トムは所有する五つの会社の本社が入っている建物の前で足を止めた。少し向こうで、少年が排水溝に落ちている煙草の吸い殻を熱心に拾い集めている。あとで煙草の葉を取りだし、巻き直して一本二ペンスで売るのだ。

堂々としたアーチ形の入り口は高さが六メートルほどあり、上部に三角の小さな屋根がついていた。五階までは白いポートランド石に覆われ、その上のふたつの階は赤い煉瓦と精巧な白い石の彫刻で仕上げられている。中に入るとガラスの天窓から光が差し込む吹き抜け部分に広い階段があった。トムはもう何年もここに通っているが、ひとかどの人物が重要な仕事をしているという雰囲気の建物に近づくたび、いつもぞくぞくする興奮を覚え、満足感に満たされていた。

それなのに、いまは何も感じない。満足感が消えてしまった。

一方で、われながらばかげていると思うが、以前のような充実感と達成感を、エヴァースビー・プライオリーのボイラーを修理しているときには感じた。一二歳のときに習得した技術を使って、みずからの手で作業しているときには。

目の前にあらゆる可能性が広がっていた一二歳の頃は幸せだった。当時の師、チェンバース・パクストンはトムの少年らしい野望を賞賛して励まし、やがて少年が必要としていた父親に代わる存在となった。トムは当時、どんな疑問や問題にも答えを見つけられるような気がしていた。人よりも感情を持たないことは、逆に利点となった。愛や名誉などというくだらないものを気にかける必要がなければ、自由に金もうけに没頭できる。そして金もうけを心から楽しんできた。

だが最近になって、感情を持たないせいで空虚感にさいなまれるようになった。幸せだという気持ちが――少なくともこれまで幸せだと感じていた気持ちが――消えてしまったのだ。

風があらゆる方向から舞いあがり、ぶつかってくる。ひときわ強い突風が、トムの頭から黒いフェルト帽を吹き飛ばした。歩道を転がっていった帽子を、吸い殻を拾っていた幼い少年が手にした。帽子を握りしめ、警戒するようにトムを見あげる。トムは少年とのあいだの距離を目測し、追いかけても無駄だとあきらめた。少年は容易にトムを振りきって大通りを折れ、小さな家々と路地が作る迷路の中に消えてしまうだろう。トムは帽子をくれてやることにして建物の中に向かった。帽子が買ったときの値段のほんの一部でも売れれば、あの少年にとってはひと財産だろう。

トムが執務室のある六階に上がると、個人秘書兼補佐役のクリストファー・バーナビーがすぐに寄ってきて、黒い毛織りの外套を脱がせた。

主人が帽子をかぶっていないのを見て、バーナビーはいぶかしげな表情を浮かべた。

「風に飛ばされてしまったんだ」トムはぶっきらぼうに言い、ブロンズ製の天板の大きな机に向かった。

「外に行って探してきましょうか？」

「いや、いい。とっくになくなっているさ。コーヒーを淹れてきてくれ」トムは帳簿と手紙が山のように積みあがった机の前に座った。

バーナビーはがっちりした体を敏捷に動かして足早に出ていった。

三年前、会計士補だったバーナビーを、適切な人材が見つかるまでという条件でトムは採用した。いつもなら、バーナビーのような男を秘書にするなんて考えもしなかっただろう。彼はしわくちゃな服に身を包み、ふわふわに広がった茶色い巻き毛を揺らしながら、いつも心配そうな顔をしているからだ。しかも個人秘書の外見は雇い主の評判に関わるというのに、なぜか近くの洗濯屋のかごから取ってきたものを身につけているようにしか見えなかった──トムがサヴィル・ロウにある行きつけの仕立て屋で優美なシャツを数枚、シルクのネクタイを三本、スーツを二着（毛織り地とブロード地を一着ずつ）あつらえる費用を渡したにもかかわらず。だがバーナビーはすぐに優先順位を的確に判断する能力と緻密な仕事ぶりを発揮した。そうやってバーナビーがみずからの価値を証明してみせると、トムは外見にはかまわなくなった。

バーナビーは砂糖と温めたクリームを入れたコーヒーを運んでくると、小さなノートを持ってトムの机の前に立った。「日本からの訪問団は、予定どおり二カ月後に蒸気エンジンの掘削機とボーリング装置を買いに来ると知らせてきました。あちらの国の山岳地帯に通す予定の〝中山道(なかせんどう)〟の建設についても、技術的な問題を相談したいそうです」

「予定地の地形図と地質調査の結果を至急入手しろ」

「わかりました、ミスター・セヴェリン」

「それから、日本語の教師を手配してくれ」

バーナビーは目をしばたたいた。「通訳ということでしょうか？」

「いや、教師だ。あいだに人を介さずに彼らの言っていることを理解したい」

「まさか、二カ月で日本語を使えるようになるおつもりじゃないですよね」

「バーナビー、ばかなことを言うな」

秘書はきまり悪そうに笑った。「そうだと思いました。ただちょっと――」

「どんなにかかっても、一カ月半というところだろう。月曜から毎日授業を入れてくれ」トムは超人的な記憶力を持っているため、外国語を容易に習得できる。ただし発音に関しては完璧とは言いがたいけれど、それはしかたがない。

「わかりました、ミスター・セヴェリン」バーナビーは小さなノートにメモを取った。「次にお知らせする内容を聞いたら、きっと興奮なさいますよ。ケンブリッジ大学があなたの流体力学方程式にアレクサンドリア賞を授与すると決定しました。卒業生以外が受賞するのは初めてだそうです」バーナビーはうれしそうにトムを見た。「おめでとうございます！」

トムは顔をしかめて目頭をこすった。「スピーチをしなくてはならないのか？」

「ええ。ピーターハウスで盛大な授賞式があります」

「スピーチなしで受賞というわけには？」

バーナビーが首を横に振った。

「じゃあ、賞を辞退してくれ」

バーナビーがふたたび首を横に振った。

「だめだと言っているのか？」トムは軽い驚きを覚えた。

「辞退はできません。アレクサンドリア賞を受賞すればいつかナイトの爵位を与えられるかもしれませんが、辞退すればその見込みはなくなります。ナイトの爵位が欲しいんですよね！　前にそう言っていたじゃないですか」

「いまはもう、どうでもいい。別に欲しくなくなった」

秘書はあきらめなかった。「授賞式を予定に入れておきます。女王陛下の帝国の栄光をいや増すあまたの先人のひとりに並ぶ栄誉を与えられて、どれだけ恐縮しているか、というスピーチ原稿を書いておくので」

「待て待て、バーナビー。ぼくには五つしか感情がないんだぞ。その中に〝恐縮する〟なんてものはない。だいたい、ぼくが大勢の中のひとりなわけがないだろう。ほかにぼくみたいな人間に会ったことがあるのか？　あるわけがない。なぜならそんな人間はひとりしかいないからだ」トムは短くため息をついた。「スピーチ原稿は自分で書く」

「お好きになさってください」秘書は満足そうに笑みを浮かべた。「報告は以上です。自分の席に戻りますが、その前に何かありますか？」

トムはうなずき、空になったコーヒーカップを見おろして磁器の縁に親指を滑らせた。

「本屋に行って、『八十日間世界一周』を買ってきてほしい」

「ジュール・ヴェルヌのですね」バーナビーが顔を輝かせた。

「読んだことがあるのか？」

「はい。素晴らしい本です」

「フィリアス・フォッグはどんな教訓を学んだんだ？」秘書が戸惑った顔をしているのを見て、トムはいらだって言葉を継いだ。「世界じゅうを回ったんだろう？　そのあいだに何を発見した？」

「いま教えてしまって、あなたの楽しみに水を差すことはできません」秘書の若者が熱心に返した。

「水を差すことにはならない。ふつうの人間がどんな結論を出すのか知りたいだけだ」

「読んだらわかりますよ。見逃すことはありません」

執務室を出たバーナビーが、ほんの一、二分でまた戻ってきた。驚いたことに、その手にはなくしたはずの帽子が握られている。「ドアマンがこれを持って上がってきました。浮浪児が持ってきたそうですが、礼は求めなかったと言っていました」フェルト地の縁を厳しい目で調べながら、つけ加える。「今日じゅうに汚れを取って、ブラシをかけておきます」

トムはじっと考え込み、立ちあがって窓辺に行った。少年は排水溝の横に戻って、吸い殻集めを再開している。「ちょっと出てくる」

「ぼくが行きましょうか？」

「いや、自分で処理する」

「では外套を——」バーナビーがそう口にしたときには、すでにトムは横を通り過ぎていた。

トムは歩道に出て、砂まじりの突風に目を細めた。少年は吸い殻集めの手を止めたものの、排水溝の横でしゃがんだまま、近づいていくトムを警戒するように見つめている。がりがりに痩せているうえ、栄養が足りていないために妙に老けて見え、年齢を推し量るのが難しい。だが一一歳を超えていることはないだろうとトムは見積もった。一〇歳というところか。濃い茶色の目の端には目やにがついていて、肌は羽根をむしられためんどりのようにぶつぶつしている。長く伸びたばさばさの髪は、何日も梳かしていないようだ。

「どうしてそのまま持っていかなかった？」トムはいきなり訊いた。

「泥棒じゃねえもん」少年は吸い殻を拾いながら返した。小さな両手には汚れが何重にもこびりついている。

トムはポケットから一シリング硬貨を出して差しだした。

だが少年は取ろうとしない。「施しはいらねえよ」

「こいつは施しじゃない」そんな余裕などないはずの子どもが自尊心を見せたことを、トムはおもしろく思うのと同時にいらだたしく感じた。「わざわざ届けてくれたことへの報酬だ」

少年が肩をすくめて硬貨を取り、吸い殻を入れているのと同じ袋に入れた。

「名前は？」

「ヤングバズル」

「名字じゃないほうの名前は？」

少年は肩をすくめた。「ヤングバズルってずっと呼ばれてるもん。父ちゃんはオールドバズルだった」

このまま立ち去るのがいいと、トムはわかっていた。この少年に特別なところがあるわけではないのだ。目の前のひとりを助けたら良心は満足するかもしれないが、同じように貧しさにあえいでいる何千人もの子どもたち全員を救えるわけではない。ロンドンにあるさまざまな慈善団体に相当な額をすでに寄付している。裕福であることを誇示できるその寄付で、もう充分なはずだ。

それなのに胸の中がもやもやして、どうしても立ち去れなかった。ウィンターボーンに言われたことのせいかもしれない。この少年のために何かしろと、心の声がささやいている。

こういう面倒なことになるから、いつもは心の声など無視しているのだ。

「バズル、実はいま、ぼくの執務室を掃除してくれる人間を探している。どうだ、その仕事をしてみないか?」

少年は疑り深そうにトムを見あげた。「かつごうってのかい、だんな?」

「ぼくは人をかついだりしない。それから〝ミスター・セヴェリン〟か〝閣下〟と呼べ」トムは硬貨をもう一枚与えた。「これで小さな箒を買って、明日の朝あの建物まで来い。ドアマンにおまえのことを伝えておく」

「何時に行けばいいの、閣下?」

「九時きっかりだ」トムは事務所に戻りながら、すでに後悔していた。「あの子が金だけくすねて明日来なかったら、請求書を送りつけてやるからな、ウィンターボーン」

7

一カ月後、トムはエセックスのサフラン・ウォールデン駅まで鉄道で向かい、そこから馬車を雇ってクレア領まで行った。馬車はひとりでゆったりと快適に過ごせる鉄道の専用客車とは大違いだった。彼は人を訪ねるとき、彼らの世話にならないことを好んだ。好きなときに行って好きなときに帰る自由を確保し、食べたいときに食べたいものを食べ、気に入っている石鹸で手や体を洗い、他人がたてる物音に邪魔されずに眠りたいからだ。

だがウェスト・レイヴネルの結婚式では、新しいことを試してみるつもりだった。トムも式に集う人々の一員になるのだ。つまり、屋敷内に用意された部屋に滞在して、とんでもなく朝早い時間にメイドが暖炉の火をかき立てるために入ってきても我慢するということだ。階下の食堂でほかの客と一緒に朝食をとり、ぞろぞろと連れだって散歩に出かけ、丘や木々や池といった景色を愛でる。屋敷には子どもが大勢いるだろうから、無視するか耐えるかしなければならない。夜に客間で行われるゲームや素人の出し物を楽しんでいるふりをする。

そんな苦行に身をさらす決心をしたのは、リース・ウィンターボーンに本能に従えと言われたからだ。いまのところその助言がいい結果を生んでいるとは言えないが、トムは何カ月も続いている何も感じられない状態にほとほと嫌気が差し、これから待ち受ける数々の苦行でさえそれよりはましだという気分になっていた。

遠くに、常緑樹に覆われたゆるやかな丘が見えてきた。丘にはツタが絡んだ低い塀がうねうねと走り、そこに古めかしいジョージア王朝様式の屋敷が立っている。白い柱が並ぶ屋敷の屋根には煙突が列になっていて、そこからのぼる煙が一一月の空に徐々に散っていた。まわりに生えている木々はすでに葉を落とし、裸の枝についている細かな黒い小枝がレースのようだ。遠くに見える収穫ずみの畑には、陰鬱な夜霧が重く立ち込めはじめている。

雇った馬車が玄関前の張りだし屋根（ポルティコ）の前で止まった。従僕が三人すぐに寄ってきて、ひとりが漆塗りの扉を開け、ひとりが踏み段を設置し、ひとりが荷物をおろしはじめる。砂利敷きの道におり立ったトムは深呼吸をして、濡れた葉と霜のにおいを吸い込んだ。においの点では、街より田舎のほうがいいとひそかに認める。

屋敷の前面に並ぶ上げ下げ窓から、大勢の人々が集まっているのが見えた。音楽や笑い声にまじって子どもたちの楽しそうな叫び声も聞こえてくる。その声から判断すると、やはり子どもたちの数は少なくないようだ。

「家族だけのこぢんまりとした式だって？」トムは玄関前の階段をのぼりながらつぶやいた。

玄関広間で、帽子と外套と手袋を執事に預ける。

白と水色と薄い緑という穏やかな色でまとめられたクレア館の中は、広々として開放感にあふれている。内装を手がけた人間は賢くも清廉な新古典主義様式の建物の前面（ファサード）との統一を重視して、部屋部屋を磁器の小像や刺繡入りクッションで埋めつくすという愚行に走らなかった。

トムが屋敷に入ると、ほんの一分ほどでウェスト・レイヴネルとレディ・クレアことフィービーが歓迎に現れた。長身で常に日に焼けているウェストとほっそりした赤毛の未亡人は、美しい組み合わせだ。ふたりのあいだには目に見えない神秘的なつながりがあり、寄り添って立っているからとか結婚しているからというだけにとどまらない、深い結びつきが感じられる。トムは不思議に思うのと同時に興味をそそられ、長年の友人がもはやひとりだけの存在ではなく、ふたりが合わさった新たな存在となったのだと理解した。

フィービーが膝を曲げて優雅にお辞儀をした。「ようこそ、ミスター・セヴェリン」

目の前の女性は、パンドラの結婚式で会ったときから驚くほどの変貌を遂げていた。そのときも美しい女性だと思ったが、落ち着いた外見にはどこかもろさが感じられ、悲しみの気配とはかなさが漂っていた。それがいまはゆったりとくつろいだ雰囲気に変わり、内側から輝いている。

ウェストが手を差しだして、トムの手をしっかり握った。「来てくれて、ぼくたちふたりともうれしく思っている」

「やめようと思ったんだ。招待されない場所に押しかける楽しみを台なしにされたからね」

ウェストはにやりとした。「それは悪かった。だが招待客のリストに入れないわけにはいかなかった。この夏の借りがあるから」

「ボイラーを直したことか？」

「違う。別の件だ」トムの当惑した様子を見て、ウェストは説明した。「ぼくの友人をロンドンから逃がしてくれただろう？」

「ああ、そのことか。たいしたことじゃなかったのに」

「ランサムを助けたことで、リスクを負ったはずだ。関与したことを当局に嗅ぎつけられたら、面倒なことになっていただろう」

トムはけだるい笑みを浮かべた。「たいしたリスクじゃないよ、レイヴネル」

「政府の伝手を失っていたかもしれないし、投獄される可能性もあった」

「ぼくの財布を当てにしている政治家は多いから大丈夫さ」トムは尊大さをちらりとのぞかせた。ウェストが眉を上げたので、トムは説明した。「ぼくが賄賂を贈った議員は、貴族院と庶民院を合わせれば、きみの顎に生えている髭より多い。鉄道開発業者は毎年〝議会向けの費用〟を予算に組み込んでいる。法案を委員会で審議してもらって必要な認可を得るためには、賄賂が唯一の道だからね」

「リスクはまだ消えていない。だからぼくは心からその恩義に報いたいと思っている。これまで言えなかったが、イーサン・ランサムはレイヴネル一族と近しい関係にあるんだ」

トムは怪訝に思ってウェストを見た。「近しい関係って？」

「先々代の伯爵の庶子だとわかったんだ。つまりランサムは、カサンドラとパンドラにとって異母兄ということになる。正当な生まれだったら、称号も領地もぼくの兄ではなくランサムのものになっていた」

「興味深い話だな」トムはつぶやいた。「それなのに、きみたちは彼を脅威だと見なしていないのか？」

ウエストの声が皮肉っぽい響きを帯びる。「ああ。ランサムは領地にまったく興味を抱いていない。実際、彼があまりにもレイヴネル一族と関わりたがらないから、脅したりすかしたりして家族の集まりに参加させなくてはならなかった。今回ここに来たのは、奥方が来たがったからだよ」いったん言葉を切ってから続ける。「ドクター・ギブソンを覚えているだろう？」

「ドクター・ガレット・ギブソンか？　ふたりは結婚したのか？」

ウエストはトムが驚いているのを見てにやにやした。「ランサムがうちの領地で静養しているあいだ、誰が面倒を見ていたと思う？」

トムが心もとない表情になっているのに気づいて、フィービーがやさしく声をかけた。「ドクター・ギブソンが気になっていたんですの、ミスター・セヴェリン？」

「いや、だが……」トムは口をつぐんだ。ガレット・ギブソンはソルボンヌ大学で学位を取り、英国で女性として初めて正式に医者になった素晴らしい人だ。まだ若いのに外科医として非常に高い技術を持っているうえ、師であるサー・ジョセフ・リスターに殺菌の重要性とそのための方法を叩き込まれている。ウィンターボーン夫妻と親しく、コーク通りにあるウインターボーンの店の隣に診療所を構えて彼の会社の従業員の健康管理を担っているため、トムは彼女と何度か顔を合わせて非常に気に入っていた。

「ドクター・ギブソンはすがすがしいほど実際的な女性だ。愛だのなんだのというばかげたものに興味のない地に足がついた女性を妻にできて、ランサムは幸運だ」

ウェストはにやりとして首を横に振った。「幻想を壊して悪いが、ドクター・ギブソンは夫に夢中だし、夫に愛だのなんだのというばかげたものを向けられるのを気に入っている」

友人はさらに話を続けそうな勢いだったが、幼い男の子が駆けてきてフィービーに抱きついたので、ウェストはすばやく手を伸ばしてふたりの体を支えた。

「ママ」息を切らした男の子は見るからに動揺している。

しがみついている男の子を、フィービーは心配そうに見おろした。「ジャスティン、いったいどうしたの？」

「ガロッシュが死んだネズミを持ってきたの。ぼくの目の前の床に置いたんだよ！」

「それはびっくりしたわね」フィービーは息子のふわふわした濃茶の髪をやさしく撫でた。「猫ってそういうものなのよ。ガロッシュはネズミをすてきな贈り物だと思ったの」

「子守り(ナニー)はネズミにさわろうとしなかったし、メイドはきゃーって叫んだんだよ。ぼくはアイヴォウと喧嘩(けんか)したの」

アイヴォウはフィービーの弟なのでジャスティンのおじに当たるのだが、ふたりは兄弟というほうがしっくりくる年齢差で、よく一緒に遊び、喧嘩している。

「ネズミのことで？」フィービーが息子を慰めるように訊いた。

「ううん。喧嘩はネズミの前。もうすぐ新婚旅行があるけど、ぼくはそれに行けないってアイヴォウが言ったんだ。新婚旅行は大人のためのものだからって」男の子は母親を見あげて、下唇を震わせた。「ぼくを置いて新婚旅行に行ったりしないよね。そうでしょ、ママ？」

「ジャスティン、わたしたちはまだ旅行の計画も立てていないのよ。ここでやらなければならないことが山ほどあってそんな余裕がないし、まずはみんなが慣れるための時間が必要だから。できれば春くらいに――」

「父さんはぼくを置いてなんか行きたくないはずだよ。絶対にそうだもん！」

あたりにぴりぴりした緊張感が漂った。トムがちらりと視線を向けると、ウェストは呆然として表情をなくしている。

フィービーはゆっくりしゃがんで、息子と目を合わせた。「いまのはウェストおじさんのこと？　ウェストおじさんのことを父さんって呼んだの？」

ジャスティンはうなずいた。「おじさんでいてほしくないの。おじさんはもういっぱいいるから。それに父さんがいなかったら、靴紐を結べるようにならないもんね」

フィービーはにっこりした。「じゃあ、パパって呼んだらどう？」

「そうしたら、どっちのことかわからなくなるでしょ？　天国にいるほうと、ここにいるほうと」

フィービーはおかしそうに息を吐いた。「そのとおりね。あなたは賢い子だわ」

ジャスティンがかたわらに立っている長身の男を、不安げな表情で見あげた。「父さんって呼んでもいいでしょ？　父さんって呼ばれるのは好き？」

ウェストの表情が変わった。日焼けした肌の赤みが増し、顔の筋肉が強い感情にゆがむ。彼はいきなりジャスティンを抱きあげると、大きな手を小さな頭の後ろに当てて、頬にキスをした。「大好きだよ」ウェストの声は震えている。「すごく気に入った」男の子がウェストの首に腕を回して抱きついた。

感動的な場面が嫌いなトムは居心地が悪くてしかたなかった。玄関広間に目をやり、こっそり抜けだせないかと考える。部屋にはあとで案内してもらえばいい。

「新婚旅行でぼくたちはアフリカに行ける、父さん？」

「ああ」ウェストの声はくぐもっている。

「ワニを飼ってもいい、父さん？」

「ああ、いいよ」

フィービーは魔法のようにどこからかハンカチを取りだして、こっそりそれをウェストの手に押し込んだ。「ミスター・セヴェリンはわたしに任せて。あなたは死んだネズミをなんとかしてちょうだい」

ウェストはしゃがれたうなり声を出してうなずいた。きつく締めつけられているジャスティンはもがいている。

フィービーはトムにまばゆい笑みを向けた。「どうぞこちらにいらして」

感動的な場面から逃れられることにほっとして、トムは彼女と一緒に歩きだした。

「いきなりあんなことを言いだした息子を許してくださいね」フィービーが玄関広間を横切りながら申し訳なさそうに言う。「子どもって、いまはちょっとまずいとかまったく考えないんですもの」

「謝る必要はありませんよ。今回は結婚式ですから、感動的な場面や涙に出くわすことは予想していました。ただ、新郎がああなるとは思いませんでしたが」

フィービーは微笑んだ。「気の毒なことに、わたしの婚約者はなんの準備もないまま父親にされてしまったんです。でも最高の父親になってくれていますわ。子どもたちは彼が大好きなんですよ」

「レイヴネルのああいう姿は見たことがなかった」トムは少しのあいだ口をつぐんだ。「彼が家族を欲しがっているなんて、ちっとも気づかなかった。絶対に結婚しないと、いつも言っていたので」

「〝絶対に結婚しない〟というのは、放蕩者の常套句ですからね。でも結局は、ほとんどの方が結婚を避けられずに屈服するんですけれど」フィービーはいたずらっぽい顔で彼をちらりと見た。「もしかしたら、次はあなたの番かもしれませんよ」

「ぼくは放蕩者だったことはありません」トムは淡々と返した。「そう呼ばれるのは、貴族階級の金持ちだけです。それに結婚する気はありますから」

「それはすてき。お相手はもう決めていらっしゃるのかしら」

トムはからかわれているのだろうかと思い、フィービーに鋭い視線を向けた。トムが以前カサンドラに興味を持ったことを、ウェストが伴侶に話していないはずがない。だがフィービーの明るい灰色の目に悪意はなく、ただ親愛の情と好奇心だけが見て取れた。

「いまはいません。どなたか推薦してもらえるんですか?」

「わたしには妹がいるけれど、セラフィーナはあなたには若すぎると思いますわ。どんな女性をお求めですの?」

突然、女性がふたりの会話に割って入った。「ミスター・セヴェリンは自立した実際的な奥さまを求めておられるのよ。感じはいいけれどこれ見よがしでなく……頭はいいけれどおしゃべりではない。夫の望みに応じて現れたり姿を消したりして、夕食までに戻ってこなくても文句ひとつ言わない。そうでしょう、ミスター・セヴェリン?」

廊下の奥からカサンドラが近づいてくるのを見て、トムは足を止めた。ピンクのベルベットのドレスを着た彼女は言葉にできないほど美しい。ドレスのウエストが後ろに向かってしぼられているので、腰のラインがきれいに出ている。彼女が足を踏みだすたびに白いシルクのフリルに縁取られた前裾が泡立つように蹴りあげられるのを見て、興奮のあまりトムは口の中が乾くのを感じた。引き出しの中に閉じ込められた生きもののように、胸の中で心臓が暴れている。

「ちょっと違うな。ぼくは機械仕掛けの人形と結婚したいわけじゃない」トムはじっと立ったまま、カサンドラが近くまで来るのを待った。

「だけど、便利でしょう?」カサンドラは考え込むように言い、彼の前で止まった。「機械仕掛けの妻は、あなたの気分を損ねたり都合の悪いことをしたりしないもの。それに夫も妻も相手を愛する必要がないし、ちょっとした修理や保守管理の費用が必要なだけですごく経済的だわ」

カサンドラはさりげなくも的確に嫌味をぶつけてきた。明らかに、トムがいきなりエヴァースビー・プライオリーを去ったことで機嫌を損ねているのだ。

いまトムの頭で正常に思考しているのはごく一部で、残りはすべてカサンドラを細部まで記憶するのに全力で稼働していた。たとえば顔にはたかれているパウダーのかすかな香りや、澄み渡った青い目の色合い。それから初めて見る美しい肌。みずみずしく乳白色に輝き、まるでグラスに入ったミルクにピンクの光が差しているかのようだ。彼女の肌は前からこんなふうだっただろうか。ドレスの下に隠された腕や脚や体の曲線を思い浮かべて、トムはぞくぞくした。氷のような冷水が熱く感じられたり、焼かれたところが冷たく感じられたりするときのようだ。

「機械仕掛けの人形だなんて、ジュール・ヴェルヌの小説に出てきそうだな」トムは言葉をしぼりだした。「ちなみに、きみに薦められた本は読んだ」

カサンドラがむっとしたように体の前で腕を組むと豊かな胸が押しあげられ、トムは膝から力が抜けるのを感じた。「エヴァースビー・プライオリーに置いていったくせに、どうして読めるの?」

「秘書に買ってこさせた」

「あなたにあげた本を持って帰らなかったのはなぜ？」

「どうしてわざと置いていったと思うんだ？　忘れていったのかもしれないじゃないか」

「あなたが何かを忘れるなんてありえないもの。どうして持って帰らなかったの？」

カサンドラは言い逃れを許さなかった。

それでもいくらでもあいまいな答えを返せたが、トムは正直に話すことにした。考えてみれば、彼女に惹かれたことをこれまで隠してきたわけではないのだ。

「きみのことを考えたくなかったんだ」ぶっきらぼうに言う。

ふたりを交互に見ていたフィービーは廊下の先にあるコンソール・テーブルの上の花が急に気になったらしく、その場を離れた。そして花瓶に活けられた緑の葉をあれこれいじり、シダを二本抜きだしたかと思うと反対側に挿し直したりしている。

カサンドラが表情をやわらげ、きつく結んでいた口元をゆるめた。「じゃあ、どうして読んだの？」

「興味があったから」

「楽しめた？」

「四時間分の価値はなかったよ。あの小説が言わんとしていることは一ページもあれば説明できる」

カサンドラは小さく首をかしげ、先をうながすように彼を見つめた。「あの小説が言わんとしていることって？」

「フィリアス・フォッグは東に向かって旅をしていたから、経度線を越すたびに四分獲得していた。一周して出発地点に戻ったときにはそれが丸一日分になっていて、そのおかげで賭けに勝つんだ。つまりこの本の教訓は、地球の自転方向に旅をする場合、時計の針はそれに応じて押し戻され、時間が遅れるということだ」

この明らかな結論には何も言えないだろうと、トムは悦に入った。

ところがカサンドラが首を横に振ってゆったり微笑んだので、トムはまごついた。「それは話の展開で、この小説が言いたかったことじゃないわ。フィリアス・フォッグが自分自身について理解するようになったこととは関係ないもの」

「彼は目標を設定して達成した。それ以外に、何を理解することがある?」トムはカサンドラの反応にいらだった。

「とても大切なことを」カサンドラの表情や声から、楽しんでいることが伝わってくる。

トムは何に関しても間違えるということに慣れていないので、冷たく言った。「ぼくを笑っているんだな」

「いいえ、あなたと笑っているのよ。だけど、ちょっと偉そうだったかしら」

カサンドラの瞳には、戯れのゲームに誘っているかのごとくからかうような光が浮かんでいる。トムをそういうゲームに慣れていない青二才と一緒にしているのだ。だが彼がいつも相手にしている経験豊富な仕事仲間たちは、意図が明確でわかりやすい。彼女がこんな態度を取る目的はまったく理解できなかった。

「答えを教えてくれ」

カサンドラはかわいらしく鼻の頭にしわを寄せた。「それはよくないわ。あなたが自分で見つけるまで黙っていたほうがいいと思うの」

トムは表情を変えなかったが、心の中にはこれまで知らなかった感情が渦巻いていた。まるで大好きなもの――たとえばシャンパン――を楽しみながら、大嫌いなこと――たとえばものすごく高いところにある鉄道橋の鋼鉄の枠組みの上でバランスを取ること――をしているかのようだ。

「きみはみんなが思っているほどやさしいだけの人間ではないんだな」トムはむっつりと言った。

「実はそうなの」カサンドラはにやりとして、フィービーがいるほうを振り返った。ふたりが話しているあいだに、フィービーは飾ってある花の半分近くを挿し替えている。「邪魔をしてしまってごめんなさいね、フィービー。ミスター・セヴェリンをお客さま用のコテージに案内しているところだったのよね？」

「ひとりで来られた男性のうちの何人かは、そこに滞在していただこうと思っているの」

「夕食のとき、わたしの席はミスター・セヴェリンの近くかしら？」

「あなたたちの席はなるべく離すように言われた理由がわかったわ」

「ばかばかしい。ミスター・セヴェリンとわたしは問題なくうまくやっていけるわ」カサンドラは小さく誘うような笑みを浮かべてトムを見あげた。「だから……わたしたちは友だちになるべきだと思うんだけれど、どうかしら？」

「いや、無理だ」トムは真顔で返した。

カサンドラは驚いて目をしばたたき、冷や水を浴びせられたような表情になった。「それなら面倒なことはやめましょう」

歩み去っていく彼女の後ろ姿を、トムは見送った。しなやかに足を運ぶたびにドレスの美しいひだが揺れ動くさまに目を奪われる。

ようやくフィービーのことを思いだして振り向くと、彼女に考え込むような表情で見つめられた。

「レディ・クレア」トムは慎重に言葉を紡いだ。「どうかこのことは――」

「誰にも言いません」フィービーは約束し、廊下をゆっくり進みながら、相変わらず考え込んでいた。「席順を変えたほうがいいかしら。あなたをカサンドラの隣に」いきなり質問する。

「まさか、とんでもない。どうしてそんなことを」

フィービーはきまり悪そうに苦笑した。「つい最近の話なんですけれど、実は自分とまったく合わない人に惹かれてしまったんです。まるで夏の嵐に遭遇したかのように突然。それでもなんとかして彼を避けようとしたのに、晩餐会で隣の席になってしまって。結果的にはそれが、わたしにとってこれ以上ない幸運な出来事だったとわかったんです。いまのあなたとカサンドラの様子を見ていたら、もしかして――」

「いや。ぼくたちはまったく合いませんから」トムはそっけなくさえぎった。

「そうですか」フィービーは長い沈黙のあと、ふたたび口を開いた。「でも、状況が変わることもあるかもしれませんわ。先のことは誰にもわかりませんもの。あなたにはぜひ『説得』という作品を読んでいただきたい——」

「また小説ですか？」トムはうんざりしてフィービーを見た。

「小説のどこがいけないんですか？」

「別にいけなくはありません。その内容が教訓になると勘違いさえしなければ」

「その教訓が役立つのであれば、どんな形で発信されたものであろうと関係ないんじゃないかしら」

「レディ・クレア、創作された人間から学びたいことなどありません」

ふたりは母屋を出て、舗装された小道を歩いて庭を横切り、赤煉瓦造りの客用コテージに向かった。

「少しだけゲームにつきあってくださらない？　ふりをするゲームに」トムがしぶしぶうなずくのを待って、フィービーは先を続けた。「最近、友人のジェイン・オースティンから聞いたんですけれど、隣人のアン・エリオットがフレデリック・ウエントワースという海軍将校と結婚したんですって。実はふたりは七年前にも婚約していたのに、アンが家族に説得されて破棄してしまったんですよ」

「なぜそんなことを？」

「その若者には富も人脈もなかったから」

「心の弱い女性だ」トムは軽蔑して言った。

「間違ったことでしたわ」フィービーが認める。「でもアンはずっと従順な娘でしたから。月日が流れてふたりが再会したとき、ウェントワース大佐は出世していました。彼はアンをまだ愛していると悟ったにもかかわらず、そのとき彼女は折悪しく別の男性から求愛されていて」

「ウェントワースはどうしたんですか？」トムは意に反して興味を引かれて質問した。

「何も言わずに、アンを待つことにしたんです。いよいよ時が満ちたと思ったとき、手紙に気持ちをしたためて、彼女が見つけて読むように置いておきました」

トムは陰鬱な視線をフィービーに向けた。「登場人物の誰にも共感できませんね」

「ではウェントワース大佐はどうすべきだったと思いますか？」

「彼女を追いかければよかったんです」トムは強い口調で言った。「あるいはきっぱり切り捨てるか。黙って待つなんて、もってのほかだ」

「追いかけるにしても、ときとして忍耐が必要なのではないでしょうか？」

「ビジネスの世界ではそうだ。だが恋愛において、ぼくはじっと待つほど女性を求めたことはない。女性ならほかにもいくらだっている」

フィービーがおもしろがるような表情になった。「あなたって厄介な方ですのね。ご自分とウェントワース大佐の共通点を探すために、ぜひ『説得』を読むべきだと思いますわ」

「実在する人間と小説の登場人物を比べたところで、共通点は見つからないでしょう」

「それでも読んでくださいね。読めば、カサンドラがフィリアス・フォッグについて言っていたことが理解できるようになるかもしれません」

トムは当惑して顔をしかめた。「フィリアス・フォッグはその本にも出てくるんですか？」

「いいえ、でも――」フィービーは言葉を切って笑いだした。「まったく。あなたはなんでもそんなふうに言葉どおりに受け取るの？」

「ぼくは技師ですから」トムは弁解するように言い、彼女のあとから客用のコテージに入った。

8

「どうしてそんなふうに歩いてるの？」パンドラは、夫のガブリエルとカサンドラと一緒に階段をおりて夕食が用意されている食堂に向かいながら質問した。

「そんなふうって？」カサンドラは訊き返した。

「昔バレリーナ競争をしたときみたいな感じ」

それを聞いて、ガブリエルはにやりとした。「バレリーナ競争ってなんだい？」

「どっちがずっと爪先で立っていられるかの競争よ」パンドラは説明した。「かかとをついたり転んだりしたら負け。カサンドラがいつも勝っていたけれど」

「いまはバレリーナって気分じゃないわ」カサンドラは沈んだ声で言った。廊下の端で足を止め、壁にもたれてドレスの前裾を足首まで引きあげる。「こんなふうに歩いているのは新しい靴のせいよ」

パンドラがよく見ようとしてしゃがみ込むと、ラベンダー色のシルクのイブニングドレスの裾が巨大なペチュニアのように波打った。

青いサテンの靴は幅が狭く先が尖って(とが)いて、真珠とビーズがちりばめられている。残念ながらこの靴は、カサンドラがいくら家の中で履いて足に慣らそうとしても、かたい革の裏張りがちっとも柔らかくならなかった。

「わあ、すてきじゃない」パンドラが声をあげる。

「でしょう？」カサンドラはうれしくて一瞬、気分が上向いたが、足の不快さにすぐにたじろいだ。まだ夜は始まってもいないのに、爪先とかかとに水ぶくれができかけている。

「かかとがすごく高いのね」パンドラが額にしわを寄せた。

「ルイ一五世風なの。わざわざパリから取り寄せたから、履かないわけにはいかないわ」

「足が痛くても？」ガブリエルは訊き、手を差しだしてパンドラを立ちあがらせた。

「不快だなんて言えないくらい高価なのよ」カサンドラはむっつりと言った。「それに、仕立て屋が言うには、かかとの高い靴を履くと痩せて見えるんですって」

「まだ太っているって気にしているの？」パンドラが詰め寄った。

「だって、ドレスがどれもきついんだもの。全部直したら、時間とお金がとんでもなくかかるわ」カサンドラはため息をついた。「それに……舞踏会やパーティで男の人たちが話しているのを耳にしたの。彼らは女性ひとりひとりの肉体的な欠点をあげつらっていたわ。背が高いとか低いとか、肌がすべすべだとかそうじゃないとか、胸があるとかないとか」

パンドラは眉をひそめた。「どうして彼らは完璧でなくてもいいのかしら」

「男だからよ」

パンドラはいやそうな顔をした。「カサンドラから見た社交シーズンは、そういうものなのね。若い娘を品評するブタのような男たち」パンドラは夫のほうを向いた。「男の人は本当にそんな話をしているの？」

「男がするんじゃない。間抜けどもがするのさ」

三時間後、カサンドラは足を引きずりながら、誰もいない静かな温室に入った。室内に作られた小川の流れに反射した柔らかに揺らめく光が室内に広がり、そこにシダやヤシの葉が投げかける影が重なっている。まるで水の底の宮殿だ。

カサンドラは痛む足を引きずりながら小さな石橋に上がる階段まで来て、たっぷりした青いシルクオーガンザのドレスの裾を下敷きにして座った。何層も重なった繊細な生地にちりばめられた細かいクリスタルビーズが、階段にちらちらと光を投げかけている。彼女はほっとして声を漏らし、ずきずきと痛む左足の靴を脱いだ。

晩餐会はにぎやかな会話と活気にあふれ、楽しく心地よい雰囲気だった。みんなに結婚を心から祝福され、ウェストとフィービーはこのうえなく幸せそうだった。食事も素晴らしく、とてつもなく長いテーブルの中央に置かれた氷の上に盛られたフォアグラから始まって、数えきれないほどの品数が続き、どれもが塩やバターや薫香や豊かな風味が絶妙だった。

それなのにカサンドラはその並外れてぜいたくな食事のあいだ、ずっと不快な気分だった。そしてとうとうテーブルの下で靴を脱がざるをえなくなり、脈打つように痛む足を空気にさらしたのだった。鑿（のみ）のように靴下を切り裂き皮膚に食い込む靴のせいで、ずっと不快な気分だった。

幸い、隣の席はフォックスホール卿が愛想よくしゃべってくれたおかげで、カサンドラは足の痛みから少し気をそらすことができた。とはいえ、彼が結婚相手として最高の男性で人柄も申し分ないとわかっているのに、気持ちはまったく動かなかったし、向こうも同様だった。

一方で、複雑な性格のトム・セヴェリンは、まるでとげのようにカサンドラの心に取りついて離れない。彼は長いテーブルの反対端に、ウェストクリフ卿夫妻の人目を引く美しい娘のひとりであるレディ・グレースと並んで座っていた。つややかな黒髪と白い歯をのぞかせた笑顔が魅力的なレディ・グレースはセヴェリンに心を惹かれた様子で、頻繁に笑顔を見せつつ、熱心に会話をしていた。

正装の夜会服に身を包んだミスター・セヴェリンは颯爽としていた。その姿は刀身のごとく……つややかで力強い。目には鋭い知性があふれ、高い地位にある洗練された男性たちが大勢集まる中にいても際立っている。彼はカサンドラのほうを一度も見なかったが、彼女を意識し、わざと無視しているように思えたのは気のせいだろうか。

ふたりの姿が目に入るたびに、カサンドラの口の中の食べ物は苦い味に変わり、なかなかのみ込めなくなった。最初から素晴らしいとは言えなかった気分が、冷えたスフレのようにどんどんしぼんでいく。

気分がどん底まで落ちたのは、晩餐会がようやく終わろうとしたときだった。テーブルの下で脱いでいた靴を履こうとしたら、片方が見つからなかったのだ。体をずりさげて目立たないように爪先で探ってみたものの、いまいましい靴は消えてしまっていた。でも彼があとで誰かに話したいという誘惑に抵抗できない可能性がある。そうなっても、彼を責めることなどできない。とはいえ、笑われることには耐えられなかった。

しばらく悩んでいたが、笑われることはどうしたって避けられないと悟った。靴を残したまま立ち去れば、使用人があとで見つけてほかの使用人に話す。その使用人が主人や女主人に話して、そのうち誰もが知るようになるのだ。

カサンドラはあきらめきれず、もう一度爪先で床を探った。

「レディ・カサンドラ、どうかしたんですか？」フォックスホール卿が小声で問いかけた。

カサンドラは親しげな光を宿した彼の黒っぽい目を見つめ、懸命に笑みを作った。「残念ながら、こういう長い晩餐会でずっとじっとしているのは性に合わなくて」もちろん嘘だったが、本当の問題を打ち明けることはやはりできなかった。

「ぼくもですよ」フォックスホール卿が同意する。「固まってしまった脚を伸ばしに、散歩へ行きませんか？」

カサンドラは笑みを顔に張りつけたまま、どう返そうか考えをめぐらせた。「誘ってくださって、ありがとうございます。でも女性はみんなお茶を飲みに集まりますから、いなくなると噂になってしまいますわ」

「もちろんそうですね」フォックスホール卿はやさしく言い訳を受け入れると、立ちあがって彼女に手を貸した。

片方だけ靴を履いたカサンドラはバレリーナのように爪先立って歩き、たっぷりしたドレスの裾がはだしの足を隠してくれているよう必死に祈った。汗が噴きだしているのを意識しながら平静を装い、しずしずと扉のほうへと向かう。

楽しくしゃべりながら部屋の外へ出ていく人々のあいだで、カサンドラは身を縮めていたものの、ふと剝きだしの肘にかすかに何かが触れたのに気づいた。振り向くと、トム・セヴェリンに見おろされている。

「どうした？」ミスター・セヴェリンが抑えた声で訊いた。冷静で、落ち着いていて、いかにも頼れそうだ。

赤面したカサンドラは自分をばかみたいだと感じながら、傾きそうになる体を懸命にまっすぐに保ってささやいた。「テーブルの下で靴を片方なくしてしまったの」

ミスター・セヴェリンはまばたきひとつせずに受け止めて告げた。「冬の庭園で会おう」

それでカサンドラはいまこの温室で彼を待っている。

かかとに張りついているシルクの靴下を恐る恐るはがすと、傷になっているところがずきずき痛み、はがした靴下には小さく血がついていた。顔をしかめてドレスの下を探り、ガーターをゆるめて汚れてしまった靴下を脱ぐ。脱いだ靴下は小さく丸め、ドレスの内側のポケットに入れた。

カサンドラはため息をつくと、脱いだ靴を持ちあげ、しかめっ面で眺めた。表面に縫いつけられた真珠や繊細なビーズが差し込んでくる月光を受けて輝いている。この靴は美しいけれど、まったく実用的ではない。「あなたには期待していたのに」彼女が不機嫌につぶやいて靴を投げると、さほど力を入れたわけではないのに鉢植えのヤシに当たって、ビーズが散らばった。

トム・セヴェリンの冷淡な声が静寂を破った。「ガラス製の温室にいる人間は、靴なんか投げるべきじゃないな」

9

カサンドラは温室に入ってきたトム・セヴェリンを、なんとなく悔しい気分で見あげた。

「どうして何かがおかしいとわかったの？　そんなに態度に出ていた？」

ミスター・セヴェリンは彼女の一メートルほど手前まで来て足を止めた。「いや、うまく隠していたよ。だが椅子から立つときにびくっとしていたし、いつもよりゆっくり歩いていた」

そんな細かい兆候に気づかれたことに一瞬驚きつつも、カサンドラはいちばん気になっていることを確かめるべく、恐る恐る質問した。「靴はあった？」

彼は答える代わりに、上着の内ポケットから靴を取りだした。

カサンドラの体に安堵が広がる。「よかった。本当にありがとう。どうやって拾ったの？」

「テーブルの延長部分が水平じゃないから、下側を調べたいと従僕に言ったのさ」

カサンドラは眉を上げた。「嘘をついてくれたの？」

「いや、夕食のときに、グラスの中のワインや水が少し傾いているのに気づいた。テーブルの延長部分がきちんと設置されていなかったから、下に入ったときに直しておいた」

ことね」

カサンドラはにっこりして、靴に手を伸ばした。「それなら、善行をふたつ積んだという

けれども、ミスター・セヴェリンは靴をすぐに渡そうとはしなかった。「これもどこかに投げるのか？」

「そうするかも」

「そんなことはしないと確信できるまで、ぼくが持っていたほうがよさそうだ」

カサンドラはゆっくりと手を引っ込め、きらきら輝くミスター・セヴェリンの瞳を見つめた。月光と影が戯れる温室でこうして彼とともに立っていると、時の流れとは無関係な場所にいるような気分になる。世界にはふたりだけで、なんでも好きなことを言ったりやったりできるかのごとく。

「一緒に座らない？」カサンドラは思いきって誘った。

ミスター・セヴェリンは地雷原に足を踏み入れたのだと突然気づいたかのように、あたりを見回した。しばらくためらったあと、短くうなずいて近づいてくる。

カサンドラはドレスの裾を寄せて場所を空けたが、つややかな青いシルク地が、座ったミスター・セヴェリンの脚に少しかかってしまった。彼からは石鹼と洗濯糊の清潔な香りとぴりりとした樹脂系の甘い香りが、入りまじって漂ってくる。

「足の具合は？」

「痛いわ」カサンドラは顔をしかめた。

ミスター・セヴェリンが向きを変えながら丹念に靴を調べた。「なるほどね。これは工学的に見てとんでもない代物だ。かかとが高すぎて、体の重心がずれてしまう」

「体のなんですって？」

「それだけじゃない。そもそも人間の足はこんな形にできていない。爪先を入れるべきところが、どうしてこんなに尖っているんだ？」

「おしゃれだからよ」

ミスター・セヴェリンはわけがわからないという顔をした。「足のために靴があるわけで、靴のために足があるわけじゃないだろう」

「それはそうだけれど、おしゃれは大切だもの。特に社交シーズンが始まったいまは」

「もう始まっているのか？」

「正式にはまだよ。でも国会は始まっているから、内輪の舞踏会や催しはあちこちで開かれているわ。わたしには、そういう催しをひとつだって欠席する余裕がないの」

ミスター・セヴェリンは必要以上に丁寧に靴を置くと、カサンドラと正面から向き合った。

「どうしてひとつも欠席する余裕がないんだ？」

「二度目の社交シーズンだから、今年は絶対に夫を見つけなければならないの。結婚しないまま三度目のシーズンを迎えたら、わたしに何か問題があるとみんなに思われてしまうもの」

彼の表情が変わり、何を考えているのかわからなくなった。「それならフォックスホール卿と結婚すればいい。彼以上の夫は見つからないだろう。今後いくら待っても」

その言葉は正しいとわかっていたが、カサンドラは腹が立った。彼にぴしゃりと拒否された気分だ。「あの方とは合わないわ」

「晩餐会のあいだじゅう、仲よく話していたじゃないか。充分に合っているように見えたぞ」

「あなたとレディ・グレースもね」

ミスター・セヴェリンはじっと考え込んだ。「彼女は楽しい相手だったよ」

カサンドラはむかむかした。「じゃあ、求愛したらいいんじゃない?」

「ウェストクリフ卿が義父になるんだぞ。彼にいいように操られるのはごめんだ」ミスター・セヴェリンが苦々しげに言った。

網戸になっている窓から入ってくる室内楽団が奏でる音楽を聴きながら、カサンドラは落ち着かない気分でむっつりとつぶやいた。「いやになっちゃう。戻って踊れたらいいのに」

「靴を履き替えてくればいい」

「水ぶくれができているから無理よ。足の手当てをして、ベッドに入るしかないわ」カサンドラはドレスの裾からのぞいている剝きだしの爪先を、顔をしかめて見おろした。「あなたはレディ・グレースを見つけて、ワルツに誘えばいいわ」

ミスター・セヴェリンが抑えた笑い声をあげた。「やきもちを焼いているのか?」

「ばかなことを言わないで」カサンドラはこわばった声で言い、足を引っ込めた。「そんなわけないじゃない。あなたなんてどうでもいいもの。正直言って、あなたが彼女と仲よくなって喜んでいるのよ」

「そうなのか？」

カサンドラは少し正直になることにした。「まあ、すごくうれしいわけじゃないけれど。でも、別に、あなたが彼女を好きでもかまわないわ。ただ……」

ミスター・セヴェリンが問いかけるような視線を向けた。

「どうしてわたしとは友だちになれないの？」悔しいことに、子どもっぽい質問がぽろりと漏れてしまった。カサンドラは目を伏せてドレスのひだを直し、クリスタルビーズをいじった。

「こっちを見て」ミスター・セヴェリンにそう言われても、カサンドラは顔を上げなかった。

頬に手が伸びてきて、上を向かされる。

ミスター・セヴェリンが彼女に触れるのは初めてだ。

その指は力強いがやさしく、熱くなった頬にひんやりと感じられた。信じられないくらい心地よくて、カサンドラは震えた。動くことも声を出すこともできず、ほっそりしたどことなく狼（おおかみ）を思わせる顔を見あげる。月の光を受けて青緑の目の色合いが微妙に変化した。

「そんなことを言うが……本当に友だちになりたいのか？」親指でそっと頬を撫でられ、カサンドラは息ができなくなり、酸素を吸い込もうとして、しゃっくりのようになってしまった。うなじからぞくぞくとした震えが駆けおりてくる。彼はこんなふうに触れることに慣れているらしい。やわらいだ声は黒いベルベットを思わせた。

「なりたいわ」カサンドラは声を押しだした。

「いや、そんなことは思っていないはずだ」緊張をはらんだ静けさの中で、ミスター・セヴェリンが身を寄せてきた。彼の顔がすぐそばに迫って顎に息が吹きかかるのを感じると、カサンドラの心臓は狂ったように打ちだした。もう片方の手でうなじをそっとつかまれた瞬間、キスをされるのだと思って興奮に胃が引きつった。手をどこに置けばいいかわからず、ふたりのあいだに閉じ込められた蛾のようにひらひらと動かしてしまった。

舞踏会や夜会で軽くキスされたことは何度もある。人目を盗んでせわしなくする、一瞬のかすめるようなキスなら。でもこんなふうに触れられたことはない。ミスター・セヴェリンの指先が頬や顎の曲線をたどっていく。これまで感じたことのない興奮が体を駆けめぐりはじめると、脚から力が抜けていき、彼の腕に支えられていないと立っていられなくなった。いまや目の前にある唇は引きしまっていてなめらかだ。

それなのに結局キスをされなかったので、カサンドラはがっかりした。

「カサンドラ、これまでぼくはわざとではないものの、何人もの女性を不幸にしてきた。だが、きみのことは不幸にしたくない。その理由については深く掘り下げたくないが」

「一回のキスで何が変わるというの？」そう口に出してから、カサンドラは自分からキスをねだるようなことを言ってしまったと気づいて真っ赤になった。

ミスター・セヴェリンが体を引いて、彼女を見おろした。指先でさりげなくうなじの後れ毛に触れられ、カサンドラは身を震わせた。

「進む方向の角度が一度ずれるだけで、一〇〇メートル先では、ずれが一・五メートルほどにもなる。二キロ先では、約三〇メートルだ。ロンドンを出発してアバディーンに着くはずが、北海の真ん中にいる自分を発見することになるんだ」彼女がぽかんとしているのに気づいて、ミスター・セヴェリンはつけ加えた。「要するに、基礎幾何学によれば、一度のキスが人生を変えてしまう可能性がおおいにある」

カサンドラは身をよじって彼から離れると、いらだって言った。「あなたは知らないかもしれないけれど、数学の話なんか始めたら、そもそもキスの可能性なんてなくなってしまうのよ」

ミスター・セヴェリンはにやりとした。「ああ、知っているさ」立ちあがって彼女に手を差しだす。「じゃあ、ダンスで手を打たないか？」冷静な声からは親しみだけが伝わってきて、月の光やロマンチックな雰囲気や衝動的な若い娘の行動にまったく動じていないのは明らかだ。

カサンドラはその誘いを拒否したかった。ミスター・セヴェリンが差しだすものに興味などないと示したかった。だが、かすかに聞こえてくる軽やかで切ないヨハン・シュトラウスのワルツの調べが心に渦巻く感情と共鳴し、体の芯を震わせた。彼と踊りたくてたまらない。とはいえ、自尊心を犠牲にしてもいいと思ったとしても、靴がないという事実は変えられなかった。あの靴は絶対にもう履けない。

「無理よ。はだしだもの」

「ふうん、そうか。きみには従わなくてはならない規則があるんだったね。誘いを受け入れれば、あまりにも多くの規則を一度に破ることになる。シャペロンがいないところで男とふたりでいるうえ、はだしで踊るとなると――」

「別に規則に従いたいわけじゃないわ。でも、そうするしかないの。それにつかのまの楽しみに、すべてを危険にさらす価値はないから」

「どうしてわかる？　ぼくと踊ったことは一度もないのに」

カサンドラは思わず噴きだした。「それほどの踊り手がいるはずないわ」

ミスター・セヴェリンは手を差しだしたまま彼女を見つめていた。「試してごらん」

カサンドラの喉に笑いが込みあげた。

胸の中を鳥が飛び回っているかのように、湧きあがった興奮で心臓が激しく打っている。カサンドラがかすかに震えている手を伸ばすと、ミスター・セヴェリンがしっかりつかんで立ちあがらせてくれた。彼はそのまま右手をカサンドラの背中に当て、ワルツの体勢を取った。彼女も自然に左手を相手の肩に置き、腕を腕にそっとのせた。いつも慣れているよりもしっかり支えられ、腰と腰が軽く触れ合う。彼が踏みだした一歩は正確にカサンドラの脚のあいだに入った。

ミスター・セヴェリンが体を前に進めながら背中に当てた手の力を弱め、カサンドラを最初のターンに導いた。巧みなリードと確実な支えのおかげで、彼女はまったく不安を覚えなかったし、わかりやすく合図を出してくれるため、やすやすとついていける。多くの男性と違って、上着の肩に詰め物がされていないのもいい。肩に置いた手に筋肉の動きが伝わって、動くタイミングがはっきり伝わるのだ。

素足に床を感じつつ、導かれるままターンを繰り返していると、わくわくするのと同時にかすかな罪悪感が湧きあがった。もちろん、はだしで踊るのが初めてというわけではない。自分の部屋で空想の男性の腕に抱かれてひとりでワルツを踊ったことは何度もある。でも血肉を備えた男性を相手にするのはまったく違った。自分を導いてくれる腕に何も考えずに身をゆだね、リラックスして踊る楽しさだけに浸っていられる。

ふたりは最初ゆっくりと踊っていたが、曲のテンポが上がったのに合わせて、ミスター・セヴェリンがリードを速めた。ワルツの調べにのって踊っていると、ターンするたびにシルクのドレスがきらめきながら渦巻き、宙を舞っているようだった。ブランコを高く漕いで戻るときのように、腹部がふわっとしてめまいがする。ハンプシャー・ダウンズをパンドラと一緒に全力で駆け回っていた子どもの頃以来、これほどの自由を味わうのは初めてだ。誰もいない温室で海風に運ばれる霧のごとく軽やかに踊っていると、月の光と音楽以外のすべてが消えていた。

やがて息が切れて体じゅうの筋肉が痛みに悲鳴をあげるまで、どれくらいの時間が経ったのかカサンドラにはわからなかった。ミスター・セヴェリンがペースを少しずつ落としていく。

カサンドラは魔法のようなひとときを終わらせたくなくて、彼にしがみついた。「だめ、やめないで」

「きみはへとへとじゃないか」ミスター・セヴェリンがおもしろがるような顔をした。

「でも、もっと踊りたいの」足がもつれているのに、カサンドラはあらがった。

ミスター・セヴェリンは低く笑い、カサンドラを支えた。彼女と違って、これだけ踊ってもまったく疲れを見せていない。「息が整うまで、ちょっと休もう」

「やめてはだめ」カサンドラは言い張って、彼の上着の前を引っ張った。

「ぼくに命令する人間はいないんだよ」言葉とは裏腹に、声にはからかうような響きがあり、彼女の目の上に落ちた巻き毛をかきあげて撫でつける仕草はやさしかった。

カサンドラは息をはずませながら笑った。「〝きみの願いなら、なんでもかなえよう〟って言えばいいのに」

「きみの願いは？」

「止まらないで、ずっとわたしと踊っていて」

ミスター・セヴェリンは黙ったまま、カサンドラの上気した顔を見つめていた。彼女の体を支えているその体勢は、踊っていないと抱擁に近い。ふたりのあいだにはシルクとシフォンのたっぷりとしたドレスが存在するとはいえ、かたく引きしまった体や揺るぎなく支えてくれる腕を、カサンドラはまざまざと意識した。これこそが無意識にずっと切望してきたものだと、不意に悟った。まさにこんなふうに、しっかりと抱きしめられ求められることに焦がれていた。ふわふわした感覚がなくなり、力の抜けた手足が心地よくも重たく感じられる。カサンドラの体がぐったりと寄り添ってくるのを感じると、ミスター・セヴェリンは震える息を吸った。強い光を宿した視線が彼女の口元におり、抵抗できない衝動に懸命にあらがうかのように腕と胸の筋肉が緊張する。

ミスター・セヴェリンが屈した瞬間が、カサンドラにはわかった。彼女を欲する思いが、ほかのすべてを打ち負かした瞬間が。彼の顔が近づいてきて唇が重なる。慎重に誘惑するかのような圧力を感じ、カサンドラは目を閉じた。後頭部を手でやさしく包み込まれ、唇に押し当てられた唇が官能的に動く。息をのむような一瞬一瞬のあいだに、血管に火の粉が入り込んだかのごとく体じゅうに熱が広がった。

やがてミスター・セヴェリンの唇が離れると、カサンドラは喉の奥からかすかなうめき声を漏らした。鼻が肌にすりつけられると同時に、髭剃り跡が柔らかい肌を刺激する。彼はそのまま唇を首までおろしていき、激しく脈打つ部分を探り当てた。大きくてかたい手のひらでカサンドラの粟立つ両腕を上下に撫で、肩の柔らかい筋肉にやさしく歯を立てる。そして甘いものでも味わうかのように、彼女の肌にそっと舌先をつけた。

カサンドラはまっすぐ立っていられなくなり、ミスター・セヴェリンにぐったりともたれかかった。仰向けの状態で相手の腕に頭を預けていると、彼を迎え入れてほしいとばかりに、ふたたび温かい唇を唇に押し当てられた。自分の口内をゆっくり探る舌のなめらかで親密な感触に、カサンドラは息をのんだ。下腹部の奥がきゅっと締まり、快感に襲われる。

数秒のあいだ、ミスター・セヴェリンは彼女をきつく抱きしめていた。「だから、ぼくたちは友だちになれない」しわがれた声でささやく。「きみを見るたびに、こうしたくなる。抱きしめて、味わいたくなるんだ。見るといつも、自分のものだと思ってしまう。初めて会ったとき――」急に言葉を切って、ぎりぎりと歯を噛みしめた。「くそっ、こんなものはいらない。できるなら、石炭の燃え殻のようにブーツで粉々に踏みつぶしてやりたい」

「なんの話をしているの？」カサンドラは心細くなって訊いた。

「この……感情だ」ミスター・セヴェリンはみだらな言葉でも口にするかのように吐き捨てた。「これがどういうものなのかはわからない。だが、きみはぼくの弱みになる。自分に弱みがあるなんて許せないんだ」

カサンドラの唇は軽い火傷でも負ったようにかすかに腫れ、鋭敏になっていた。「ミスター・セヴェリン、わたしは――」

「下の名前で呼んでほしい」どうしても言わずにいられないとばかりに、彼はカサンドラの言葉をさえぎった。「一度だけでいい」しばらくためらったあと、低い声でつけ足す。「お願いだ」

ふたりはじっと動かずに立っていて、ただ胸だけが同じリズムで上下している。

「あなたの名前は……トーマスの愛称？」カサンドラはためらいながら質問した。

彼は目を合わせたまま首だけ横に振った。「ただのトムだ」

「トム」カサンドラは思いきって手を伸ばし、彼の引きしまった頬に触れ、かすかに微笑んだ。「わたしたちが踊ることは二度とないということなのね」

「そうだ」

カサンドラは彼に触れた手を引っ込めたくなかった。「すてきだったわ。でもあなたは、わたしからワルツを踊る楽しみを奪ってしまった」

影の中に浮かびあがっている陰鬱なトムの顔は、オリュンポス山よりはるかに下界に住む下級神のようだった。秘密と謎に満ちた力強い顔。彼が顔を横に向けてカサンドラの手のひらにやさしく唇を押し当てると、そのやさしさは彼女だけに向けられるものだと伝わってきた。

トムはカサンドラがしっかり立ったことを確認すると手を離し、先ほど彼女が投げた靴を取りに行った。

カサンドラは夢から覚めたような気分だった。あわててドレスを撫でつけ、ほつれた髪をピンで留め直す。

トムが両方とも回収してきた靴に手を伸ばして、そのまましばらくわずかなサテンと革と木とビーズでできた履き物だけで彼とつながっていた。

「はだしで部屋まで戻るのか？」トムが訊いた。

「そうするしかないから」

「何かぼくにできることは？」

カサンドラは首を横に振った。「ひとりでこっそり部屋に戻るわ」そう言って小さく微笑む。「カボチャはないけれど、シンデレラみたいね」

トムが問いかけるように首をかしげた。「シンデレラはカボチャを持っていたのか？」

「そうよ。『シンデレラ』を読んだことがないの？」

「子ども時代におとぎ話とは縁がなかったからね」

「カボチャが馬車になるのよ」カサンドラは説明した。

「ぼくならもっと長持ちする乗り物を薦める」

彼みたいに現実的な人間におとぎ話の魔法について語って聞かせても意味はないと、カサンドラはわかっていた。「シンデレラにはほかに選択肢はなかったの。気の毒に、靴だって選べなかったのよ。ガラスの靴なんて、絶対に履き心地が悪かったはずだわ」

「おしゃれに見えなくちゃならなかったんだろう」トムが彼女が前に言った言葉をまねた。

カサンドラは彼を見あげてにやりとした。「履き心地の悪い靴については意見が変わったの。足を引きずるはめになるより、踊れる靴のほうがずっといいわ」

けれども、トムは笑みを返さなかった。暗い視線を向け、かすかに首を横に振る。

「どうしたの？」カサンドラはささやいた。

トムはしわがれた声でつかえながら言った。「この世に完璧なんてものはない。数学的真理のほとんどは証明できないし、数学的関係の大部分は発見すらされない。しかしそのドレスを着てはだしで立っているきみは……完璧だ」

トムが身をかがめて燃えあがるような切望のこもったキスをすると、カサンドラは激しい喜びに貫かれた。かすかに聞こえていた音楽の調べが、耳の奥でとどろきはじめた鼓動にかき消される。力の抜けた指先から靴を落として身を寄せると、すぐに彼のかたい腕にきつく抱きしめられた。

しばらく経ってようやくトムの唇が離れると、カサンドラは額を相手の肩にのせ、彼の乱れた息づかいに耳を澄ました。額ににじむ汗を、彼の夜会服の上質なシルクと毛織りの生地が吸い取った。

「今夜のことは一生忘れられない。心の中からきみを追いだせないと知りつつ、生きていかなくてはならない」トムはつらそうに言った。

カサンドラは大丈夫だと慰めたかったが、蜂蜜のプールを歩いているように頭がまったく働かなかった。「そのうち誰か別の人が見つかるわ」ようやく出た声は自分のものとは思えなかった。

「ああ。だが、それはきみじゃない」トムの声には怒りがこもっていた。

まるでカサンドラを責めているようだ。

トムは彼女を放せなくなる前に抱擁を解いた。そして、靴を落としたまま立ちつくしているカサンドラを冬の庭に残して立ち去った。

10

秋の終わりにかけて、トムは誰が見ても不機嫌でどうしようもない人間だった。自分でもそれはわかっていたが、我慢や忍耐というのは多大な努力を要する。その結果、バーナビーやそのほかの秘書、会計士、弁護士、自社の重役たちに不機嫌さをぶつけることになった。トムはひたすら仕事に没頭した。友人づきあいに割く時間はなくなり、仕事に関係がある場合を除いて社交的な招待はすべて断った。出席するのは、彼が進めている地下鉄事業の継続のための資金提供に同意してくれた投資家たちとの朝食会や昼食会だけだった。

一〇月の半ば前に、トムはロンドンの北にある二五〇エーカーの土地を買う手はずを整えた。売り手のボーモント卿は借金で首が回らなくなりかけている子爵で、最近はそういう土地持ちの貴族が大勢いる。広大な土地を購入できる資金のある人間が少ないために割安な値段での購入にこぎつけたトムは、これからおよそ三万人分の住居や商業施設を開発するつもりだった。ずっと自分の街が欲しかったのだから、きちんと計画され整備された街を見れば、どれほど満足できるだろう。

もちろん子爵の家族は、先祖伝来の土地を買ったトムにいい感情は持っていない。だがトムに対する嫌悪は、自分たちの娘を彼に紹介する障害とはならなかった。彼がミス・アデリア・ハワードと結婚すれば、ふたたび一族は裕福になれると考えているのだ。

自分を義理の息子に迎えることへの嫌悪を懸命に抑えているボーモント卿一族を滑稽に感じ、トムは夕食の招待を受けた。長々と続く堅苦しい食事のあいだ、育ちのいいアデリアに彼は感銘を受けた。トムと同じくアデリアも、結婚とはビジネス上のパートナーシップで、夫と妻にはそれぞれの役割があると考えているらしい。トムが金を稼いで請求書の支払いをし、アデリアは子どもの面倒を見て家を切り盛りする。充分な数の子どもをもうけたら、ふたりは互いに干渉せずそれぞれの楽しみを追求する。居心地のいい田舎のコテージに住み、手をつないで草地を歩き回るなどというばかばかしくもロマンチックなまねも、詩を捧(ささ)げたり甘ったるい言葉をささやいたりすることも、そういう関係には含まれない。月の光のもとでワルツを踊ることも。

「わたしほどいい結婚相手はいないわよ。ほとんどの上流階級の人間は、自分たちの血に平民の血を入れたがらないから」アデリアは両親の屋敷でふたりだけで話しているとき、すがすがしいほど感傷のかけらも見せずに言いきった。

「きみはそれでかまわないのか？」トムは半信半疑で訊いた。

「貧しい男と結婚して、使用人がふたりか三人しかいないみすぼらしい小さな家に住むような生活をするより、ずっとましだわ」アデリアが醒(さ)めた目を向けてくる。「あなたはお金持ちで高級な服を着ているし、この先に頭の毛が薄くなりそうな気配もない。これだけの条件がそろっていれば、ほかの結婚相手候補をはるかに引き離しているわ」

アデリアは果物の桃と同じなのだと、トムは悟った。外から見るといかにも柔らかくておいしそうだが、内側にはかたい芯がある。だからこそトムは彼女が気に入った。彼女とならうまくやっていけるだろう。

この機会を逃したら、次の機会はなかなかめぐってこないだろう。あるいは二度とめぐってこないかもしれない。

だがトムはいまのところ、アデリアに決定的な申し込みをできないでいる。レディ・カサンドラ・レイヴネルに焦がれる気持ちをどうしても抑えられないからだ。いまいましいことに。

トムはカサンドラからワルツを踊る楽しみを奪ったかもしれないが、彼女はそれよりもはるかに大きなものを彼から奪った。

すべてを記憶しているトムが、生まれて初めて忘れてしまった。これまでほかの女性としてきたキスを、まったく思いだせないのだ。いまはカサンドラの甘くて柔らかい唇と、彼の体にぴったり寄り添っていた豊かな曲線の記憶しか残っていない。交響曲で何度も繰り返される旋律のごとく、トムが寝ているときも起きているときも彼女に取りつかれている。

トムのすべてが、カサンドラを追いかけろと迫っている。必要なことはなんでもして彼女を勝ち取れと、声高に叫んでいる。しかし、万一それに成功したら、彼女を手ひどく傷つけ壊してしまうだろう。

トムは葛藤を自分ひとりでは解決できず、このような事柄についての権威、すなわちジェイン・オースティンに頼ることにした。そして答えが見つかることを願いながら、フィービーに薦められた『説得』を購入した。

読みはじめてみると、ミス・オースティンの文章は甘ったるくもないし、ごてごてもしていなかったので、トムはほっとした。それどころか、彼女の文章は皮肉っぽく淡々としていて理性的だ。残念ながら、ストーリーや登場人物には我慢できなかった。物語の筋がはっきり頭に入ってきたなら、吐き気を催していただろう。だが、章が変わっても人々がひたすらしゃべっているだけなので、筋を追うということができなかったのだ。

ヒロインであるアン・エリオットはウェントワース大佐との結婚を家族に反対されて婚約を破棄するのだが、この女が驚くほど受け身で気持ちを表に出さない。一方、ウェントワースもそっけなく超然としている。

しかし実を言えば、自分の感情をなかなか認識できないうえ認識しても表に出せないアンに、トムは何度も共感を覚えた。彼にも思い当たる節がおおいにあったからだ。

さらにはウェントワースがアンへの愛を吐露する手紙をしたため、〝あなたはぼくの魂の奥深くまで突き通しているのです。ぼくは半ば苦悶(くもん)し、半ば希望を感じずにはいられません〟というその手紙をアンが読み、ウェントワースにまだ愛されていると知る場面で、トムはなぜかほっとした。だが存在もしない人間や実際は起こってもいない出来事に心を動かされるなどということが、どうしてありうるだろう。トムはわけがわからずに当惑しながらも、その疑問が心に取りついて離れなかった。

とはいえ、この小説から深い教訓が得られたかというと、そうではなかった。トムが『説得』を読んで理解できたのは、家族や親戚に婚約の邪魔をさせるなということだけだ。

それなのに気がつくとトムは、書店へ行って店員にお薦めの本を訊いていた。そして『ドン・キホーテ』『レ・ミゼラブル』『二都物語』の三冊を買って帰宅した。どうしてそれらを読まなければならないという強迫観念に駆られているのかはわからなかった。その三冊の中に、自分には見えないものを見つけだす鍵が隠されている気がするからだろうか。あるいは架空の人々が抱える問題について書かれた小説を何冊も読めば、自分が抱えている問題を解決する手がかりが得られる予感がするからかもしれない。

「バズル。体をかく音がうるさいから、やめろ」トムは机の前に座って契約書を読みながら命じた。

「わかったよ、閣下」バズルは従順に返し、箒とちりとりを持って部屋の隅を掃きつづけた。

少年が事務所に出入りするようになってまだ二週間ほどだが、トムのバズルへの評価は高かった。といっても教育を受けていないので特に利発というわけではなく、桁数の多い数字の計算はできない。それに、いかにも貧民街育ちらしく、顎が小さく青白い肌をしているので、見栄えがいいとは言えなかった。けれども人間性は素晴らしく、病気が蔓延(まんえん)して危険と背中合わせの貧民街でこのような人間が育つとは、奇跡としか思えなかった。

バズルは厳しい人生を強いられてきたにもかかわらず、一日一日をあるがままに受け止め、決して明るさを失わなかった。トムはそこが気に入っていた。バズルはパンの皮といったささやかなものであれ、他人のものには絶対に手を出さない。トムの秘書のバーナビーは用事ができると、食べかけのサンドイッチや小さなパイやチーズを添えたパンの残りなどの昼食を包み直しもせず机の上に放置して、事務所を飛びだしていってしまう。放置された食べ物は虫や害獣を引き寄せるので、トムはそれを見るといつもいらいらする。駅で働きはじめたときから、虫や齧歯類は天敵なのだ。当時、彼の居場所だった操車場の小屋には、そういうものがうじゃうじゃしていた。

「バーナビーが置いていった昼食を食べてしまえ。捨てるのはもったいない」トムはバズルに言った。ひょろひょろの少年にはもっと肉をつけてもらわなくてはならない。

「泥棒じゃねえから」少年は言って、置き捨てられている食べ物を落ちくぼんだ目でちらりと見た。

「ぼくが食べろと言ったんだから、泥棒にはならない」

「でも、あれはミスター・バーナビーのものだ」

「置いていった食べ物は戻る前に捨てられると、バーナビーはわかっている。彼がここにいたら、食ってくれと真っ先に言うだろう」それでも少年が手を出さないので、トムはそっけなく言った。「そいつはごみ箱に行くか、おまえの腹の中に行くか、どちらかだ。バズル、おまえが決めろ」

少年がすばやく小さなパイをつかんで口に詰め込んだので、吐いてしまうのではないかとトムは心配になった。

また、こんなこともあった。トイレの近くにある棚から紙に包まれた石鹸を出して与えようとしたものの、バズルは受け取ろうとしなかった。

そして危険物でも見るような視線を石鹸に向けた。「いらねえよ、閣下」

「はっきり言うが、おまえにはこれが必要だ」トムは脇の下のにおいを嗅いでいる少年を見ながら、いらいらとつけ加えた。「バズル、自分のにおいがわかる人間はいない。目をつぶっていたら、おまえを波止場によくいる荷馬車引きのロバと間違うところだというぼくの言葉を信じるんだな」

少年はそれでも石鹸にさわろうとしなかった。「今日洗っても、明日にはまた汚れる」

トムは眉をひそめた。「体を洗うことはないのか?」

少年は肩をすくめた。「厩のポンプの下を走ったり、桶にたまった水をすくってかけたりするよ」

「最後にそれをしたのはいつだ?」少年がなかなか思いだせないでいるのを見て、トムは天井を仰いだ。

「もういい。そんなに首をひねっていると、筋を違えてしまうぞ」

そのあとトムはいくつものプロジェクトを抱えていたこともあり、バズルの衛生問題にかまわないまま日々を過ごしていた。

けれども今朝またバズルがこそこそ皮膚をかいている音が聞こえ、トムは顔を上げた。

「バズル、どうかしたのか？」

「なんでもないよ、閣下。むずむずするやつがほんのちょっといるだけで」少年が力強く請け合った。

背中を寒けが駆けあがり、トムは凍りついた。「なんてことだ。絶対にそこを動くな」

バズルは箒を手におとなしくそこにとどまり、問いかけるような視線を向けていた。

トムは椅子から立ちあがると、バズルの前に行ってその体を調べた。「〝むずむずするやつがほんのちょっと〟なんてありえない」慎重な手つきで少年の頭をあちこちへ傾け、痩せた首や髪の生え際に散らばっている小さな赤い発疹を観察する。すると証拠となるシラミの卵が、もつれた髪のあいだに大量に散らばっていた。「なんだこれは！　もしシラミが人間だったら、サザークの人口ほどおまえの頭に住み着いているぞ」

少年が当惑したように問い返す。「もしシラミが人間だったら……？」

「比喩だ。別のものを例に出すことで、わかりやすく表現するんだ」

「シラミが人間だって聞いても、全然わかりやすくねえけど」

「それはもう気にしなくていい。箒を壁に立てかけて、一緒に来るんだ」トムは執務室を出て受付の前を通り過ぎ、秘書の部屋に行った。「バーナビー、いまやっていることは中断しろ。やってもらいたいことがある」

ハンカチで眼鏡を拭いていたトムの秘書は、うずたかく積みあがった本や帳簿や地図や図面の真ん中で、顔をしかめてきょろきょろした。「なんです？」

「こいつにはシラミがたかっている。公衆浴場に連れていって、きれいに洗ってきてほしい」

バーナビーはぽかんと口を開け、豊かに広がった茶色の巻き毛を思わずといった様子でがしがしかいた。「シラミがたかっているなら、公衆浴場には入れてもらえません」

「風呂なんか行かねえよ」バズルが憤然として言った。「あの石鹸をひとつ持って、厩で自分で洗う」

「おまえを近寄らせる厩はないよ。馬にシラミがたかるのを馬番が許すと思うか？」秘書が返した。

「こいつを洗える場所を見つけろ」トムは秘書に言い渡した。

バーナビーは立ちあがると、ずんぐりした胴にベストを引きおろして肩をそびやかした。

「ミスター・セヴェリン、これまでも自分の仕事ではないことをいろいろとやってきました。でもこれは――」

「ぼくがやれと言ったことが、きみの仕事だ」

「ええ、ですが――もう少しぼくの机から離れてくれないか？」バーナビーはアコーディオンフォルダーを取りあげて、バズルを追い払った。

「むずむずするやつがちょっといるだけだよ。それくらい、みんないる」バズルが抗議した。

「ぼくにはいない。そして、これからもそうでありたいんだ」バーナビーはトムを見た。

「ミスター・セヴェリン、前もってお伝えするべきだったのですが、今日はいつもより早く帰らねばなりません。実は、いますぐに」

「そうか。それで、理由は？」トムはすっと目を細めた。

「……そ、祖母です。祖母が熱を出して、悪寒がすると言うので。祖母の世話をしに帰らねばなりません」

「どうしてきみの母親が面倒を見ない？」

バーナビーは一瞬考え込んだ。「母も悪寒がしているんですよ」

「風呂に入ったせいじゃねえの？」バズルが疑わしげに訊いた。

トムは秘書に厳しい目を向けた。「バーナビー、嘘をつくことと闘牛に共通していることが何か知っているか？」

「知りません、閣下」

「うまくできないなら、最初からやらないほうがましだということだ」

トムの秘書はきまり悪そうな表情になった。「ではミスター・セヴェリン、正直に言います。ぼくはシラミが怖い。シラミって言葉を聞いただけで体じゅうがむずむずします。一度ふけをシラミと勘違いして恐慌状態になり、母に鎮静剤をのまされました。どうしてそうったかと言いますと——」

「バーナビー」トムは無造作にさえぎった。「きみは自分の感情について話している。相手はぼくだぞ。忘れたのか？」

「ああ、そうでした。すみません、ミスター・セヴェリン」

「こいつはぼくがなんとかする。きみはこの階のすべての部屋を念入りに掃除してくれ。絨毯はベンゼンを含ませたスポンジで一センチも残さずに消毒しろ」

「すぐに取りかかります、閣下」

「さあ、来い」トムはバズルに言い、事務所を出た。

「風呂には入んねえよ。そんなら辞める！」少年はついてきたものの不安そうだった。

「残念ながら、ぼくの下で働いている人間が辞める場合、二週間前に書面で申してる必要がある。そうして初めて、辞めることを許されるんだ」常に正直でいるというトムの主義には反する発言だったけれど、人間に寄生する虫に生きたまま食べられている少年のために例外を許した。

「正式に雇われてねえのに」少年が反論した。

「だから？」

「そんなの書くのは無理だ」

「読み書きができないんだな。それならバズル、おまえは永久にぼくのために働くんだ」

少年はトムに連れられてコーク通りを進みながら文句を言い、あらがいつづけた。大通りの大部分は〈ウィンターボーン百貨店〉で占められている。正面は大理石造りで、陳列用の大きなガラス窓の内側にはぜいたくな品々が飾られている。建物の中央には百貨店の顔とも言える円形の塔がそびえ、まばゆくきらめくステンドグラスの円形屋根が一一月の灰色の空に映えていた。

ふたりはそこからしばらく進んだ通りの突き当たりにある、店よりはるかに小さくて目立たない建物まで来た。ウィンターボーンに雇用されている一〇〇〇人ほどの健康を守るために設立された診療所だ。

女性はこのような激務には向かないという世間の目をものともせず、リース・ウィンターボーンは二年前にガレット・ギブソン医師をこの診療所の一員として雇った。以来、彼女は世間が間違っていることを証明すべく猛然と働き、才能に恵まれているうえ、たしかな技術を身につけている非常に優れた医師であると認めさせた。いまでもときどき珍奇なものを見るような目を向ける者はいるものの、彼女の腕と評判は着実に高まっている。

診療所の入り口に近づくと、バズルは足を止め、てこでも動かなくなった。「ここはなんなんだ？」

「診療所さ」

「医者なんかいらねえよ」バズルは驚いて言った。

「わかっている。設備を使わせてもらいに来ただけだ。シャワー室だよ」少年を連れていく場所として、トムは診療所しか思いつかなかったのだ。ここにはタイル張りの部屋も湯も薬も殺虫剤もある。何よりガレット医師の夫のためにしてやったことを考えたら、彼女がふたりを追い返すはずがない。

「シャワー室ってなんだ？」

「カーテンでぐるりと囲まれた狭い場所のことだ。高いところに取りつけられた器具から、水が雨みたいに落ちてくる」

「むずむずするやつは雨じゃ取れねえのに」

「ホウ砂石鹼でごしごし洗えば取れる」トムは扉を押し開けて、少年を中に入れた。いつ逃げられるかわからないので、肩に手を置いておく。待合室の受付にいるきびきびした有能そうな女性が近づいてきたので、トムは告げた。「ギブソン医師に会いたい」

「申し訳ありませんが、ギブソン医師の本日の予定はいっぱいです。お待ちいただければ、ハヴロック医師なら空きがありますが」

「忙しくて待っていられない。ギブソン医師にぼくが来たと伝えてほしい」

「お名前をうかがえますか？」

「トム・セヴェリンだ」

受付の女性が一瞬でしかめっ面を解消し、畏怖したように目を見開いた。「まあ、ミ、ミ、ミスター・セヴェリン、ようこそいらしてくださいました！　地下鉄が開業したときにあなたが催された市場のお祭りと花火を、とても楽しませていただいたんですよ」

トムはにっこりした。「それはよかった」意図したとおり、街をあげての祝いに金を払ったことで彼の印象がよくなったうえ、地下鉄の建設に伴う悪影響から人々の目をそらすことができた。

「ロンドンのためにこれほど尽くしてくださって、本当に素晴らしい篤志家でいらっしゃるわ」

「そんなふうに言ってくださるなんて、あなたはやさしい方だ。ミス……？」

「ミセス・ブラウンですわ」彼女は顔を輝かせた。「失礼いたします、閣下。すぐにギブソン医師を呼んでまいります」

女性が行ってしまうと、バズルは考え込むようにトムを見あげた。「あんたはこの街いちばんの大物なの、閣下？」頭をかきながら訊く。

「いちばんの大物は『エコノミスト』紙の編集長だ。ぼくはそれほどじゃない。警視総監と首相のあいだというところだな」

「誰が上で誰が下か、どうやったらわかんの？」

「ジャングルで二匹の獣が出くわしたら、どっちが生き残るか戦って決める。勝ったほうが大物だ」

「比喩だね」

「そうだ」トムは虚を突かれて、思わずにやりとした。思っていたよりも、バズルは頭がいいのかもしれない。

それから一分も経たないうちに、ガレット・ギブソンが待合室へやってきた。暗い色のドレスの上に真っ白なしみひとつない白衣を身につけ、きつく縛った栗色（くりいろ）の髪を編んでまとめている。医師はさっぱりとした清潔感のある顔をにこやかにほころばせると、男性のように手を差しだして彼の手を握った。「ミスター・セヴェリン」

トムはにっこりして、彼女の手を握り返した。「ドクター・ガレット・ギブソン。この子はバズルといって、うちで働いている。あなたの助けが必要なのは、この子なんだ」

「バズルくん」ガレットは小声で言い、小さく会釈した。

少年が戸惑って彼女を見つめ、側頭部や首をかきむしった。

「バズル、レディにはお辞儀をするものだ……こんなふうに」

少年はガレットをぼうっと見つめたままトムに従った。「この女の人が医者なの？」信じられないとばかりに訊く。

「いまのところ、この国で正式な免許を持っている唯一の女性医師だ」

ガレットは微笑みつつ、皮膚をかりかりと引っかいているバズルの様子を鋭い視線で観察した。「ここへ来た理由はすぐにわかりました」トムに視線を向ける。「看護師から必要なものをお渡しします。合わせて自宅でシラミを取るやり方も説明させますから――」

「ここでやってもらわなければ困る」トムはさえぎった。「この子は貧民街に住んでいるから、自分の家ではできないんだ」

「あなたの家では？」ガレットが提案した。

「まさか、ありえない。この子を屋敷内へ入れるはずがないだろう」

「むずむずするやつがちょっといるだけだよ」バズルは反論した。手のひらでぴしゃりと腕を叩いて、つけ加える。「うざったいやつも一匹か二匹はいるかもしれねえけど」

「うざったいやつ? ノミもいるのか?」トムはぞっとして、袖の上から腕をこすった。

ガレットが皮肉っぽい目でトムを見る。「わかりました。看護師にこの子の処置をさせましょう。ここにはシャワー室と洗面台が設置されたタイル張りの部屋があるので、完全に──」

「いや、きみにやってもらいたい。万全を期してほしいから」

「わたしですか？　わたしはこれから義理の妹と昼食をとる約束があるので」ガレットは形のいい眉をひそめた。

「これは緊急事態だ。この少年は苦しんでいる。そしてぼくも」トムは言葉を切った。「きみの選ぶ慈善施設にたっぷり寄付をすると言ったらどうかな？　施設の名前を教えてくれれば、帰る前に小切手を書こう」

「ミスター・セヴェリン」ガレットはきびきびと言った。「お金がすべての問題に効く万能薬だと思っているんですね」

「万能薬じゃなくて、塗り薬ってところだ。症状がぐっと楽になる素晴らしい塗り薬。特にたっぷり塗ったときには」

ガレットが口を開く前に、トムの背後から声がした。

「ガレット、わたしとの昼食なら遅くなってもかまわないわ。別の日にしてもいいし。こっちのほうが大切だもの」

トムの全身に鳥肌が立った。信じられない思いで振り返るとやはりレディ・カサンドラで、たったいま診療所に入ってきたらしく受付の近くに立っていた。入り口にはレイヴネル家の従僕が控えている。

彼女と会わなくなって何週間も経つが、記憶は時間の経過とともに埋もれていくはずだとトムは自分に言い聞かせてきた。すべてを正確に記憶する彼でさえ、記憶を少しずつ美化していくこともあるのだと思おうとしていた。

それなのにカサンドラは、記憶していたよりさらに美しかった。陽光を浴びて金色に輝いているかのような美しさが、無味乾燥な療養所の中を明るく照らしている。緑のベルベットの散歩用ドレスと白い毛皮で縁取りをしてあるフードつきの外套という格好がよく似合い、複雑に結いあげている溶けた黄金のような頭の上に、ごく小さな帽子が誘惑するようにのっている。カサンドラの登場に衝撃を受け、トムの全身が彼女を求めてうずきはじめた。

「レディ・カサンドラ」トムは格好の悪いところを見られてしまったと暗い気分になりながら、声をしぼりだした。男らしく仕事に邁進(まいしん)しているべき日中に、体をかきむしっているみすぼらしい子どもと一緒にいるなんて、きまり悪くてしかたがない。「きみだとは——きみの昼食を邪魔するつもりは——」ばかみたいにしどろもどろになっている自分に腹が立ち、口をつぐんだ。

だが近づいてくるカサンドラの表情はからかっているふうでも、非難しているふうでもなく、ただトムに会えてうれしいとばかりに微笑んでいる。手袋をはめているほっそりした手を、親しい相手に対するように差しだした。

その瞬間、トムが何週間も悩まされていた鬱々とした気分が消え、心が晴れ渡った。カサンドラが近くにいるだけで、心臓がうれしさにはずむ。彼女の手はトムの手にしっくりとなじむ。どの関節も細かい筋肉も靭帯も彼の手に合わせて作られたかのごとく。ワルツを踊ったときもそうだった。ふたりの体がぴったり合わさり、魔法のように軽やかに動けた。

「久しぶりだね。元気だったかい？」トムは彼女の手を何秒か握ったあと口を開いた。

「ありがとう。とても」カサンドラがきらきらした目をバズルに向けた。「お連れに紹介してもらえる？」

「レディ・カサンドラ、この子は――」少年がトムの後ろに引っ込む。「バズル、出てきてレディにお辞儀をしなさい」

少年はぴくりとも動かなかった。

トムにはバズルの気持ちがよくわかる。トムだって、輝かしい美貌を持つカサンドラを初めて見たときは圧倒された。少年はこれまで彼女のような女性に会ったことがないのだろう。

「まあ、かまわないさ。ちょうどいい。この子にはあまり近づかないほうがいいから」

「むずむずするやつがいるんだ」バズルのくぐもった声がトムの背後から響いた。

「それはつらいわね。ああいうのって、誰にでもつく可能性があるもの」サンドラの声には同情があふれていた。

だが少年はそれ以上何も言おうとしなかった。

そこでカサンドラはトムを通して少年に話しかけた。「あなたはこの子をいちばんいい場所に連れてきたわ。ギブソン先生はとてもすてきな女性だし、むずむずするやつをどうすればいいか、よく知っていらっしゃるから」

バズルがトムの横からそろそろと顔を出した。「本当はすごくかゆかったんだ」

「かわいそうに」カサンドラはしゃがみ込み、少年と目を合わせて微笑んだ。「すぐにかゆくなくなるわよ」そう言って手袋を外し、手を伸ばす。「わたしはレディ・カサンドラ。握手をしてくれる、バズル?」彼女のなめらかな美しい指が汚れた小さな手を包む。「さあ……これでわたしたちは友だちね」

カサンドラがバズルという名の歩く伝染病から、よろしくないものをうつされてしまうのではないかと、トムはぞっとした。ガレットに向き直り、どうにかしてくれと強い視線で訴える。「この子に触れても大丈夫なのか?」

ガレットはため息をついてカサンドラに言った。「昼食は別の日にしてもらってもいいかしら。この子の処置にしばらくかかると思うから」

「わたしも手伝うわ」カサンドラが申しでて立ちあがり、微笑んだまま少年を見おろした。

「だめだ」トムはその考えに仰天した。

「そうしてくれたら助かるわ。さっそくバズルの処置を始めるから、あなたはミスター・セヴェリンと〈ウィンターボーン百貨店〉へ行って、男の子用の既成服を選んできてくれないかしら。いま着ているものは捨てるしかないから」

「手伝いは必要ない」トムは反論した。

「レディ・カサンドラは百貨店の店内のどこに何があるかよくわかっているし、バズルに何が必要かも心得ているわ。あなたがひとりで行ったら、どれだけかかるかわからないでしょ」

カサンドラは小柄なバズルを注意深く観察した。「子ども服のサイズは年齢で表示されているの。バズルの場合、七歳から九歳というところね」

「でも、おいらは一四歳だよ」バズルが悲しげに言い、大人たちははっとしたように少年を見おろした。するとバズルは冗談だというように隙間の空いた歯を見せてにやりとした。汚れている歯をよく磨く必要があるものの、トムが初めて見た笑みは愛嬌たっぷりだった。

ガレットが笑った。「しょうがない子ね。さあ、いらっしゃい。招かれざる客をさっさとやっつけてしまいましょう」

「ついてきてもらう必要はない。バズルのために服を選んでくれと、店員に頼むくらいのことはできる」トムはカサンドラと一緒に〈ウィンターボーン百貨店〉の既製服売り場を見て回りながら小声で言った。

この機会を利用して相手の気を引けばいいのに、自分が無愛想でいやな態度を取っていることはわかっている。だがカサンドラとこんな状況でともに行動するのは、トムの意思に著しく反していた。

前にカサンドラと過ごしたときは、冬の庭でワルツを踊った。それなのにいまは、シラミにたかられた浮浪児のために動き回っている。

どう考えても、関係が進展しているとは言えなかった。

こんなことをしているトムは、カサンドラに気があるほかの育ちのいい男たちと比べて、確実に見劣りがしているはずだ。

別に彼女を手に入れようと思っているわけではないが、男には自尊心というものがある。

「お手伝いできてうれしいわ」カサンドラの快活な声を聞いて、トムはいらいらした。彼女は平台の上にたたんで置かれた小さな服をあれこれ見比べている。「どうやってバズルと出会ったのか訊いてもいいかしら」

「うちの事務所が入っている建物の外で、あの子が排水溝に落ちている煙草の吸い殻を集めていたんだ。ぼくがその前を通りかかったとき、帽子が風で吹き飛ばされてしまった。バズルはそれを拾っても持ち逃げしたりせずに届けに来たから、清掃係として雇ったのさ」

「それで、あの子の面倒を見ているのね」カサンドラがうれしそうに言った。

「そんなに大げさなものじゃない」

「忙しいのに、わざわざ仕事の時間を削って、みずからお医者さまのところに連れてきたじゃないの」

「秘書が拒否したからだ。とにかく、事務所を面倒な虫に汚染されたくなかっただけだ」

「口ではどう言おうと、あなたはあの子の面倒を見てやっているし、それは素晴らしいことだわ」

一緒に服売り場を回ってみると、カサンドラはこういうことをよくわかっているとトムは認めざるをえなかった。彼女は迷いなくあちこちの平台や棚に向かい、店員を名前で呼んで、必要なものをどんどん見つけていく。

「ずいぶん効率的に買い物をするんだな」トムはしぶしぶ口にした。

「練習の賜物よ」明るい声が返ってくる。

カサンドラはズボン、綿のシャツ、毛織りのブロード地の上着、分厚い編み地の靴下、毛織りの帽子とマフラーを選んだあと、サイズで迷った末に小さいよりは大きいほうがいいと思い、頑丈な革靴をその山に加えた。

「ミス・クラーク、いますぐ包んでもらえる？　ちょっと急いでいるから」カサンドラは店員に頼んだ。

「かしこまりました、レディ・カサンドラ」

若い店員が商品を伝票に書き入れて金額を足していくのを待ちながら、カサンドラは悔しそうに階段のほうに目をやった。「おもちゃ売り場はちょうど真下なのよ。おもちゃを買いに行く時間があったらいいのに」

「あの子におもちゃは必要ない」

「おもちゃが必要ない子どもなんていないわ」

「バズルはセントジャイルズに住んでいるんだ。貧民街ではきみのあげたおもちゃなんて、あっという間に盗まれてしまう」

楽しそうにしていたカサンドラがみるみるうちにしょげ返ってしまった。「あの子の持ち物を守ってくれる家族はいないの？」

「バズルは孤児なんだ。アンクル・バティと呼ばれる男と子どもたちの集団とともに暮らしている」

「それがわかっていて、あの子を帰らせているの？」

「救貧院や孤児院に行くより、そのほうがいい」

カサンドラが沈んだ様子でうなずいた。

トムは話題を変えることにした。「社交シーズンはうまく行っているかい？」

カサンドラは明るい表情を取り戻すと、彼の誘いにのって軽い口調で返した。「太陽が恋しいわ。もうずっと夜行性動物になったような生活だから。晩餐会は夜の九時より前に始まることはないし、祝賀会は一〇時、舞踏会となると始まるのが一一時でしょう？　家に戻ると夜明けで、昼間はほとんど寝て過ごして、起きるといまが何時か見当もつかないのよ」

「これはという男性は見つかったのかな？」

カサンドラは微笑んだものの、目は笑っていなかった。「去年と同じ顔ぶれだもの」

トムはカサンドラに同情して残念に思うべきだったが、最初に感じたのは安堵だった。彼女はまだ自分のものなのだと、心臓が満足げな鼓動を刻む。

ふたりは買ったものを持って、〈ウィンターボーン百貨店〉から診療所に戻った。看護師に案内されて白いタイル張りの部屋に行くと、シャワー室、スチール製の浴槽、洗面台が設置され、床に排水溝があり、スチール製のテーブルや補給品の入った棚が置かれていた。鼻を突く駆除剤のにおいが漂い、ホウ砂と石炭酸石鹸のにおいもまじっている。バズルは部屋の隅にある洗面台の上に身をかがめていた。ガレットが蛇口に取りつけたゴムホースを持ち、噴射ノズルから出る水で少年の頭をゆすいでいる。

「バズルの頭に薬をかけたわ」ガレットはバズルの頭をタオルで拭きながら言った。「あとは髪を切ってくれる人が必要ね。悪いけど、わたしは専門外だから」

「わたしができるわ」カサンドラが申しでた。

ガレットが戸棚を示した。「スモックとエプロンとゴム手袋があそこに入っているわ。トレイにのっているはさみから好きなのを使って。でも気をつけてね。すごくよく切れるから」

「どんな髪型がいいかしら」

「三センチくらいの長さにするのがいいと思う」

バズルの哀れな声がタオルの下から響く。「髪は切ってほしくねえよ」

「あなたにとっては楽しいことではないわよね。でも、おとなしくしてくれているおかげで、順調に進んでいるわ」ガレットが謝るように言い、少年を金属製のスツールに座らせた。そのあいだにカサンドラが白く長いエプロンをつける。

カサンドラは歩み寄りつつ、不安そうなバズルに笑みを向けた。手を伸ばし、額のもつれて束になっている髪をやさしく後ろに撫でつける。「慎重にやるわね。髪を切っているあいだ、歌を歌ってほしい？　わたしの双子の片割れのパンドラと一緒に書いた歌があるのよ。《うちのブタ》という歌なんだけれど」

バズルは興味をそそられた様子でうなずいた。

カサンドラはペットのブタを農夫や肉屋や料理人やベーコンが大好きな地元の郷士から隠そうとして滑稽な行動を繰り返すふたり姉妹についての、ばかげた歌を歌いはじめた。そうしながらバズルのまわりを回り、長い毛束を切り落としてガレットが持っているバケツの中に落としていく。

バズルは呪文にでもかかったように歌に聞き入り、ときどきばかげた歌詞に声をたてて笑った。歌が終わると、もう一曲歌ってほしいとせがみ、カサンドラが《うちの犬は彼を鳥だと思っている》と《どうしてカエルはぬるぬるしていて、ヒキガエルは乾いているのか》を続けて歌うあいだ、じっと座っていた。

もしトムに恋をすることが可能ならば、レディ・カサンドラ・レイヴネルが浮浪児の髪を切りながら歌を歌っているのを見ているこの瞬間に、恋に落ちていただろう。有能で賢くて魅力的なその姿にトムの胸はぎりぎりと締めつけられて、もう少しで何かが壊れそうに感じた。

「カサンドラは子どもの扱いが本当に上手だわ」ガレットは目の前の光景を楽しそうに見守っていた。

カサンドラはどんな人間の扱いも心得ているのだ。もちろん、トムの扱いも。彼はこれまでこんなふうに誰かにのぼせあがったことはなかったのに。

こんな事態を許していいわけがない。

カサンドラはバズルの髪を切り終えて櫛で整えると、顔を少し離して仕上がりを確認した。

「どう思う?」

「完璧よ」ガレットが声をあげた。

「これはこれは。もしゃもしゃの毛の下に、こんな少年がいたとはね」

もつれ合った不ぞろいな髪の塊がなくなると、形のいい頭、痩せた首、小さな耳が現れた。分厚く髪に覆われていない目は、以前の倍くらい大きく見える。

バズルは疲れたように大きなため息をついた。「次は何?」

「シャワーよ。洗うのを手伝ってあげる」ガレットが返した。

「えっ? そんなのだめだよ!」バズルは憤慨した。

「あら、どうして?」

「女の人だもん!」バズルが怒りのこもった目をトムに向ける。「女の人に裸なんか絶対に見せねえよ」

「バズル、わたしは医者よ。女の人じゃなくて」ガレットがやさしく言って聞かせた。

「でも、おっぱいがある。おっぱいがあったら女の人だ」バズルがトムに、当然の事実を説明しなければならないいらだちを見せた。

トムはガレットの表情を見て笑いそうになり、懸命にこらえながら上着を脱いだ。「ぼくが手伝おう」

「水を出してくるわ」ガレットが言い、部屋の反対側へ向かった。

トムはベストも脱ぐと、置く場所を探して見回した。

「わたしが預かるわ」カサンドラが進みでた。

「ありがとう」トムは彼女に上着を渡して、ネクタイをほどいた。「待ってくれ――これも頼む」

彼がシャツの袖口のボタンも外しはじめたのを見て、カサンドラは目を丸くした。「あとどれだけ脱ぐつもりなの?」不安そうに訊く。

自分の体に好奇心に満ちた視線を注がれているのに気づいて、トムはにやりとした。「袖をまくるだけだ」いったん口をつぐんで、襟元のボタンに手をかける。「だが、きみがどうしてもと望むなら――」

「いいえ。それで充分」彼女が真っ赤になって、あわてて止めた。

部屋には温かい湯気が立ち込め、白いタイルの表面が濡れ、カサンドラの肌がしっとりとした輝きを帯びる。彼女の額に落ちている巻き毛に、トムは思わず手を触れたくなった。けれどもぐっとこらえてバズルに注意を向けると、少年は死刑台を前にした囚人のような表情になっていた。「バズル、カーテンの後ろで服を脱げ」

少年がゴム引きのカーテンの内側に立って、着ているものを一枚ずつ脱いでいった。トムはガレットの指示に従い、脱ぎ捨てられたぼろぼろの服を炭素化合物の溶液が入っている蓋つきのバケツに落としていった。バズルの痩せた青白い体は驚くほど華奢だ。トムはなじみのない感情――罪悪感なのか心配なのか――で胸がずきりと痛んだ。少年が降りそそぐ湯の下に入ると、トムはまわりを囲むカーテンをぴたりと閉めた。

少年の悲鳴のような声がタイル張りの部屋に響き渡る。「なんなんだ、これは！　雨みてえ！」

トムは浴用のブラシをガレットから受け取り、それに石鹸をこすりつけてカーテンの内側に差し入れた。「そのちっぽけな体をこれでごしごしこすれ。手の届かないところは、ぼくがやってやる」

少しして、不安そうな声がカーテンの内側から響いた。「皮がむけてくるよ」

「そいつは皮じゃない。そのまま洗いつづけろ」

ほんの一〇秒ほど経つと、バズルは言った。「すんだよ」

「まだ始めたところじゃないか」トムは怒鳴り、シャワー室から出てこようとしたバズルを押し戻して、ブラシを取りあげた。「バズル、おまえは汚い。皮膚をはぐ必要はないが、ごしごしこする必要はある」

「どうせまた汚れるのに」少年は激しい口調で返し、情けない顔でトムを見あげた。

「おまえは前もそう言ったな。だがバズル、男は身ぎれいにしているものだ」トムはつるつる滑る痩せた肩をしっかりつかみ、やさしい手つきながらも、しっかりと円を描くように背中をこすった。「理由はまず、そのほうが健康的だから。次に、おまえに近寄らなくちゃならない人間にとって、そのほうがありがたいから。最後に、おまえが去年の死体みたいな姿とにおいでいるのをご婦人方は好まないから。ご婦人についてはいまのおまえにはどうでもいいだろうが、そのうち――くそっ！　じっとしていろ、バズル」トムはいらだち、カーテン越しに呼びかけた。「カサンドラ、こういうときのための歌を知らないか？」するとバズルがおとなしくなったので、トムはほっとした。

カサンドラはすぐに《水たまりが嫌いなアヒルもいる》を歌いはじめた。

トムはバズルの体を三回こすりあげてすすぐと、次にホウ砂入りシャンプーで黒っぽい色の髪がきしきしになるまで頭を洗った。それがすむ頃にはトムの服はびっしょり濡れ、髪からは水が滴っていた。トムは赤らんだ少年の体を乾いたタオルでくるみ、そのまま持ちあげてスツールまで運んだ。

「樽いっぱいのサルと格闘したような気分だ」

トムが息を切らしているのを見てガレットは笑い、バズルの頭をタオルで拭いた。「ご苦労さま、ミスター・セヴェリン」

「おいらは？　おいらはサルになったんだよ！」バズルが抗議する。

「あなたもご苦労さま。さあ、もうちょっとだけ我慢してね。シラミの卵を取るために、髪を櫛で梳かすから」

「歯も磨いてやってくれたら、きみが選ぶ慈善活動にさらに一〇〇〇ポンド出そう」

「のったわ」

トムはふたりに背を向けると、両手で髪を梳いてびしょ濡れの犬のように頭を振った。

「待って」カサンドラがおかしそうに声をかけ、足早に彼の前に来て乾いたタオルを差しだした。

「ありがとう」トムはタオルを受け取って、乱暴に髪を拭いた。

「バズルと同じくらい濡れてしまったわね」カサンドラが別のタオルでトムの顔や首を拭いた。それから笑顔で手を伸ばして、濡れてくしゃくしゃになった彼の髪を指で梳かす。

カサンドラに世話を焼かれながら、トムはじっと立っていた。こうやって一心に注意を向けられる幸せに浸っていたいという気持ちも、心の中にはある。彼女のふるまいはまるで……妻のようだ。それなのに胸の痛みはひどくなる一方だし、濡れた服に包まれた体はどんどん熱くなり、節度をわきまえられなくなりそうだった。ガレットをちらりと見たが、ふたりには目もくれずにバズルの髪に丁寧に櫛を通している。

トムはカサンドラの顔に視線を戻した。死ぬ瞬間まで、彼女の顔は心に焼きついて離れないだろう。彼女のすべての微笑みやキスを、宝石のように大切に心にしまっている。その小さなひとつひとつの思い出が自分の持つすべてであり、これからもそれは変わらない。

トムはすばやく身をかがめると、カサンドラにやさしいけれど性急なキスをした。いまはじっくり事を進める時間がない。

彼女が息を止め、一瞬、唇を開いた。

トムはこの先ふたりで分かち合えない夜や朝を思いながら、口づけをした。決して言葉にはできないやさしい気持ちを込めて、キスをした。カサンドラの愛らしさが全身の骨にまでしみ渡るような気がする。彼女の唇を最後にもう一度強く吸って味わうと、静かに口を離した。

カサンドラの頬は、直前まで雨の中にいたかのように濡れ、魅惑的に見えた。トムは彼女の閉じたまぶたに唇を這わせた。皮膚は繊細なシルクのごとくなめらかで、ゆるやかな曲線を描くまつげは羽根箒のようだ。

トムはわけがわからないまま、彼女を放して背を向け、やみくもに歩きだした。上着とベストがスチール製のテーブルにかけられているのが目に入り、無言でそれを着ながら懸命に気持ちを鎮める。

カサンドラへの欲望がおさまると、胸の中に苦々しい思いが広がった。

彼女にばらばらに分解され、ふたたび組み立ててみたものの、前とは違う人間になってしまったらしい。外見は以前と変わらず機能しているように見えるだろうが、内部はかつてと同じではない。そしてカサンドラによってどんなふうに変えられてしまったのかは、時が経たないとわからないのだ。とはいえ、いい方向に変わったのではないと、トムはほぼ確信していた。

トムは仕事に邁進する本来の自分に戻ろうと、なんとか気持ちを立て直した。午後に出席しなければならない会合があることを思いだす。まずは帰宅し、乾いた服に着替えなくてはならない。懐中時計を見て顔をしかめ、ガレットに声をかけた。「時間がない。梳かすのをもう一度言ったら、櫛をこの子の頭以外の場所に突き立てますからね」

ガレットが言ったことの意味を理解して、バズルがくすくす笑った。

トムは両手をポケットに突っ込み、カサンドラのほうは一瞥もせずに部屋の中を歩き回りはじめた。

「じゃあ、わたしはもう帰るわね」カサンドラがおぼつかない調子で言うのが聞こえた。

「本当に助かったわ。昼食は明日でどうかしら」ガレットが返す。

「ええ、そうしましょう」カサンドラはスツールに座っているバズルの前に行き、ほぼ同じ目の高さになっている彼に微笑んだ。「あなたはいい子だし、とってもハンサムね」

「さようなら」バズルが暗い色の大きな目で見つめ返して、小声で言った。

「出口まで送ろう」トムはぶっきらぼうに声をかけた。

タイル張りの部屋を出て扉を閉めると、カサンドラは受付のある待合室に向かいながら口を開いた。「トム、バズルのことはどうするつもり?」

「セントジャイルズの家に帰す」彼は事務的に感情をまじえず返した。

「帰らせたら、すぐにまた前と同じ状態になるわ」

「じゃあ、どうしろというんだ?」トムはそっけなく訊いた。

「あなたが後見人になって、面倒を見るとか」

「世の中には、あの子と同じか、もっとひどい境遇の子どもが何千人もいるんだぞ。いったい何人の孤児の面倒を見ればいいんだ？」

「ひとりだけよ。バズルだけ」

「どうしてきみが面倒を見ない？」

「わたしの立場では無理だからよ。自分の家がないし、持参金には結婚するまで手をつけられない。でも、あなたにはバズルを助ける手段も能力もある。それに、あなたとあの子は――」カサンドラは口をつぐんだ。言ってはならないことだと自重したのは明らかだ。

だがトムには彼女が何を言おうとしたのかわかっていた。そして考えれば考えるほど腹が立ってきて、待合室に着くとすぐ手前の廊下で足を止めた。「上流階級出身の求婚者にも、同じ提案をするのか？」

カサンドラは当惑した顔をした。「えっ？　子どもの後見人になるように言うかってこと？　ええ。だって――」

「違う。不特定の子どもじゃない。あの子のだ。痩せっぽちで、シラミの湧いた、下町訛りの、字も書けない子だ。フォックスホール卿にあの子の後見人になって育てろと言うのか？」

怒りのこもった口調で質問され、カサンドラは驚いて何度もまばたきをした。「フォックスホール卿がこの件とどんな関係があるの？」

「質問に答えてくれ」

「わからないわ」

「答えはノーだ」トムはこわばった声で言った。「きみはフォックスホール卿には言わない。

だが、ぼくには言った。なぜだ？」

「あなたの過去とバズルの現在には重なる部分があるわ」カサンドラが戸惑ったように彼を見つめた。「だからあなたは誰よりもあの子を理解して、助けてあげられるはず。あの子に同情しているのだと思っていたわ」

「ぼくに同情という感情はない。それにあの子と違って名字がある。高貴な名ではないが、親がわからないわけではないし、あんなに汚かったこともない。きみがどう考えていようと、バズルとぼくは同じ生い立ちというわけではない」

カサンドラは黙って考え込み、険しい表情で口を開いた。「あなたとバズルに共通する部分があるのはたしかよ」静かに続ける。「あの子を見ていると、あなたは忘れたい過去を思いだして、落ち着かない気分になるんでしょう。でも、そのことはわたしには関係ない。だから、わたしを俗物に仕立てあげるのはやめてちょうだい。あなたがわたしには釣り合わないなんて一度も言ったことはないわ。そんなふうに考えたことすらない！　あなたとわたしの生まれた環境の違いが問題なんじゃないわ。問題はここなの！」トムをにらみつけ、胸の真ん中に手のひらを叩きつける。「心が凍りついてしまっているのは、自分でそれを望んでいるからよ。そのほうが安全だからという理由で、誰も心の中に入れようとしない。それなら、これからもそうすればいいわ」彼女は手をおろした。「わたしは一緒に幸せになれる人をちゃんと見つけるわ。でも、かわいそうなバズルには……ときどき思いつきでやさしくしてあげる以上のことが必要よ。あの子には大切にしてもらえる家が必要なの。わたしにはそれを与えてあげられないから、あの子の運命をあなたの良心にゆだねるしかない」

カサンドラは言い終わるとトムに背を向け、入り口で待っている従僕のほうに向かって歩いていった。

結局その日、良心など持たないトムは少年をセントジャイルズに送り返した。

11

秋は本格的な社交シーズン中と比べれば社交的な催しの数は少ないが、それでも上流階級の紳士が出席する晩餐会やパーティはあちこちで行われる。ほかの娘たちが秋の狩猟シーズンを一族の領地で過ごしているあいだに、カサンドラがえりすぐりの男性たちと出会えるよう、レディ・バーウィックは一歩先を行く戦略を立てていた。

双子の片割れが一緒に参加しない今年のシーズンは、去年とはまったく違って感じられた。パンドラがそばにいて気ままなユーモアを発揮してくれないと思うと、延々と繰り返される晩餐会や夜会や舞踏会が苦行としか思えない。カサンドラがそう口にすると、デヴォンとケイトリンは理解し、同情してくれた。

「こんなふうに夫を探すやり方は不自然に思えてならないよ」デヴォンが言った。「慎重に選ばれた男たちのそばに行かされても、シャペロンの監視のもとでは相手をろくに知ることもできやしない。それなのに浅いつきあいをしばらく続けたら、その男たちの中から生涯をともにする伴侶を選ぶように求められる」

ケイトリンが丁寧すぎるほど丁寧に紅茶を注ぎ、考え込みながら同意する。「このやり方には落とし穴があるわよね」

カサンドラには、ケイトリンが何を考えているのか正確にわかった。

ケイトリンがカサンドラの兄であるテオからの目まぐるしい求婚を受け入れて結婚したのが、はるか昔に思える。そして結婚してわずか数日後、テオが乗馬の事故で命を落とすという悲劇が起こった。けれどもその短い結婚生活のあいだに、社交シーズン中はやさしい部分しか見せていなかった魅力的な若者テオには別の面があると、ケイトリンは発見した。気分屋で暴力的な面が。

デヴォンが身を乗りだして、妻の結いあげられた赤い巻き毛に鼻をうずめてキスをした。

「ぼくの家族を、伴侶を大切にしない男には絶対にやらない。きみたちのためなら、死ぬまで戦うよ」

ケイトリンは顔を上げて夫にやさしい微笑みを向け、引きしまった頬に手を添えた。「あなたならきっとそうしてくれるとわかっているわ」

そんなふうに自分を犠牲にしても守ってくれる男性を見つけられるだろうかと、カサンドラは考えた。もちろん、実際に命を投げだしてほしいわけではない。でも、そこまで深く愛されたいという切実な思いがあった。

問題は、だんだん焦りが募っているということだ。焦りがこのまま大きくなれば、いまに祭りで行われる油を塗ったブタをつかまえる競争よろしく、愛を追い回すようになるだろう。

〝油まみれのブタを確実につかまえる方法はひとつしかない。向こうからきみのところに来させるんだ〟かつてウェストはそう言った。

つまり愛が欲しいなら辛抱強く冷静に感じよくふるまい、相手が自分なりのやり方とタイミングでカサンドラを見つけてくれるのを待つしかない。

ただし〝愛とは油まみれのブタだ〟というのはあまりにも聞こえが悪いので、カサンドラはそれをラテン語にした〝アモル・エスト・ウンクタ・ポルクス〟をモットーとすることにした。

「ミスター・セジウィックはどうかしら」カサンドラは一〇月最後の舞踏会で、ひそひそとレディ・バーウィックに訊いた。クイーンズベリー侯爵の姪であるミス・パーシーのデビューを祝う豪華でにぎやかな催しが、メイフェアの大きな屋敷で開かれていた。

「経歴が物足りないわね。思わせぶりな態度は取らないほうがいいでしょう」レディ・バーウィックが冷ややかに切り捨てた。

「でも、少なくとも彼は踊っています。独身男性で、ほかに踊っている人はほとんどいないのに」

「本当に、とんでもない風潮だわ。みんなに声をかけて、あの人たちを招待しないようにさせなくては」レディ・バーウィックが憤った。

最近はしゃれ者の独身男性はダンスをしようとせず、入り口付近や部屋の隅で尊大な雰囲気を漂わせながらただたむろしているという風潮が広まっている。彼らは食堂の扉が開くやいなや入っていき、上等な食べ物やワインを好きなだけ楽しんだあと次の舞踏会や夜会に向かう。そこでも同じことを繰り返すのだが、あとに残された娘たちは既婚男性や少年と踊るしかない。

「まるで尊大なクジャクね」カサンドラは皮肉を込めて言い、選ばれた若者の群れを見渡した。ひときわハンサムな金髪で細身の男性が、鉢植えのヤシが並んでいるところにたたずんでいる。部屋の隅に固まっている壁の花の女性たちをおかしそうに唇をゆがめて眺めていて、ただ立っているだけでも自信たっぷりな気配が伝わってきた。

レディ・バーウィックがふたたび話しだした。「今夜はミスター・ハンティンドンが来るそうよ。彼が来たら、どんどん自分を売り込みなさい。おじ上である伯爵から称号を受け継ぐことになっているし、そのおじ上は重い病気で今年いっぱいはもたないらしいから」

カサンドラは眉をひそめた。ミスター・ハンティンドンにはこれまで二回会っていて、感じはいいが頭の回転は速くないという印象しかなかった。「残念だけれど、あの人とは合いません」

「合わない？　あの伯爵位は一五六五年にメアリー女王が設けられたものなのよ。あれほど由緒ある爵位はなかなか見つかるものじゃないわ。そんな栄えある領地の女主人になるのがいやだと言うの？　社交界の中でもかぎられた人たちの輪に入れるというのに？」

「別にそれがいやなわけではないけれど」

「では、何が問題なのかしら」

「彼が退屈でおもしろくないから。話していてもまったく楽しくなくて――」

「会話なら、夫ではなくて友だちと楽しめばいいでしょう」

「――それに帯状の顎鬚がすごくいやだわ。ああいうのは剃ってしまうか、ちゃんとした顎鬚を生やすか、どちらかにすべきです。中途半端なのが最悪」

レディ・バーウィックが厳しい表情になった。「二度目のシーズンを迎えた娘に、えり好みは許されないわよ」

カサンドラはため息をついてうなずき、食堂はいつ開くのだろうと考えた。

彼女の視線を追って、レディ・バーウィックが静かに諭す。「ベルが鳴っても、料理を取りに駆けつけたりしないでね。背中のコルセットの上の部分に肉がはみだしかけているんだから。結婚したあとなら、好きなだけ食べていいわ。とにかく、いまはだめよ」

カサンドラは恥じ入り、自分は大食いではないと言い訳をしたかった。でもパンドラがいないと暇を持て余すうえに、毎日夜は晩餐会や夜会に出席して昼はずっと寝ているという生活では体重を落とすのが難しい。家を出る前に背中を調べてくれればよかったと後悔した。本当に贅肉（ぜいにく）がはみだしているのだろうか。

そのとき舞踏室に入ってきた長身の男性を見て、カサンドラは頭の中が真っ白になった。トム・セヴェリンがほっそりした黒っぽい髪の女性をエスコートしているのだ。彼女はトムにしっかりと腕を絡めている。カサンドラはみぞおちが沈み込むように感じ、吐き気に襲われた。こういう催しで彼を見るのは初めてで、あんなふうに女性を伴っているということは、彼女に求愛しているとしか考えられない。

「あら、ミスター・セヴェリンだわ。一緒にいる女性は誰かしら」カサンドラは胸の内に広がる嫉妬を抑え、軽い口調で言った。

レディ・バーウィックがふたりに目を向けて答える。「ミス・アデリア・ハワード、ボーモント卿の娘よ。あの家の財政状況はかなり厳しいのね。社会的には取るに足りない男に娘を差しだそうとするなんて」

カサンドラは息ができなくなり、かろうじて声をしぼりだした。「もう婚約しているんですか?」

「いいえ、わたしが知っているかぎりではまだよ。そういう発表はないし、結婚予告もされていないわ。でも、こうして公の場でエスコートしているのだから、もうすぐそうなるんでしょうね」

カサンドラは必死に自分を抑えてうなずいた。「ミスター・セヴェリンは取るに足りない男性じゃありません。重要な地位にある人です」

「彼と同類の人たちのあいだではそうでしょう」レディ・バーウィックは認めると、ほかの客と話しているふたりを目を細めて見つめた。「身分は釣り合っていないけれど、美男美女の組み合わせであることは否定できないわね」

たしかにそうだと考え、カサンドラはみじめな気持ちに襲われた。ふたりとも黒っぽい髪にほっそりした長身で、同じような冷たく控えめな表情を浮かべている。

トムが凝った肩をほぐすように動かしながら部屋を見回し、カサンドラを見つけるとはっとしたようにまじまじと見つめてきた。カサンドラはその視線からなんとか目をそらすと、膝の上で震える手を握って、舞踏会から早く抜けだす言い訳を必死で探した。ガレット・ギブソンの診療所でトムと会ってから一週間が経っていて、そのあいだはずっと気分が沈み、行き場のない感情を抱えていた。だからといってこそこそ帰るわけにはいかないと、しばらくしてカサンドラは思い直した。そういう臆病者の行動を取れば、トムにとって好都合なだけだ。そんなまねをするつもりはない。ここにとどまって彼を無視し、楽しんでいるふりをするのだ。

部屋の向こう側にいる金髪の男性が、左の袖口をいじくっているのが見えた。どうやら上着の下に着ているシャツの袖口が開いてしまい、うまく留められないらしい。カフスボタンが壊れたか、なくなってしまったのだろう。彼が困っている様子をひそかに見ていると、カサンドラは少し気がまぎれた。

そして衝動的に、その男性に手を貸そうと思い立った。「おばさま、ちょっと化粧室まで行ってきます」レディ・バーウィックにささやく。

「では一緒に行くわ――」レディ・バーウィックは言いかけたが、仲のいい友人がふたり近づいてくるのを見て言葉を切った。「あら、ミセス・ヘイズとレディ・ファルマスだわ」

「すぐに戻ってきますから」カサンドラは断り、レディ・バーウィックが返事をする前にさっさと歩きだした。

アーチ形の出入り口を抜けて廊下を進んだあと、ふたたび舞踏室に戻ってヤシの鉢植えが並んでいる後ろに入った。そこでドレスの隠しポケットに手を入れ、木製の小さな針箱を取りだした。去年の舞踏会で目の悪い老紳士にドレスの裾を踏まれて、ひだ飾りがほつれてしまったことがあり、それ以来、持ち歩いているのだ。

カサンドラは針箱から安全ピンを出して蓋を閉め、ポケットに戻して金髪の男性の背後に近づいた。小声で話しかける。「振り返らないで、左手を背中に回して」

男性が固まった。

彼はどうするだろうと、カサンドラは興味津々で見守った。彼がゆっくり指示に従うのを見て、思わず笑みを浮かべる。彼女はヤシの葉をどけ、だらんと広がった袖口をつかむと、カフスボタンがはまっていないボタン穴同士を合わせた。

男性が顔を横に向けて小声で言う。「何をしている?」

「袖口が広がってしまわないようにピンで留めているの。あなたが助けてもらうのに値する人物だとは思えないけれど。じっとしてて」カサンドラは手際よく安全ピンを開き、小さくつまんだ生地に針を刺した。

「どうしてぼくは助けてもらうに値しないんだ?」男が問いかけるのが聞こえた。

カサンドラは皮肉っぽい声で返した。「それはあなたやほかの独身男性が格好をつけて、ただ突っ立っているからかもしれないわね。誰とも踊らないつもりなら、どうして舞踏会に来たの?」

「誘うに値する女性が現れるのを待っていたんだ」

カサンドラはむっとした。「この部屋の女性はみんな誘うに値するわ。あなたたち若い男性は自分たちが楽しむためではなく、ダンスの相手を務めるために招待されたのよ」

「きみは？」

「きみはって？」

「踊ってくれるかい？」

カサンドラは困ったものだとばかりに苦笑した。「自分をそれほど過大評価している男性と？　やめておくわ」そう言うと安全ピンを閉じ、彼の上着の袖をおろして留めた部分を隠した。

「きみは何者なんだ？」男性は尋ね、彼女が答えないと懇願した。「頼む。ぼくと踊ってくれ」

カサンドラは少し考えてから返した。「先にあの隅にいる女性たちの何人かと踊ってきて。そのあとでなら、わたしを誘ってもいいわよ」

「だが、あそこにいるのは壁の花だ」

「そんなふうに呼ぶのは失礼よ」

「そうはいっても、事実は変えられない」

「そう。では、ご機嫌よう」カサンドラはそっけなく告げた。

「いや、待ってくれ」男性はしばらく考え込んだあと、ふたたび口を開いた。「何人と踊ればいい？」

「充分だとわたしが判断したら、知らせるわ。それから、誘うときにいやな態度を取らないでね。感じよくふるまって。あなたにできるならだけれど」

「ぼくは感じがいいさ。きみは間違った印象を抱いている」

「すぐにわかるわ」カサンドラは立ち去ろうとしたが、彼に手首をつかまれた。

ヤシの葉を押しのけて追ってきた男性は、カサンドラの顔を見て息をのんだ。

近くで見ると、男性はカサンドラと同じ年頃だった。目はハシバミ色、肌はビスケット磁器のようになめらかだが、額に治ったばかりのニキビ跡がいくつかある。ウェーブのかかった金髪は完璧に整えられ、その下の端整な顔からは、まだ人生の厳しさや喪失の苦しみを味わったことがないのが見て取れる。たとえ人生において間違いを犯しても、その結果に直面する前に誰かがそれを解決してくれる環境にいる者なのは明らかだ。

「なんてことだ。きみは美しい」男性がささやいた。

カサンドラはとがめるように彼を見て、穏やかにうながした。「手を離してもらえる？」

男性はすぐに手を離した。「きみが部屋を横切るのを見て――自己紹介をしに行こうと思っていたんだ」

「まあ、よかった。あなたが来てくれるんじゃないかって、わたしもどきどきしていたの」

カサンドラの声に皮肉を聞き取り、彼が驚いたような表情を浮かべた。「ぼくのことを知らないのか？」

笑わないでいるために、カサンドラは全力で自分を抑えなければならなかった。「ごめんなさい、知らないの。でもここにいる人たちはみんな、あなたを鉢植えのヤシとおしゃべりをする男性だと思っているわ」彼女は背を向けて歩み去った。

レディ・バーウィックのそばに戻ると、すぐにミスター・ハンティンドンが近づいてきた。カサンドラのダンスカードには彼の名前が記入されている。快活な笑みを作り、彼と一緒にフロアに出た。ショパンのワルツが終わるとミスター・ハンティンドンの次に名前が記されている男性と踊り、その曲が終わるとさらに次の男性の手を取る。カサンドラは次々に違う男性の腕の中へ、笑い戯れながら移動していった。

へとへとになるほどの苦行をこなすあいだ、ずっとトムを意識していた。誰と踊っても、クレア館の温室で踊ったトムとのダンスにはまるでかなわなかった。トムに導かれて、月の光と影のあいだを滑るように出入りしながら踊ったワルツには。あんなふうに安心して身を任せられたのは初めてで、夜の翼に乗っているようにすべての動きが歓喜に満ちていた。彼の手の感触が、体にまだ残っている。押したり引いたりすることなく、やさしく巧みに、流れるようにやすやすと導いてくれた。

すてきな独身男性ならトム以外にも大勢いる。でも彼らに少しでもいいから何かを感じようと懸命に努力しても、だめだった。

何もかもトムのせいだ。

ようやくダンスカードに名前を書き込んでいた全員と踊り終えると、カサンドラは少し疲れたと言って、それ以上の誘いを断った。そして休憩するためにレディ・バーウィックの横に戻り、ほてった顔や首を扇であおいでいると、しばらくして隣のシャペロンがフロアのある一点をじっと見つめていることに気づいた。

「誰を見ているんですか、おばさま？」

「ランバート卿ですよ。さっきわたしがこぼしていた若い男性のひとり」

「どの人？」

「小柄で引っ込み思案なミス・コンランと、いまワルツを踊り終えた金髪の男性。どうして彼女を誘おうと思ったのかしら」

「さあ、見当もつきません」

レディ・バーウィックが皮肉っぽい視線を向ける。「あなたが鉢植えのヤシの後ろで彼と話していたことと関係があるのかしらね」

カサンドラは目を見開いた。後ろめたさで顔が熱くなる。

レディ・バーウィックが一瞬、得意げな顔をした。「年を取ってはいても、視力は衰えていないのよ。あなたは化粧室とは反対のほうへ行ったでしょう」

「ランバート卿の袖口が広がっていたから、安全ピンで留めてあげただけです。カフスボタンを落としてしまったらしくて」カサンドラは急いで説明した。

「それはまた大胆なことをしたわね。彼になんて言ったの？」レディ・バーウィックは鉄色の眉を片方持ちあげた。

シャペロンが話を聞いても眉をひそめず、逆におもしろがっているような表情を見せたので、カサンドラはほっとした。

「ランバート卿がこちらへ来るわ。あなたのちょっとした〝釣り〟のための遠出は大目に見ましょう。どうやら効果があったみたいだから」

カサンドラは顔を伏せてにやりとした。「別に〝釣り〟に行ったわけではありません。彼にちょっと興味をそそられただけです」

「ランバート卿はリポン侯爵の跡継ぎだから、上々の獲物よ。あの一族は有力な人たちと関係が深いし、みんなに尊敬されている。それに先祖伝来の領地は英国有数のライチョウの狩場なの。でも上流階級の人たちは近頃みんなそうだけれど、かなり借金があるみたいだから、息子があなたみたいに持参金のある娘と結婚したら侯爵は喜ぶでしょう」

「ランバート卿はわたしの好みより若いです」

「そんなことは、彼を花婿候補から外す理由にならないわよ。わたしたち上流階級の女が人生にたった一度許される大きな選択は、どんな男性に自分を支配することを許すかということなの。自分のやり方がすでにできてしまっている年上の男性より、若者のほうが御しやすいわ」

「こんな言い方はどうかと思うけれど、おばさま、それは身も蓋もない言い方ですね」

レディ・バーウィックはにっこりしたものの、目は笑っていなかった。「真実は身も蓋もないものよ」さらに続けようとしたが、その前にランバート卿がふたりの前に来て、すばやく辞儀をした。

「ランバート卿ローランドです。お見知りおきを」

おとぎ話の王子さまや勇敢な遍歴の騎士にふさわしいローランドという名前は本人にぴったりだ。身長はカサンドラより数センチ高く、体つきはほっそりと引きしまっている。場慣れしたお辞儀や全身からにじみでる自信にもかかわらず、彼女を見る様子には子犬のような無邪気さがあった。言われたことをやり遂げて、ご褒美を待っているかのようだ。

レディ・バーウィックがカサンドラを紹介して、形式的なやりとりがひととおり終わると、さっそくランバートは訊いた。「次のダンスをご一緒してもらえますか？」

カサンドラは答えるのをためらった。踊ろうが踊るまいが、どちらでもかまわないと思っていることに気づいて、衝撃を受ける。どうしてこのおしゃれでハンサムな若者に興味を持てないのだろう。特権階級の気配がにおいのきついコロンのようにまとわりついているからだろうか。それとも結婚相手がランバートになろうが、細い顎髭を持つハンティンドンになろうが、あるいは今日ここに来ている誰か別の独身男性になろうが、たいして変わらないと感じているからだろうか。その中の誰に対しても心が動かない。その中の誰にも支配されたくない。

けれどもランバートのハシバミ色の目に不安がよぎるのを見ると、カサンドラの気持ちはやわらいだ。〝公平な態度を取らなくては。彼にやさしくして、チャンスをあげるのよ〟

カサンドラはできるかぎりの温かさを込めて微笑み、ランバートの腕にそっと手をのせた。

「喜んで」そう言って、彼に連れられて部屋の中央へ向かう。

「償いはしてきたよ。いちばん平凡な娘を選んで踊ってきた」

「善行を施したってわけね」カサンドラは口に出してしまってから、意地の悪い言い方だったと気づいた。「ごめんなさい。いつもはこれほど辛辣な言い方はしないんだけれど」

「いいさ。きみみたいな外見の女性はそういうものだとわかっているから」

カサンドラは驚いて目をしばたたいた。「なんですって？」

「褒めたつもりなんだよ」ランバートがあわてて言い訳をする。「つまり……きみみたいに美しい女性は……ほかのことは気にしなくていいというか……」

「感じのいいふるまいや上品さを身につけていなくてもかまわないと」

彼がしまったという表情になり、口を少しだけ開けた。色白の肌が赤く染まっていく。

カサンドラは首を横に振ると、噴きだした。「ダンスはしないの？　それともここで突っ立ったまま、お互いを侮辱しつづける？」

「踊ろう」ランバートはほっとした顔で、カサンドラをリードしてワルツを踊りはじめた。

「見ろよ。まさにお似合いのふたりだ」トムがいる集団のひとりが感嘆の声をあげた。その視線を追ってトムも舞踏室の中央を見ると、カサンドラが飛び抜けて美形な金髪の男とワルツを踊っている。男の名前はわからなくても、高貴な生まれなのは明らかだ。選ばれた血筋が合わさることが何世代も繰り返された結果である理想的な男。

「ランバートとレディ・カサンドラだ」ミスター・ジョージ・ラッセルが言い、冷ややかな口調でつけ加えた。「どう見ても完璧な組み合わせだな。ぜひとも結婚するべきだ」

名前に聞き覚えがあったので、トムは男をじっと見つめた。ランバートの父親であるリポン侯爵は貴族院議員の中でもとりわけ多くの賄賂を受け取っており、鉄道事業に多大な投資をしている。

「だが、あのレディはえり好みが激しい」ラッセルが続ける。「去年は少なくとも五人に求婚されたそうだが、すべてぴしゃりと断った。ランバートも同じ運命をたどるんじゃないかな」

「あれほどの美人なら、好きなだけえり好みするだろう」別の男が言った。

そこでアデリアが口を開いた。音楽のごとく美しい声だが、剃刀(かみそり)のような鋭さが感じられる。「みなさんはレディ・カサンドラのような女性が好きなのね」笑いながら男たちを責める。「男性は控えめで良識のある女性と結婚したいと言いながら、放蕩娘――金髪で肉感的な体つきの、えくぼを浮かべてくすくす笑うような――を追いかけずにはいられないのね。その子の頭が空っぽなことなどちっとも気にしないんだから」

「有罪を認めます」ひとりが白旗を上げると、男たちはいっせいに笑った。

「彼女の頭は空っぽじゃない」トムは黙っていられなかった。

アデリアが顔に笑みを張りつけたまま、トムに鋭い視線を向けた。「あのご家族とあなたが知り合いだということを忘れていたわ。レディ・カサンドラが実は知性にあふれる女性だなんて言わないでしょう？　現代の隠れた天才だなんて」

男たちのあいだにまたもや起こった笑い声は、さっきよりもずっと控えめだった。

「レディ・カサンドラはとても聡明(そうめい)な女性だ」トムは冷静に返した。「頭の回転は速いし、とてもやさしい。人の悪口を言うところは聞いたことがない」

当てこすりを言われ、アデリアは赤面した。「それなら彼女に求愛したほうがいいかもしれないわね。受け入れてもらえるかどうかはわからないけれど」軽い口調で言う。

「レディ・カサンドラには、ぼくなんかを受け入れないだけの判断力があるんじゃないかな」トムの発言に、一同が爆笑した。

そのあとトムはアデリアと踊り、夜が終わるまで彼女のエスコート役をかいがいしく務めた。ふたりともカサンドラについてのやりとりなどなかったかのようにふるまっていたが、取りつくろった笑顔の下では、鋭く短い言葉の応酬でふたりの関係が発展する可能性は完全に絶たれたのだとどちらもわかっていた。

その晩から翌月に至るまで、ランバートは全力の求愛を繰り広げた。カサンドラが出席するすべての催しに現れ、レイヴネル邸を頻繁に訪問し、高価な花や金メッキの缶に入った菓子を贈ってきた。人々はふたりがどんどん親密になっていることに気づきはじめ、彼らがどれほど美しい組み合わせかを冗談めかして噂するようになった。カサンドラはランバートの好意を断る理由が見つからず、すべてを黙って受け入れた。

ランバート卿ローランドこそ、彼女が求めるべき男性だった。彼はほぼ完璧で、いやだと思う点はほとんどない。些細な欠点がなくはないが、口に出せばくだらないことばかりだ。たとえば自分を〝支配階級〟の一員だと言ったり、いずれ外交の分野に進もうと考えていると発言したりすることだ。国際社会にたずさわるための資質も技能も持ち合わせていないというのに。

　公平に言うと、ランバートにはいいところがたくさんある。高等教育を受け、話し方が上品で、去年ヨーロッパ大陸をあちこち回ったときのおもしろい話をたくさんしてくれた。三年前に亡くなった母親のことを話すときの様子から、思いやりや愛情といったものを備えているのがわかる。母親の話をするときのやさしい口調や、ふたりの妹を溺愛しているところは、好ましく思っていた。父親のリポン侯爵については、厳しいが無慈悲というわけではなく、常に息子にできるかぎりのことをしてやりたいと考えているのだとランバートは話してくれた。

　ランバートはえり抜きの高位貴族の一員であり、そこに属する男性たちは完璧な血筋を誇り、しみひとつない真っ白なベストを着て、あらゆる者を見下している。上流階級の複雑なルールは、彼にとって呼吸のように自然なものだ。カサンドラが結婚した場合、社交シーズン中は夫とともにロンドンで過ごし、残りの季節はノーサンバーランドの領地で過ごすことになる。手つかずの自然が残る美しい荒野が広がっているノーサンバーランドがあるのは、スコットランドとの国境付近だ。家族とは遠く離れることになるが、鉄道を使えば移動時間はかなり減らせる。朝は忙しく、夜は静かに過ごす生活になるだろう。畑を耕し、苗を植え、季節ごとに収穫をするという、なじみのある田舎暮らしの日々が待ち受けているはずだ。もちろん夫婦としての親密さも深めることになるが、それについて自分がどう感じているのかカサンドラにはわからなかった。ある午後、馬車で遠出をしたあとランバートにキスを許したものの、強引なほど激しく唇を押しつけられたせいで、反応する余地すらなかった。とはいえ、ふたりが肉体的に惹かれ合うかどうかに関係なく、子どもさえ生まれれば万事うまくいくはずだ。

「まず結婚して、そのあと愛をはぐくむわ」カサンドラはパンドラとふたりきりになったときに告白した。「そういう人は多いもの。わたしもそのひとりになるというだけよ」

パンドラが心配そうな顔をした。「そもそも、ランバート卿に少しでも惹かれているの？　胸の中で蝶（ちょう）が飛んでいるような気持ちになる？」

「それはないわ。でも外見は好きかな……」

「ハンサムかどうかは関係ないのよ」パンドラがきっぱりと言った。

カサンドラは顔をしかめた。「ねえ、パンドラ、あなたのだんなさまは橋の下に住んでいる毛むくじゃらの醜い怪物（トロール）というわけじゃないでしょう？」

パンドラは肩をすくめて、きまり悪そうに笑った。「わかっているわ。だけど、もしガブリエルがハンサムじゃなかったとしても、やっぱりベッドをともにしたい」

カサンドラは渋い顔でうなずいた。「そういう気持ちならわたしも感じたことがあるわ。

神経が過敏になって、どきどきして、胸の中を蝶が飛び回った。ただ……相手はランバート卿じゃないけれど」パンドラが大きく目を見開いた。「いったい誰なの？」

「誰でもいいでしょ。結婚できない人なんだから」

パンドラが大げさに声を潜める。「結婚している人？」

「やだもう、違うわ。実は……ミスター・セヴェリンなの」カサンドラはため息をつき、パンドラにからかわれるか茶化されるかするのを覚悟した。

パンドラが目をしばたたきながら、たったいま聞いたことをゆっくり理解する。その口から発せられた言葉を耳にして、カサンドラは驚いた。「カサンドラが彼を好きな理由はわかるわ」

「本当に？」

「ええ。彼はとてもハンサムだし、ひと癖もふた癖もある複雑な性格をしている。そして大人の男性だわ」

カサンドラがトム・セヴェリンにあらがいがたい魅力を感じ、ランバートにはそういう感情を持てない理由を、どうしてパンドラはこれほど的確に言葉にできるのだろう。

特権階級に生まれついたランバートはいろいろな面で人間としては未熟で、今後もそのまま終わる可能性が高い。一方、トム・セヴェリンはみずからの知力と意志だけを頼りに、誰が見ても成功した人間になった。ランバートは緩慢でのんびりした生活を楽しんでいるが、トムは尽きることのないエネルギーで日々を全力疾走している。トムの冷淡で計算高い部分にさえ、カサンドラは興奮を覚えた。刺激的だと思う。ランバートのほうがおそらく一緒に暮らしやすい相手だということは、彼女もわかっていた。でもベッドをともにしたい相手となると……。

「どうしてミスター・セヴェリンとは結婚できないの？」パンドラが訊いた。

「彼の心が凍りついているから」

「気の毒な人ね。あなたに恋をしないでいられるなんて、ミスター・セヴェリンの心を覆う氷は相当に分厚いわ」

カサンドラは微笑み、手を伸ばしてパンドラを抱きしめた。

「幼かった頃のことを覚えている？」パンドラが尋ねた。「あなたが脛（すね）にあざを作ったり爪先をぶつけたりすると、わたしも同じ場所を怪我したふりをしていたわよね」

「ええ。いまだから白状するけれど、怪我をしたのはわたしなのに、あなたが足を引きずっているのを見ると、ちょっと腹が立ったわ」

パンドラはくすくす笑って体を離した。「あなたが痛みを感じているとき、わたしも一緒にそれを感じたかったの。姉妹ってそういうものだから」

「かわいそうだと思ってくれる必要はないのよ」カサンドラは頑固に明るい口調を貫いた。

「ちゃんと幸せになるつもりだから。ランバート卿に男性としての魅力を感じるかどうかは、本当に重要じゃないの。男女が惹かれ合う気持ちは時とともに消えていくって言うでしょう？」

「そういう夫婦もいるかもしれないけれど、全員ではないわ。ガブリエルのご両親のあいだの愛情は消えていないもの。それに、たとえいつかは消えていくとしたって、まずは愛情から出発したいと思わない？」答えられないでいるカサンドラを見て、パンドラは自分で答えた。「当然そうよ。自分が欲望を感じられない相手とそういう行為をするのは、ものすごく不快だもの」

カサンドラはぼんやりとこめかみをさすった。「自分の感情を思いどおりに制御できると思う？　誰かを欲するよう自分に命令できるかしら」

「わからない。でもわたしがあなたなら、この先の人生を左右する決断を下す前に、その答えを見つけるわ」

12

カサンドラは悩みに悩んだが、ランバートへの気持ちをはっきりさせられないまま、彼を男性として求めていないわけではないという結論を出した。これほど一途（いちず）に求愛されているのだから、肉体的に惹かれ合う可能性が少しでもあるかどうかを確かめる義務が自分にはある。

意外にも、その機会はすぐに訪れた。ベルグレイヴィアにあるデラヴァル卿の屋敷で開かれる、その月でいちばん盛大な慈善晩餐会だ。

そこではひと晩かぎりの絵の展覧会と芸術家のための慈善基金を募るオークションが行われる。最近、才能に恵まれながら有名にはなれなかった風景画家、アースキン・グラドワインが亡くなり、生活のすべを持たない妻と六人の子どもが残された。絵の売り上げはグラドワインをはじめとする逝去した画家の遺族のための基金に寄付される。

その晩はいつもシャペロンを務めているレディ・バーウィックが当然の権利として休みを取っていたので、カサンドラはデヴォンとケイトリンと一緒に出席することになっていた。

「あなたのことは、わたしたちでちゃんと見ているようにするわ」ケイトリンが心配しているふりをする。「でも充分に目を光らせていられないかも。わたしたちにもシャペロンが必要なくらいだもの」

「ぼくたちはレイヴネル一族だ。完璧なふるまいなんて誰からも期待されていないさ」デヴォンが指摘した。

会場に着いてすぐ、ランバートの父親であるリポン侯爵が出席していると知って、カサンドラは落ち着きを失った。いつかは会うことになるとわかっていたが、まだ心の準備ができていない。もっと自分を引き立ててくれるドレスを着ているときに会いたかった。モアレシルクのドレスは手持ちの中でもそれほど気に入っていない。最近太ったせいでやむをえずウエストを広げたが、スクエアカットの襟ぐりは直せなかったので、そこからのぞいている胸元が大きく盛りあがってしまっているのだ。さらに全体に入っている水紋のような模様が、生地が金茶色なので木目のように見える。

ランバートに紹介された父親の侯爵は、カサンドラが予想していたよりも若く見えた。金髪で色白の息子とは対照的に、髪は石炭のような黒に白髪がまじり、目はビターチョコレートのようだ。顔はハンサムだが険しく、肌は風化した大理石を思わせる。カサンドラは膝を曲げてお辞儀をしたあと体を起こしたとき、自分の胸元を見ていた侯爵の視線がすばやく顔に戻されたのに気づいて驚きを覚えた。

「レディ・カサンドラ、お美しいとは聞いていましたが、まったく誇張ではありませんな」

カサンドラは感謝の笑みを向けた。「お会いできて光栄です」

侯爵が彼女を推し量るように観察する。「絵が好きだから、ここへいらしたのかな、レディ・カサンドラ?」

「絵のことはほとんど知りませんが、これから学んでいきたいと思っています。今日は入札なさるんですか?」

「いや、寄付はするつもりだが、出品される作品はどれも平凡だ。食器洗い場にだって飾ろうとは思わない」

ミスター・グラドワインの作品の売り上げは、妻と六人の子どもたちのための基金に回される。そういう絵に対して辛辣な発言をするなんてと思ったものの、カサンドラは必死で表情に出さないようにした。

父親の言葉を冷たいと受け取られたことに気づいたらしく、ランバートがあわてて口をはさんだ。「父は芸術に造詣が深いんだ。特に風景画に」

「これまで見せていただいたかぎりでは、光を表現するミスター・グラドワインの技術は素晴らしいと思いますわ。月の光の中の風景や、炎の輝きなんかが」

「視覚的表現は芸術的価値と同等には語れない」侯爵がそっけなく返した。

カサンドラは微笑んで肩をすくめた。「それでも、わたしは彼の作品が好きです。何が絵の価値を決めるのかいつか教えていただけましたら、わたしにも絵のどういう部分を見ればいいのかわかるようになるかもしれません」

侯爵が値踏みするようにカサンドラを見つめた。「きみは実に好ましい。男の意見に耳を傾け、その考え方を受け入れたいという姿勢はきみの美点だ」口の端をかすかに持ちあげる。「息子より先にきみに出会えなかったのが残念だ。わたしも妻を探しているのだよ」

侯爵の言葉はお世辞とわかっていたが、カサンドラは違和感がぬぐえず、まして息子であるランバートの前でわざわざこんなことを言うのはおかしいと思った。落ち着かない気分をまぎらわせるために懸命に言葉を探す。「侯爵のような方に注意を向けていただけたら、どんな女性も名誉に感じるでしょうね」

「いまのところ、注意を向けるのに値する女性は見つかっていない。だが、きみならわたしの屋敷に魅力的な華を添えてくれるだろう」侯爵はカサンドラの体に視線をさまよわせた。

「ぼくの花嫁としてですよ。父上の花嫁になるわけではありません」ランバートがおかしそうに笑った。

カサンドラは黙っていたものの、心の中ではいらだちと不安がふくれあがっていた。目の前のふたりの男性はこれ以上の求愛も同意も必要ないとばかりに、彼女とランバートが結婚することは既成事実だと見なしている。

それに侯爵が向ける視線には、不穏なものを感じる。彼の目はどことなく冷酷で、こちらはふしだらで取るに足りない存在なのだと思わされてしまう。

ランバートが腕を差しだした。「レディ・カサンドラ、では引き続き、絵を見て回りましょう」

カサンドラは侯爵にもう一度お辞儀をして、ランバートとともに歩きだした。

ふたりは屋敷のメインフロアにある客に公開されている部屋をゆっくり見て回った。それぞれの部屋には、みんなが鑑賞できるように絵が飾られている。赤と黄色で激しい噴火の光景が描かれているヴェスヴィオ山の絵の前で、ふたりは足を止めた。

「父が言ったことは気にしないでほしい」ランバートが軽い口調で言った。「言葉を飾らずに、自分の意見をはっきり言う人なんだ。重要なのは、父がきみを認めたということさ」

「ちょっと待ってもらえないかしら」カサンドラは背後を行き交う人々に聞かれないように小声で返した。「わたしたちのあいだには誤解があるみたい。誤解というか……当然婚約するという思い込みが」

「そうじゃないのかな?」ランバートがおもしろがるような顔をした。

「もちろん、そうじゃないわ」鋭い口調になってしまったのに気づいて、カサンドラは声を抑えた。「正式に求愛されているわけではないし、そもそも社交シーズンは始まってもいないのよ。もっとよく知り合うまでは、正式な関係を結ぶつもりはないわ」

「なるほど」

「本当にわかっているの?」

「きみが何を望んでいるかは理解した」

ランバートが気を悪くしなかったことにほっとして、カサンドラはふたたび絵を見て回った。夜の城の廃墟(はいきょ)……かつてのドルリー・レーン劇場の火災……月明かりの中の河口。さまざまな風景を目にしながらも、彼女は作品に集中できなかった。ランバートと過ごせば過ごすほど、彼が好きではなくなっていく。カサンドラにも自分なりの考えや夢があるなどと、彼は考えもしないのだ。父親と同じく、彼女が夫となる相手の考え方を受け入れることを望んでいる。どんな人間か知ろうともしないで、相手を愛することなどできないはずなのに。

それでも高位貴族の跡継ぎであるランバートを拒絶すれば、どうなるかは明らかだ。世間は彼を完璧な男性だと見なしている。

カサンドラは頭がどうかしていると噂されるだろう。どんな男性にも満足できないのだとささやかれ、ランバートではなく彼女に問題があると決めつけられるはずだ。

もしかしたら、その考えは正しいのかもしれない。

突然、カサンドラはランバートに引っ張られ、絵が飾られている部屋から廊下に連れだされた。

驚いて思わずよろめき、小さく笑いを漏らす。「いったいどうしたの?」

「すぐにわかるよ」ランバートは彼女を誰もいないこぢんまりした部屋に引き入れ、内側からしっかり扉を閉めた。

急に暗い場所に来たせいで目が慣れず、カサンドラはやみくもに手を伸ばした。すると、体にランバートの腕が巻きついたので、息が止まりそうになる。

「これからきみが欲しがっているものをあげよう」ランバートの自信満々な声が響いた。

カサンドラはいらだつのと同時におかしくなって指摘した。「こんな暗い部屋に引っ張り込んで手荒に扱ってほしいなんて頼んでいないわ」

「ぼくともっと親しくなりたいと言ったじゃないか」

「こんなことをしてほしいという意味じゃ――」カサンドラは抗議しようとしたが、ランバートの唇が重なってきた。ぶつかるような勢いにひるんでいるうちに、彼の唇は好き勝手に動き回り、どんどん圧力を増してくる。

カサンドラが望んでいるのはゆっくり話をして互いが好きなものや嫌いなものを知っていくことだと、ランバートは理解していないのだろうか。そうだとすれば、彼女はひとりの人間としてはまったく興味を持ってもらえていないということだ。

乱暴で挑むようなキスに耐えられず、カサンドラは両手でランバートの頬を撫で、なだめようとした。けれどもまったく効果はなく、懸命に顔をひねって彼から離れると、激しく息をついた。「お願い……ローランド……そんなに激しくしないで。もっとやさしく」

「そうするよ、カサンドラ……ダーリン……」ふたたび重なってきた唇の圧力は、ほんの少ししか弱まっていない。

カサンドラはなんとか我慢しようと、じっとしていた。楽しむ気にはまったくなれない。広がっていく嫌悪感を消したくて、少しでも喜びを感じられないか心の中を必死に探ってみる。だが、ランバートの腕はきつく締めあげるベルトのようだった。彼は興奮のあまり、激しく燃え盛る炉のごとく胸をせわしなく上下させている。

カサンドラは自分の身に起こっていることが、できの悪い芝居のように思えてきた。まるで道化師が腹を立てた処女に無理やり迫っている場面のようだ。モリエールの戯曲にあってもおかしくない。『恋人の喧嘩』か『タルチュフ』に同じような場面がなかっただろうか。

こんなときに一七世紀の劇作家のことを考えていること自体、いい兆候ではない。集中しなくてはと、カサンドラは自分を叱った。ランバートの唇が触れたくないほど不快というわけではない。それなのになぜ、キスをされる男性によって、これほど感じ方が違うのだろう。ランバートとのキスに夢中になりたいと心から願っているのに、温室で口づけを交わしたときのようにはちっともいかない。緑のシダと影が濃密に重なる温室のひんやりした夜気の中で、はだしの彼女は懸命に伸びあがってトム・セヴェリンの唇を求めた。彼の唇は繊細な感触ながらも性急さが伝わってきて、体じゅうに熱が広がっていったのを覚えている。

そのときランバートが彼女の唇をこじ開け、濡れた剣のような舌を侵入させた。

カサンドラは焦って、彼の舌を吐きだすような勢いで顔を引いた。「いやよ、待って。お願い。家族が探しているわ」相手を押しのけようとしたが、抱きしめる力が強すぎて、ふたりのあいだに手を入れられない。

「きみの不在をまわりにわざわざ知らせるようなまねを、家族がするはずがない」

「もう行きましょう。こんなのいやだわ」

揉み合いのようになり、ランバートがカサンドラを壁に押しつけた。「あともう少し。花や贈り物をあれだけしたんだから、いいだろう？」彼は興奮に息を荒くしていた。

〝花や贈り物をあれだけしたんだから？〟

「あれでわたしを買ったつもりなの？」カサンドラは耳を疑った。

「いくら上品ぶったことを言っても、本当はきみもこういうことを望んでいる。そんな体つきをしているんだから、当然そうだろう。誰の目にも明らかだ」

カサンドラは頭を殴られたような衝撃を覚えた。

ランバートがカサンドラの胸元をむさぼるように見つめたあと、襟ぐりをつかんで手を内側に突っ込んだ。乳房を乱暴につかまれ、彼女は声をあげた。

「やめて！　痛いわ！」

「ぼくたちは結婚するんだ。先にちょっとぐらい味見したって、かまわないだろう」片方の乳首をつねられ、繊細な皮膚に痛みが走った。

「やめてったら！」恐怖と怒りがカサンドラを貫いた。無我夢中でランバートの指先をつかんで甲のほうへそらすと、彼は痛みにうめいて彼女を放した。

暗闇に、ふたりの荒い息づかいが響く。カサンドラはドレスの襟ぐりを乱暴に引きあげて扉へ急いだが、ランバートの落ち着いた声に止められて凍りついた。

「やみくもに飛びだす前に、自分の評判のことを考えるんだな。きみに責任がなくても、醜聞になったら評判は地に落ちる」

とんでもなく不公平だが、それは真実だ。信じられないことに、ランバートとともに何もなかったかのごとくこの部屋を立ち去れなければ、カサンドラの将来は台なしになる。ここであったことを誰にも悟られてはならないのだ。

カサンドラは伸ばした手をぐっと握って、体の脇にさげた。ランバートが服を整えてズボンの前を何やら調整していたが、そちらには目を向けずに自分を抑えることに集中する。唇は乾いてひりつき、胸の先端はずきずきと脈打つように痛む。彼女は自分が汗くさい気がして、みじめで恥ずかしかった。

ランバートが何事も起こらなかったかのように平然と話しはじめるのを聞いて、カサンドラは硬貨をひっくり返すように簡単に気分を切り替えられる彼にぞっとした。「きみは学ばなければならない。男をからかってお預けを食わせるようなまねをされたら、ぼくたちもいい顔をしていられない」

カサンドラは非難されて戸惑った。「わたしがどうやってあなたをからかったというの?」

「微笑んで思わせぶりな態度を取ったじゃないか。腰を振って歩いているし——」

「そんなことはしていないわ!」

「——胸元を強調するぴったりしたドレスを着ている。体を見せつけて誘っているくせに、望みをかなえてやろうとしたぼくに文句を言うなんて」

カサンドラはそれ以上耐えられなくなり、手探りで扉の取っ手をつかんでそっと引き、懸命に息を吸いながら部屋を出た。

ランバートがカサンドラの横に並んで歩きはじめた。腕を差しだされているのが視界の端に映ったが、彼女は無視した。この男に触れると考えただけで気分が悪い。

絵が展示されている部屋まで戻ると、カサンドラはランバートと目を合わせないまま、かすかに震える声で告げた。「こんなことがあったあとでもまだ、あなたと関わるなんて思わないでちょうだい」

ケイトリンはすでに目立たないようにふたりの姿を探していた。カサンドラを見てほっとしたものの、すぐにこわばった様子に気づいて心配そうに声をかける。「よかったわ、カサンドラ。日の出の風景を描いた絵に入札するつもりだから、あなたの意見を聞きたいの」そう言ってからランバートのほうを向いた。「申し訳ないけれど、彼女を返していただきますね。そうでないと、シャペロン失格と言われてしまいますから」

彼は微笑んだ。「では、お返しします」

ケイトリンはカサンドラと腕を組み、ランバートから遠ざかりながら小声で訊いた。「何があったの？　彼と喧嘩でもした？」

「ええ」カサンドラはなかなか声を出せなかった。「早く帰りたいわ。噂にならない程度に、できるだけ早く」

「言い訳を考えるわ」

「それから……彼をわたしに近づけないで」

ケイトリンの声は非の打ちどころがないほど落ち着いていたが、その手はカサンドラの手を強く握っていた。「絶対に近づけないわ」

今夜の女主人であるレディ・デラヴァルのところに行くと、残念ながらもう失礼しなければならないとケイトリンは告げた。赤ん坊が疝痛を起こしているので、早く帰ってついていてやりたいと伝える。

カサンドラは自分の横で交わされている会話がほとんど耳に入っていなかった。頭がぐるぐる回り、まっすぐ立っているのが難しい。目が覚めきらないうちに、ベッドを出たときのようだ。ランバートに言われたことやされたことを、繰り返し細部まで思いだしてしまう。

〝誰の目にも明らかだ〟

〝体を見せつけて誘っているくせに〟

体をまさぐられたことよりも、こんな言葉を投げかけられたことのほうが、気分を悪くしている。これ以上悪くなりようがあるのかどうかわからないが。ほかの男性たちからも、そんなふうに見られているのだろうか。同じように思われているのだろうか。小さくなって、どこかに隠れてしまいたかった。頭の中に血が流れ込みすぎているかのようにこめかみが脈打ち、乱暴につかまれた胸がずきずき痛んだ。

ケイトリンがデヴォンに、馬車を呼んでくるように頼んでいる。

デヴォンは表情をまったく取りつくろっていなかった。眉をひそめ、険しい顔をしている。「いますぐぼくが聞いておいたほうがいいことがあるかい？」静かに問いかけ、妻とカサンドラの顔を交互に見る。

カサンドラは小さく首を横に振った。こんなところで騒ぎを起こすわけにはいかない。ランバートがすぐ近くにいるいま、彼にどんなふうに侮辱されたかをデヴォンが知ったら、穏便にはすまないのは明白だ。

デヴォンは探るようにカサンドラを見つめていた。何も聞かないままここを去ることに納得していないのだ。けれども無理強いはせずに譲歩してくれたので、彼女はほっとした。

「では、帰り道に話を聞かせてもらおう。それでいいかな?」

「ええ、デヴォン」

三人が乗り込んだ馬車がレイヴネル邸へ向かって走りはじめると、カサンドラはようやく息が少し楽に吸えるようになった。隣に座っているケイトリンが手を握ってくれている。向かい側にいるデヴォンが真剣な表情で口を開いた。「さあ、話してくれ」

カサンドラはランバートに体をまさぐられたことも含め、何があったのかすべて打ち明けた。細かい点まで語るのは恥ずかしくつらかったけれど、彼にどんなふうに無理強いされ辱められたか、後見人であるふたりに理解してもらう必要があるとわかっていた。じっと耳を傾けていたデヴォンの顔に、雷に打たれたような衝撃に続いて、激しい怒りが表れる。ケイトリンの顔は色を失い、かたくこわばっている。

「最初にもっと強くやめてと言わなかったわたしも悪いの」カサンドラはみじめな思いで言った。「それにこのドレスは体にぴったりしすぎていて、淑女らしくないから——」

「それは違う」デヴォンの声は静かなのに、怒鳴るのと同じくらいの激しさが伝わってきた。「やつがしたことは、何ひとつきみのせいじゃない。きみが着ていたもの、言ったこと、したこと、すべてやつの行為とは関係ない」

「あなたが淑女にふさわしくないものを着て出かけるのを、わたしが許すと思う?」ケイトリンが怒ったように訊いた。「あなたはたまたま恵まれた体つきをしている。これは幸運なことで、罪ではないのよ。自分がしたことをあなたのせいにするなんて、いますぐ引き返してあのろくでなしを馬用の鞭で引っぱたいてやりたい」

ケイトリンがこれほど激しい物言いをするのは珍しく、カサンドラは驚いて目を見開いた。

「間違えてはだめよ」ケイトリンが怒りに任せて続ける。「今回のことは、結婚したあとランバート卿があなたをどう扱うかの片鱗でしかないの。結婚したら、一〇〇倍もひどいことになるわ。だって、妻になったら好きなようにふるまう夫にあらがう権利を失うんだもの。そういう男たちは絶対に自分に責任があるとは認めない。暴力に訴えて、妻がそうするよう自分を追い込んだと言うのよ。〝ほら、おまえのせいだ〟って。でも、そう行動することを選んだのは彼らなの。自分に力があることを実感したいから、人を傷つけて怖がらせる」

ケイトリンはさらに続けようとしたが、その前にデヴォンが妻の膝にやさしく手を置いた。妻に話すのをやめさせようとしたわけではなく、ただ彼女に触れなければという思いに駆られたのだろう。妻を見つめるダークブルーの目はどこまでも温かい。ふたりは目で会話を交わしていた。

彼らが思い浮かべているのは、カサンドラの兄のテオだ。ケイトリンの最初の夫であるテオは怒りっぽく、まわりの人間に頻繁にひどい言葉を浴びせたり暴力を振るったりしていた。

「子どもの頃はしょっちゅう、レイヴネル一族特有のすぐに頭に血がのぼる気質の被害に遭っていたわ」カサンドラは静かに言った。「父も兄も怒りを爆発させたあと得意げにしていることさえあって、みんなびくびくしていたの。ふたりとも、自分は強いんだと思われたかったんでしょうね」

デヴォンは険しい表情で言った。「強い男は怒りにわれを忘れたりしない。ほかの人間が怒鳴ったりかんしゃくを起こしたりしても、常に冷静でいるものだ」椅子の背にもたれ、大きく息を吸って長々と吐く。「妻のおかげで、ぼくは昔ほど簡単に怒りに屈しなくなった」

ケイトリンが夫にやさしい目を向ける。「自分を改善しようと信念を持って努力したのはあなたよ。でも、たとえ昔のあなたでも、今夜のランバート卿のように女性を扱うことは絶対にしなかったと思うわ」

カサンドラは顔を上げてデヴォンを見た。「これからどうしたらいいかしら」

「まずはやつを叩きのめしてやりたい」デヴォンが怒りをにじませる。

「お願いだからそれはやめて――」カサンドラは懇願した。

「心配しなくていい。そうしたいが、実行に移すつもりはない。明日、あの男に会いに行って、今後どんなことがあってもきみに近づかないように釘だけは刺しておく。家への訪問も花も受けつけないし、いっさいの接触を禁じるとな。ランバートは二度ときみをわずらわせない」

カサンドラは顔をくしゃくしゃにして、ケイトリンの肩に頭をのせた。「社交シーズンはまだ始まってもいないのに、こんなことになってしまって。もう、どうしたらいいかわからないわ」

ケイトリンが小さな手で、カサンドラの髪を撫でた。「ランバート卿の本性があとでわかるより、いまわかってよかったのよ。こんなことになって残念なのは変わらないけれど」

「レディ・バーウィックは打ちのめされるでしょうね。彼との結婚にものすごく期待していたから」カサンドラは弱々しく笑った。

「でも、あなたはそうではなかったの？」ケイトリンが柔らかい声で訊いた。

カサンドラは小さくうなずいた。「ローランドとの未来を想像しようとしても、何も感じなかったの。本当に何も。いまだって、彼を憎む気にもなれない。ひどいことをされたとは思うけれど、彼に対して憎むというほど強い感情が湧いてこないのよ」

13

「閣下、やつらが戻ってきました」バーナビーがトムの執務室の入り口に来て告げた。

トムは目の前に広げられている石積みと橋架けの見積もりから目を離さずに問い返した。

「誰が戻ったんだ？」

「むずむずするやつです」

トムは目をしばたたいて顔を上げた。「なんだって？」

「バズルのむずむずするやつですよ」バーナビーが暗い表情で説明した。

「バズルも一緒なのか？　それともやつらは自分たちだけで来たのか？」

バーナビーはあまりにも動揺していて、冗談を理解するどころではなかった。「バズルには入ってはならないと言いました。だから外で待っています」

トムはいらだちのため息をついて立ちあがった。「ぼくが処理するから、バーナビー、おまえはいい」

「言わせていただけるなら、ここからむずむずするやつを追放する唯一の方法は、バズルに出ていってもらうことです」

トムは秘書をにらみつけた。「金持ちか貧乏かにかかわらず、子どもにはシラミがつくことがある」

「ええ。でも、わざわざそういう子をここで働かせなくてはならないんでしょうか？」

トムはその質問を無視して、いらいらしながら階下に向かった。

こんなことは終わらせなくてはならない。仕事を邪魔されることにも、害虫にも、子どもにも我慢ならないが、バズルはそのすべてが合わさっている。こうしているいまもトムと同じ立場にいるほかの男たちは仕事に邁進していて、本来なら彼もそうしているべきなのだ。あの少年にはいくらか金をやって、もう戻ってくるなと言えばいい。通りをうろつく何千人もの浮浪児と比べて格別いいとも悪いとも言えない境遇なのだから、バズルを気にかける必要はまったくない。

大理石でできた玄関ロビーに差しかかると、雑用係が高い梯子にのって、壁に取りつけられた装飾用の棚や窓枠に赤いリボンで緑の葉がついた枝を結びつけていた。

「なんのためにそんなことをしているんだ？」トムは男に訊いた。

雑用係がトムを見おろして笑みを浮かべる。「おはようございます、ミスター・セヴェリン。クリスマスの飾りつけをしているんですよ」

「誰にそうしろと言われた？」

「この建物の管理人です、閣下」

「まだ一一月だぞ」

んですよ」

「〈ウィンターボーン百貨店〉がショーウィンドウの飾りつけをもうクリスマス用に変えたんですよ」

「なるほど」飽くことなく利益を追求するリース・ウィンターボーンが、クリスマスの買い物シーズンの開始を例年より早めたのだ。つまりトムはこれからまるまる一カ月もホリデーシーズンのにぎわいに耐えなければならないわけで、それを逃れるすべはなかった。どの家や建物も常緑の葉や銀メッキの飾りでふんだんに飾りつけられ、玄関の外にはその下ではキスが許されるというヤドリギがつるされる。ポストにはクリスマスカードの束が投函(とうかん)され、新聞を開けばクリスマスの広告が目に飛び込み、街のどこへ行こうともヘンデルが作曲した聖譚曲(オラトリオ)《メサイア》が聞こえてくるようになるだろう。キャロルを歌う人々の群れが通りを徘徊(はいかい)し、罪のない通行人に調子っぱずれの歌を聞かせて小銭をねだるのだ。

別にトムはクリスマスを嫌っているわけではない。いつもは適当に受け流すのだが、今年はまったく祝う気になれなかった。

「飾りつけはやめたほうがいいですか、ミスター・セヴェリン?」雑用係が訊いた。

トムは薄い笑みを顔に張りつけた。「いや、ミーグルズ、そのまま続けてくれ」

「名前を覚えていてくださったんですね」雑用係が喜んで声をあげる。

別に目の前の相手が特別なわけではなく、会った人間の名前はすべて覚えているのだと言いたい衝動に駆られたが、トムはなんとかこらえた。

外に出ると、体を骨まで切り裂くような冷たい風が吹きつけた。こういう寒さの中では息が浅く速くなり、肺がもろくなって砕けそうになる。

トムの目が、石段の隅に小さく丸まって腰かけている小さな痩せた姿をとらえた。バズルは古着屋のごみ箱から拾ってきたような服に身を包み、頭には薄っぺらな帽子をかぶっている。トムに背を向けて座っている少年は、いまではすっかり見慣れた仕草で首の後ろをかいた。

なんてちっぽけで頼りない姿なのだろう。いまはかろうじて生き延びているが、もし突然この世から消えたとしても、気にする人間はほとんどいない。それどころか誰も気づかないのではないだろうか。それなのにトムは、この少年が気になってしかたがないのだ。

なぜかはわからないが、とにかく気になる。

〝まったく、いまいましい〟

トムはゆっくりバズルに歩み寄って隣に座った。

少年がびくりとして振り向き、トムを見つめた。バズルの目の表情はいつもとどこか違って、瞳が割れた窓のようだ。風が階段に吹きつけると、少年はがたがたと震えた。

「新しい服はどうした？」トムは訊いた。

「アンクル・バティがおいらには気取りすぎてるって」

「売ってしまったんだな」トムは淡々と言った。

「そうだよ、閣下」少年が歯をかちかち鳴らしながら答えた。

トムがその盗人野郎についての意見を伝える前にふたたび氷のような風が吹きつけ、少年は激しい震えをこらえるためにさらに身を縮めた。

トムはやむをえず、自分の上着を脱いだ。シルクで縁取りされている最上級の毛織り地の黒のスーツの上着は、行きつけの仕立て屋〈ストリックランド&サンズ〉から先週届いたばかりのものだ。シングルブレストでウエスト部分にタックがなく、袖口の折り返しを大きく取った最新流行のスタイルの上着だった。古い上着をやめて今日おろしたばかりのぜいたくな上着を、トムはため息を抑えながら小汚い少年の体に着せかけた。

いきなり温かい毛織りとシルクの上着に体を包まれたので、バズルは驚いて小さく声をあげた。だが、すぐに両手で上着を引き寄せ、その内側で膝を抱えた。

「バズル、ぼくのところで働くか?」スチール製のピンセットで喉の奥から引っ張りだすように、トムはなかなか出てこない言葉を発した。

「もう働いてるじゃないか、閣下」

「ぼくの屋敷でだ。雑用係や従僕見習いでもいいし、馬番や庭師の見習いでもいい。だが何を選んでも、屋敷に住むことになる」

「あんたと?」

「ぼくと住むという言い方はどうかと思うが、そうだ。ぼくの屋敷に住む」

少年は考え込んだ。「あんたの会社の掃除は誰がするの?」

「そうしたければ、朝ぼくと一緒にここへ来ればいい。だがバーナビーがいやがるだろうから、説得しなくてはならない」黙っている少年を、トムはうながした。「どうする?」

どういうわけか、バズルはなかなか答えようとしなかった。

「喜びのあまり跳ね回れとは言わないが、少しはうれしそうな顔をしたらどうだ、バズル？」

少年の目は苦悩に満ちていた。「アンクル・バティに許してもらえねえよ」

「ぼくをそいつのところへ連れていけ。話をつけてやる」正直なところ、トムはアンクル・バティとやらに少し思い知らせてやりたい気分だった。

「だめだよ、ミスター・セヴェリン。あんたみたいな紳士は何されるかわかんねえから」

トムはおかしさに唇をゆがめた。子ども時代のほとんどを貧民街と鉄道の操車場で過ごしたため、人間に可能なありとあらゆる悪行に常にさらされながら生き延びてきた。自分の身を守るために、食料や仕事を得るために、ずっと戦ってきた。すべてを戦って手に入れてきたのだ。きちんと髭が生えそろうようになるはるか以前に、トムはロンドンのどんな男にも負けない冷徹で世慣れた大人になっていた。だが当然、この少年がそのことを知っているはずがない。

「バズル」トムは少年としっかり目を合わせた。「そういう心配は必要ない。ぼくはセントジャイルズよりひどい場所でもどうふるまえばいいかわかっているし、おまえのことも守ってやれる」

少年はしかめっ面を崩さず、毛織りの上着の襟をぼんやりとかじった。「ほんとはバティになんか、なんも訊かなくていいんだ。ほんとのおじさん（アンクル）ってわけじゃねえから」

「そいつとはどういう取り決めになっているんだ？　おまえが稼いだものと引き換えに、住むところを与えてもらっているのか？　だがこれからは、ぼくのためだけに働けばいい。住む場所はこれまでよりよくなるし、充分に食べられるようになる。しかも働いた分の金は自分のものになるんだ。どうだ、いいだろう？」

バズルは目やにのついた目を疑わしげに細めた。「おいらのケツを狙ってるんじゃないの？おいらはゲイじゃないよ」

「子どもは趣味じゃない」トムはとげとげしく言った。「男でも女でもね。ぼくは大人の女性がいい」特にあるひとりの女性が。

「ケツを掘る気はないんだね」少年は重ねて確認した。

「ああ。バズル、おまえがケツを掘られる危険はまったくない。いまもこれからも、ぼくがおまえのケツに興味を持つことはないし、ぼくの屋敷でそういう行為は許されていない。これで不安はなくなったか？」

バズルが瞳に楽しげな表情をちらりと浮かべると、ぐっといつもの少年らしくなった。

「うん、閣下」

「それならよかった」トムはきびきびと言い、立ちあがってズボンの後ろを払った。「外套を取ってくるから、そのあとギブソン医師のところに行こう。またふたりで訪ねていったら、先生は大喜びするぞ」

バズルがげんなりした顔になった。「またシャワーを浴びせられるのか？　前みたいに？」ぞっとしたように尋ねた。

トムはにやりとした。「石鹸と水に慣れたほうがいい。今後はそいつらとのつきあいが増えるからな」

バズルがきれいに洗いあげられてシラミの駆除がすみ、ふたたび新しい服と靴を身につけると、トムはハイドパーク・スクエアの自宅に連れ帰った。白い化粧漆喰で前面が飾られた四階建ての屋敷は四年前に購入したもので、内装はほとんどいじっていない。二重勾配の屋根には屋根窓がついていて、専用の庭があるものの、トムはほとんど入ったことがない。購入したときにいた使用人をほぼそのまま使いつづけていて、彼らは平民の主人に仕えることにしぶしぶながら順応している。北ヨークシャーに領地を持つ男爵が主人だったときから身を落としたと彼らが感じているらしいことを、トムは滑稽に思っていた。

家政婦長のミセス・ダンクワースは冷淡な性格だが有能で、驚くほど人間味がない。でもだからこそトムは、使用人の中で彼女をいちばん気に入っていた。ミセス・ダンクワースが彼をわずらわせることはほとんどないし、何があっても――たとえトムが予告なしに客を招待しても――ひるまない。産業科学研究所に所属する知り合いが客間で化学実験を行って絨毯をだめにしたときも、彼女は顔色ひとつ変えなかった。

それなのにトムがバズルをなんとかしてやってくれと頼むと、この四年間で初めてミセス・ダンクワースは狼狽(ろうばい)した。いや、呆然としたと言ったほうがいいかもしれない。

「この子に午後にできる仕事を与えてやってほしい」トムは指示した。「それから寝る場所を用意して、仕事の内容と屋敷内の規則を誰かに説明させるように。あとは、ちゃんとした歯の磨き方を教えるのも忘れないでくれ」

小柄でがっちりした家政婦長は、これまで男の子を一度も見たことがないかのようにバズルを凝視した。「ミスター・セヴェリン、ここには子どもの面倒を見る暇のある者はおりません」

「バズルに世話は必要ない。自分でなんでもできる。食べ物と水がちゃんと与えられているかどうかだけ、気をつけてやってくれればいい」

「この子はどれくらい滞在するんですか？」家政婦長がためらいがちに尋ねた。

「ずっとだ」トムはそのままいつもどおり静かに屋敷を出て、首都建設委員会のメンバーふたりとの会合のために事務所に戻った。会合が終わると、家に戻ってバズルがちゃんと食事をしているか確認したいという気持ちを無視して、紳士クラブで夕食をとることにした。

〈ジェナーズ〉ではいつも何かおもしろいことが起きている。伝説的なクラブはぜいたくだが落ち着いた雰囲気で、いつだってうるさすぎも静かすぎもしない。カットクリスタルのグラスで供される高価な酒から豪華なチェスターフィールドの椅子やソファまで、すべてクラブの会員に選ばれた人間であることを実感させてくれるものがそろっている。会員として認められるためには、現会員から人物証明書を出してもらう必要があり、合わせて財政状況を証明する書類を提出したうえ、正式に入会できるのを何年も待たなければならない。空きが出るのは会員が死んだときだけで、幸運にも順番が回ってきたと連絡を受けた者は、法外な年会費にけちをつけるようなばかなまねは絶対にしなかった。

トムはビュッフェ式の夕食に向かう前に、人々が集っている部屋部屋の一室に酒を飲みに行った。夜のこの時間はいつもそうだが、席はほとんど埋まっている。連なっている部屋の端を次々に通り過ぎていくと、友人や知り合いが手を上げて仲間に加わるように合図してきた。トムはポーターに椅子を一脚持ってきてもらおうとしたところで、いくつか離れたテーブルの尋常でない様子に気がついた。三人の男が声を潜めて熱心に話し込んでいて、みるみるうちに空気が張りつめていく。

トムはその三人の中にセントヴィンセント卿ガブリエルがいるのに気づいた。クラブに彼がいること自体は驚くことではない。彼の母方の祖父であるアイヴォウ・ジェナーはこのクラブの創業者で、いまもここは一族が所有しているし、何年か前からはセントヴィンセントが父親から経営を引き継いでいるからだ。鷹揚ながらも常に冷静な彼は、その仕事を見事にこなしていると世間の評判は高い。

だが今夜のセントヴィンセントには鷹揚なところがまったくなく、椅子を押して立ちあがったかと思うと、新聞がいきなり燃えあがったとばかりにテーブルに落とした。懸命に冷静になろうとしているのは傍から見てもわかるが、顎に力が入り、何度も歯をぎりぎりと噛みしめている。

「やあ、お邪魔かな？」トムは近づいていって、さりげなく声をかけた。

セントヴィンセントが振り返り、すぐにいつもの上品な仮面をかぶった。「いや、そんなことはないよ、セヴェリン」手を差しだしてトムと握手をし、一緒に座っていたふたりに彼を紹介する。ふたりはすでに立ちあがっていた。「ミルナー卿、ミスター・チャドウィック、わがクラブでいちばん新しい会員のミスター・セヴェリンだ」

ふたりは会釈をして、トムに祝いの言葉を述べた。

「セヴェリン」セントヴィンセントが小声で言った。「いつもなら一緒にブランデーを飲もうと誘うところだが、今日はいますぐ帰らなければならない。失礼するよ」

「何か悪い知らせでも？」

セントヴィンセントは険しい笑みを小さく浮かべ、気もそぞろな様子で返した。「ああ、悪い知らせだ。何かぼくにできることがあればいいんだが、おそらくたいしてないだろう」

「ぼくが力になれることはないか？」トムは躊躇なく申しでた。

セントヴィンセントはようやくちゃんと目を合わせた。トムの申し出を聞き、険しかったウィンターブルーの瞳の表情がやわらいだ。「ありがとう、セヴェリン。どういうことが必要になるのかまだわからないが、きみの力が必要になったらあとで相談させてもらうよ」

「どんなたぐいの問題なのかだけでも教えてもらえれば、何か提案できるかもしれない」

セントヴィンセントはトムを見つめてしばらく考え込んだあと口を開いた。「歩きながら話そう」

トムは短くうなずいたが、胸の中では好奇心が急速にふくれあがっていた。

セントヴィンセントが投げ捨てた新聞を拾って友人に言う。「教えてもらえて助かった。

きみたちの今夜の飲み物と夕食はクラブのおごりだ」

ふたりは笑みを向けて礼を言った。

トムを連れて部屋を出ると、セントヴィンセントの愛想のいい表情はかき消えた。「きみもすぐに耳にするだろう。悪い知らせというのは妻と双子の姉妹であるレディ・カサンドラと関係している」

トムは鋭く息を吸った。「何があった？　怪我でもしたのか？」セントヴィンセントがちらりと向けた視線で、自分の過剰反応に気づいた。

「肉体的にはなんともない」セントヴィンセントは玄関広間の外れにある広い手荷物預かり所へ向かった。ニッケル製のポールとマホガニー製の棚がずらりと並んでいるその小部屋には、外套、帽子、ステッキなどさまざまなものが詰め込まれている。

ポーターがすぐに近寄ってきた。「何をお取りしましょう」

「帽子と上着を頼むよ、ナイアル」ポーターが小部屋の奥に消えると、セントヴィンセントは静かに説明した。「レディ・カサンドラが拒絶した求婚者からひどいことを言われている。噂は二、三日前に広まりだした。その男は友人に、彼女は思わせぶりに誘っておきながら、いざとなると冷たく拒否したと言ったらしい。しかも紳士クラブで、わざとまわりに聞こえるように。体に触れることを許したくせに、彼女の名誉を守るために結婚を申し込むと、すげなく断ったと」

トムはいつも、怒りというのは身を焼くような熱い感情だと考えていた。だがそれをはるかに超える怒りは氷よりも冷たかった。

彼が知る必要のあることはひとつだけだった。「その男は誰だ?」

「ランバート卿ローランドだ」

トムは手荷物預かり所の入り口に行って、ポーターのいるほうに短く声をかけた。「ぼくの外套も持ってきてくれ」

「すぐにお持ちします、ミスター・セヴェリン」くぐもった返答が聞こえる。

「どこへ行く?」戻ってきたトムに、セントヴィンセントが尋ねた。

「ランバートを見つけて、やつのケツを串刺しにしてやる。それから市庁舎の前庭に引きずっていって、レディ・カサンドラに関してついた嘘をすべて撤回するまで、さらし者にするつもりだ」

セントヴィンセントは自分の怒りを抑えながら、トムを辛抱強く諭した。「レイヴネル家の人々がきみにいちばん求めていないのが、激情に任せて衝動的な行動に出ることだ。それにきみはまだ事の全貌を知らない。胸糞(むなくそ)の悪い話にはさらにひどい続きがある」

トムは青ざめた。「まさか、さらにひどい続きなんてありえないだろう」社交界では、女性の評判がすべてと言っていい。何よりも影響力がある。カサンドラの名誉にわずかでも傷がつけば、彼女は社交界から追放され、家族までもがさげすまれる。同じ階級に属する男と結婚できる可能性はまったくなくなってしまうのだ。それまでの友人はつきあいを絶ち、これから彼女が産む子は上流階級の人々から見下される。ランバートはこのうえなく残酷な仕はずなのに。

打ちをした。自分のつまらない仕返しがカサンドラの人生を破滅に追い込むと承知していた

セントヴィンセントは脇にはさんでいた新聞をトムに渡した。「これは『ロンドン・クロニクル』紙の夕刊だ。社交欄のいちばん上にある囲み記事を読んでくれ」

トムは険しい表情で相手を一瞥すると、囲み記事に視線を落とした。筆者は〝匿名の一個人〟としか署名していないと見て取り、軽蔑を強くする。

この街で〝冷酷な尻軽女〟として知られている人種について、そろそろ真剣に思いを馳せるべきだ。社交シーズンの始まりを前に、この冷酷な尻軽女が社交界に何人も現れているが、ひとりを例に取ってその所業を知ってもらいたい。

男たちの傷心をトロフィーのように集めることは、その女にとって楽しいゲームなのだ。彼女をここでは仮に〝レディ・C〟と呼ぼう。レディ・Cはこれまで育ちのいい上流階級の娘にはありえないほど多くの求婚を受けているが、それには明らかな理由がある。愛の行為に興味のあるふりをしたり、流し目を送ったり、からかうように耳元でささやいたりと、さまざまな手管で男の情熱をあおるのだ。男を誰もいない静かな片隅に誘い込むのは彼女の常套手段だ。そこで人目を避けながらキスを繰り返し、体に手を這わせて男を燃えあがらせた末、自分はつけ込まれただけだと哀れな男を責める。

当然レディ・Cは自分にはなんの罪もなく、ささやかな実験は無害なものだと言う。そし

て金色の巻き毛を陽気に揺らしながら、自分のひそかな楽しみのために男たちを翻弄しつづけるのだ。しかし、いまこうして彼女の不適切な行いが世間にさらされたことで、彼女は恥ずべき行為に対して対価を払わなければならなくなった。そもそもそういうものを支払うべきなのかを含めて、対価の内容を決めるのは良識ある社交界の人々だ。彼らが下す判断を、同じようなふるまいをしている若い女性たちは警告として受け止めなければならない。そして高潔な若者たちの愛情をもてあそぶのはよこしまかつ極悪非道であり、みずからを貶める行為であると肝に銘じるべきだ。

そう、彼女たちはレディ・Cを反面教師にしなければならない。

その囲み記事から伝わってくる純粋な悪意に、トムは呆然とした。これはどう考えても個人攻撃で、公共の言論機関を使って罪もない若い娘をつるしあげのように責め立てるなんて前代未聞だ。もしこれが本当にカサンドラに拒絶されたことへのランバートの報復だとしたら、あまりにも行きすぎていて、正気を疑ってしまう。だが、どちらにしてもこうして噂が公になったからには、すぐに社交界の女性たちのあいだにも話は広まるに違いない。女性は女性に容赦がないというのは衆目の一致するところだ。

一週間も経たないうちに、カサンドラは誰からもそっぽを向かれるだろう。

「編集長はどうしてこんな記事を載せることを認めたんだ。はっきり言って、名誉毀損だぞ」トムは怒りを込めて、セントヴィンセントに新聞を突き返した。

「カサンドラの家族が、彼女をつらい訴訟にさらすことはないと踏んだんだろうな。あとはこの〝匿名の一個人〟が編集長か新聞社の社主になんらかの影響力を持っている可能性も、おおいに考えられる」

「この記事を書いたのが誰かを探ろう」トムは申しでた。

「だめだ」セントヴィンセントは却下した。「勝手に何かしようとしないでほしい。きみが力になりたがっていると、ぼくからレイヴネル家の人たちに伝える。彼らはきっと感謝するだろうが、このことをどう処理するかを決めるのは家族であるべきだ」

ポーターがセントヴィンセントの上着を持ってきて着せているあいだ、トムはじっと考えながら待っていた。

何もせずに、黙ってじっとしていることなどできない。心の中で、何かが檻から放たれた。そしてカサンドラを傷つけた世間に報いを受けさせるまで、その何かが檻に戻ることはないのだ。

カサンドラがどれほど怯え、怒り、傷ついているかを考えると、トムの胸はおかしな具合にねじれた。彼女を抱きしめ、世間の醜さから守ってやりたい。

だが自分には、カサンドラのために何かできる権利がない。

「では、何もしないでいよう」トムはぶっきらぼうに言った。「だが、何か助けになれることがあれば、必ず連絡すると約束してくれ。どんな些細なことでもかまわないから」

「わかった」

「ああ。まず妻を拾って、それから一緒にレイヴネル邸へ向かう。妻はカサンドラのそばについていたいと望むだろう」セントヴィンセントは怒りに駆られているのと同時に、世の中というものに嫌気が差しているようだった。「かわいそうに。カサンドラがいちばん求めているのは伝統的な結婚生活だと誰もが知っていた。それなのに、ランバートのやつは悪意のある言葉で彼女がそれを手にする機会を叩きつぶしたんだ」

「これからレイヴネル邸に行くのか?」

「やつの広めた噂が真っ赤な嘘だとわかれば、大丈夫だろう」

セントヴィンセントは冷ややかに笑った。「噂はそんなふうに簡単に終わらせられるものではないんだ、セヴェリン。嘘だという証拠をあげればあげるほど、人は噂が真実だと信じたがるものなのさ」

14

スキャンダルに見舞われるのは溺れるのに似ている。カサンドラは麻痺した頭で思った。一度沈んだら最後、下へ下へと落ちていくばかりだ。

パンドラとガブリエルがレイヴネル邸を訪れてから二四時間が経っていた。ふだんなら思いがけない訪問はうれしい驚きになるのに、パンドラの蒼白な顔を見るなり、悪いことが起きたのだとわかった。人生が変わってしまうほど悪いことが。

一同は居間に集まった。ケイトリンとデヴォンはカサンドラの両脇に腰かけたが、パンドラは落ち着きを失って座ることができず、ガブリエルが状況を注意深く説明するあいだ、うろうろと部屋を歩き回っては、ときおり憤慨の声をあげた。

ランバートによって社会的に葬られたのがはっきりすると、カサンドラは衝撃と恐怖とで全身が冷たくなった。デヴォンはブランデーを勧め、大きな手で彼女の手を包み込み、グラスを口へと運んでくれた。「きみには家族がいる」きっぱりと言う。「きみを愛し、守る人が大勢いる。ぼくたちも一緒に戦うよ」

「手始めにランバート卿を殺してやるわ！」パンドラは足を踏み鳴らして行ったり来たりし

た。「最大限の苦痛を与えて、なぶり殺しよ。体をちょっとずつばらばらにしましょう。ピンセットでちびちび引きちぎってやるわ」

パンドラが怒りをぶちまけつづける一方、カサンドラはケイトリンの腕の中に身を寄せてささやいた。「煙を相手に拳を振りあげるようなものだわ。勝てっこない」

「レディ・バーウィックなら誰より力になってくれるわ」ケイトリンは穏やかに言った。「社交界で大きな影響力を持つご友人方をあなたの味方につけて、この嵐を乗りきる方法を教えてくれるはずよ」

それでも、嵐が通過したあとは何もかもめちゃくちゃになる。

「ぼくの両親もきみの味方だ」ガブリエルは明言した。「きみへの中傷をいっさい許さないだろう。必要なものがあれば、なんでも提供してくれる」

カサンドラはこわばった表情で礼を述べた。たとえ絶大な権力を持つキングストン公爵夫妻の頼みでも、彼女と関わって自分たちの名声を危険にさらす人がいるとは思えないことは指摘せずに。

ブランデーをちびちび口へ運び、ようやく飲み干した。まわりはまだ対策を議論している。これだけの騒ぎを起こした張本人、ランバートはおそらく雲隠れしているだろうから、デヴォンがイーサン・ランサムに捜索を依頼することで話がまとまった。ガブリエルは翌朝『ロンドン・クロニクル』紙の社屋へおもむき、記事の執筆者の正体を明かすよう編集者にかけ合う。ケイトリンはレディ・バーウィックを招いて、誹謗(ひぼう)中傷への対策を練る予定だ。

注意を向けようとしても重苦しい疲労感に襲われ、カサンドラは座ったまま背中を丸めてうつむいた。

「カサンドラは〝がっくりバタン〟だわ」パンドラが彼女らしい独自の造語で指摘した。「休ませましょう」

議論を続けるデヴォンとガブリエルを居間に残し、ケイトリンとパンドラはカサンドラを上階へ連れていった。

「自分を哀れむつもりはないけれど」化粧台の前に座ってケイトリンに髪を梳かれながら、カサンドラは力なく言った。「こんな目に遭うようなことをした覚えは少しもないの」

「なくて当たり前よ」ケイトリンは鏡の中でカサンドラと目を合わせた。「人生は公平ではないわ。ランバート卿に関心を持たれたのは運が悪かっただけ。彼がどんな手段に出るかなんて、あなたは知るよしもなかった」

パンドラはカサンドラの椅子の脇で膝をついた。「今夜はわたしがここに泊まりましょうか？　あなたから離れていたくないわ」

カサンドラの乾いた唇にかすかな笑みが浮かんだ。「ひとりで大丈夫。ブランデーのおかげで眠れそう。いまはただ休みたいわ。でも、明日も来てね」

「朝いちばんに飛んでくるわ」

「仕事があるでしょう」カサンドラは反対した。パンドラはボードゲームの会社を立ちあげたばかりで、小さな工場の設備を整え、仕入れ先を回っている最中だ。「来るのは仕事をすませてからでいいのよ」

「それなら、お茶の時間に来るわね」パンドラはカサンドラをしげしげと眺めた。「もっと大騒ぎすると思っていたわ。わたしばかり泣いたりわめいたりして、あなたはずっと静かにしているのね」

「そのうち涙も出てくるわ。いまは気分が悪くて頭が重いだけ」

「静かにしたほうがいい？」

カサンドラはかぶりを振った。「そんな必要ないわ。わたしの代わりに泣いたりわめいたりしてくれているんだもの」

パンドラはカサンドラの腕に頬を押し当てた。「そのための姉妹だもの」

翌朝、屋敷は不気味なほど静まり返っていた。デヴォンはすでに外出し、ケイトリンは友人たちに支援を求めるべく、次々と手紙をしたためている。使用人たちはいつになく物静かで、ナポレオンとジョゼフィーヌは落ち着きがなく、いつもは騒がしい外の通りさえひっそりとしていた。まるで誰か亡くなったかのように。

ある意味、そうなのだろう。カサンドラは新たな人生へと無理やり引きずり込まれ、未来も一変してしまった。どう変わったのか、どんなにひどい屈辱を味わうのかが判明するのはこれからだ。だが、まわりからどんな扱いを受けようと、自分にも非があったことは認めざるをえない。少なくとも一部は自分の責任だ。これこそレディ・バーウィックが事細かにルールを設けていた理由だったのだ。

これまでたわいない戯れや人目を忍んだキスを楽しんできたのが仇になった。罪のない遊びのつもりが、実際には危険な火遊びだったのだ。シャペロンや親族のそばを離れず、作法どおりにふるまっていれば、ランバートにひと気のない部屋へ連れ込まれることもなかった。スキャンダルに見舞われるのにも、ひとつだけいいことがある。侍女の手伝いで衣服を着替えながら、カサンドラは沈鬱な気分で思った。それは食欲がなくなることだ。夏の始まりから増える一方だった体重も、これでようやく減りそうだ。

お茶の時間が近づき、カサンドラはいそいそと階段をおりた。もうすぐパンドラも来るだろう。ハンプシャーにいようと、ロンドンにいようと、午後のお茶はレイヴネル家では神聖な儀式であり、ここレイヴネル邸にいるときは大図書室で過ごす決まりになっていた。長方形の広々とした部屋にはマホガニーの書棚がずらりと並び、座り心地のいい、ふかふかの椅子とソファが置かれている。

図書室へ近づくと、ケイトリンの抑えた声にまじり、レディ・バーウィックのきびきびした声が聞こえてきた。カサンドラの足取りは重くなった。ああ、どうしよう……。レディ・バーウィックと顔を合わせるのは、この騒ぎの中で何よりつらいことだ。きっと厳しく叱責されるだろう。レディ・バーウィックを深く失望させてしまったのだから。

羞恥心に顔を熱くしながら、カサンドラは扉からそっとのぞき込んだ。

「……わたしが若い頃なら、決闘になっていたわ」レディ・バーウィックが話している。「自分が男なら、とっくに決闘を申し込んでいるところよ」

「どうか夫の前でそういう話は控えてください」ケイトリンの声は真剣だ。「焚きつけられる必要はありませんから。紳士的な人ですけれど、彼にも限度があるんです」

カサンドラはおずおずと部屋に入ってお辞儀をした。「ご迷惑をおかけして――」喉が詰まり、それ以上言葉が出なかった。

レディ・バーウィックは座っている長椅子の隣をぽんと叩いた。カサンドラはそれに従ってシャペロンの隣に腰をおろすと、なんとか目を合わせた。鉄灰色の目は批判と非難に満ちているものと思っていたが、意外にもやさしげだ。

「悪い札が回ってきただけよ」レディ・バーウィックは穏やかに言った。「あなたのせいではないの。あなたのこれまでのふるまいは、同じ立場にあるどの若い淑女と比べても遜色ないわ。むしろ、お行儀のいいほうよ、わたしの娘たちと比べてもね」

カサンドラは涙が込みあげるのをぐっとこらえた。自制心を重んじるレディ・バーウィックの前で泣きだしたら、気まずい思いをさせてしまう。「身から出た錆です。教えてもらったルールを無視するべきではなかったんです、たとえほんのわずかなあいだでも」

「それを言ったら、紳士らしさをかなぐり捨てたランバート卿にこそ非があるわ」レディ・バーウィックは冷ややかな声で言い放った。「彼のふるまいは卑劣漢そのものよ。わたしの友人、それに社交界の知人たちも、みなさん異口同音にそうおっしゃっているわ。それに、ランバート卿に対してどういう立場を取るようわたしが求めているか、みなさんわかっていらっしゃる」短い間のあと、言い添える。「でも、それでは不充分でしょう」

「わたしの体面を守るには、ということでしょうか？」カサンドラはやっとのことで尋ねた。

レディ・バーウィックがうなずく。「はっきりさせておきましょう。あなたは窮地に陥っているのよ。何か手を打たなければ」

「しばらく海外へ行ってはどうかしら？」ケイトリンが慎重に提案した。「アメリカなら、ニューヨークにセントヴィンセント卿のご家族のお知り合いがいるわ。必要なだけ滞在させていただけるはずよ」

「スキャンダルが過熱するのは避けられるでしょう」レディ・バーウィックは認めた。「でも、戻ってきても社交界での居場所はないわ。この騒動から逃れるすべはないのよ。しかるべき家柄の夫に守ってもらわなければ」唇をすぼめて思案する。「セントヴィンセント卿にお願いして、ご友人のフォックスホール卿の騎士道精神に訴えかけていただきましょう。慎重に事を運ぶ必要はあるけれど……あの方は以前、カサンドラにご興味をお持ちのようだったから――」

「やめてください」カサンドラは激しい屈辱感に襲われた。

「――フォックスホール卿がだめでも」レディ・バーウィックはおかまいなく続けた。「まだ彼の弟がいるわね」

「お情けで結婚してもらうなんて、わたしにはできません」

レディ・バーウィックはカサンドラをきっと見据えた。「どれだけ身の潔白を訴えてランバート卿の卑劣さを糾弾しようと、あなたは危うい立場にあるのよ。わたしの情報源によれば、あなたがランバート卿と舞踏室から抜けだすところを目撃した者たちがいるんだから。わたしはあなたが社交界から抹殺されないよう手を尽くそうとしているのよ。いい、いますぐ結婚しなければ、ご家族にもご友人方にも多大な累が及ぶわ。あなたは行く先々で冷遇され、無視されるでしょう。外で恥をかくのがつらくなり、しだいに外出を控えて、最後は屋敷に閉じこもるようになる」

カサンドラは沈黙した。彼女抜きで、話し合いは続いた。やがてヘレンとウィンターボーンが到着し、カサンドラはほっとした。ふたりはともに彼女を慰め、思いやってくれた。その後パンドラとセントヴィンセントとともに、デヴォンも戻ってきた。家族に囲まれると、安心できた。誰もがカサンドラのために最善を願ってくれ、なんだろうとやってくれる。

あいにく、いい知らせはなかった。デヴォンの報告では、イーサン・ランサムがランバートの足取りを追っているものの、いまだ発見には至っていない。

「ランバート卿を見つけた場合、イーサンはどうするの？」カサンドラは尋ねた。

「手出しはできない」デヴォンは認めた。「だが少なくとも、死ぬほど怯えさせることはできるさ」

「そんなことが可能かしら」尊大なランバートが縮みあがるところは想像できなかった。

イーサンとはここにいる誰よりつきあいが長いウィンターボーンが静かに告げた。「ランサムが政府の諜報員だった頃は、テロリストたちを震えあがらせるのが彼の役目だった」

それで少しは納得できた。

デヴォンはセントヴィンセントに問いかけた。「新聞社はどうだった？　記事の執筆者はわかったか？」

「いいや。賄賂も効果なしだ。法的措置や暴力に訴えると脅しても、編集長は〝言論の自由〟の一点張りで。向こうが音を上げるまであらゆる手段を行使するつもりだが、時間がかかるだろう」

「人を中傷しておいて、何が〝言論の自由〟かしら」ヘレンが憤慨の声をあげた。

「中傷は証明するのが難しい」ウィンターボーンは妻の手を取り、指をそっともてあそんだ。「故意に事実をねじ曲げた記事でなければ、中傷には当たらない。あの記事の執筆者が誰であれ、そこのところをよく心得ている」

「書いたのはランバート卿に決まっているわ」パンドラが言った。

「そうかしら」ヘレンは思案しながら口を開いた。「若い人が書いたにしては……お小言のようでお説教くさかったでしょう。まるで子どもを叱る親のようだったわ」

「あるいはシャペロンね」パンドラはそうつけ加えると、じろりとにらみつけるレディ・バーウィックににこりとしてみせた。

「だけど、カサンドラを個人的に糾弾するような人がほかにいるかしら？」ケイトリンが尋ねる。

レディ・バーウィックはかぶりを振った。「まったく思い当たらないわ。わたしの知っているかぎり、カサンドラを敵視する人などいないもの」

紅茶とともに軽食が運ばれてきた。レモン味のティーケーキ、レーズン入りスコーン、小さなサンドイッチ、ジャム添えのマフィン。カサンドラはティーケーキを食べようかとも思ったが、喉に詰まらせずにのみ込む自信がなかった。

お茶の途中で執事が現れて来客を告げた。「だんなさま……リポン侯爵がお見えです」

室内は不意に沈黙に包まれた。

カサンドラの手の中で、カップと受け皿がかたかた音をたてる。

レディ・バーウィックはすぐに彼女の手からそれらを奪った。「落ち着いて、息をなさい」カサンドラの耳元でささやく。「あなたは何も話さなくていいのよ」

デヴォンは立ちあがって侯爵を迎えた。相手は帽子をかぶり、手袋もつけたままだ。望まれなければ、長居はしないという意思表示だろう。「リポン、あなたがいらっしゃるとは驚いた」デヴォンは苦々しく言った。

「失礼する、トレニア。お邪魔をするつもりはない。だが目下の状況では、一刻も早く話をする必要があると思ったもので」

深刻な声には、以前の嘲るような響きはみじんもない。カサンドラは思いきって目を上げた。鷹（たか）を思わせる魅力的な風貌。痩身にまとった衣服は趣味がよく、黒髪には銀色の筋がまじっている。「ここへうかがったのは、息子の行いを深く恥じていることを伝えるためだ。息子の所業には怒りと悲しみを覚えるばかりだ。まさかあんなことをしでかすとは。なにゆえ軽率な行動に走ったのか、わたしにはまるで理解できない」

「わたしが教えてあげましょうか」パンドラは怒りを爆発させた。「ご子息があらぬ噂をまき散らしたのは、カサンドラに拒絶された腹いせよ」

リポンはまっすぐカサンドラへ目をやった。「息子になり代わり、心からお詫びしたい」

カサンドラは小さくうなずいた。いかなる理由であれ、本来侯爵は容易に頭をさげるような男性ではないだろう。

レディ・バーウィックが冷たく言い放つ。「謝罪でしたら、ご子息がいらっしゃるべきでしたわね」

「そのとおり」嘆かわしいとばかりにリポンが認めた。「あいにく、息子の所在はつかめていない。おおかたわたしの怒りを恐れているのだろう」

「新聞記事についてはどうなんです、リポン？」セントヴィンセントが侯爵を見据えて問いただす。「あれは誰が書いたんですか？」

「記事に関してはわたしのあずかり知らぬことだが、あれはとんでもない記事だ」リポンはデヴォンへ視線を戻した。「とにかくレディ・カサンドラのお力になりたい。彼女の名誉は傷つけられてしまったが……まだ取り返しはつく」非難の矢をさえぎるように両手を上げる。「説明させていただきたい」リポンは一拍置いて問いかけた。「レディ・カサンドラ、息子が深く反省し、きみの前で心からの謝罪を申しあげたら――」

「お断りします」カサンドラは張りつめた声で拒絶した。「ご子息にはなんの関心もありません。二度と顔も見たくないんです」

「やはりそうか。それでは、ほかにもうひとりお考えいただきたい相手がいる。わたし自身だ」カサンドラの驚愕ぶりを見て取り、リポンは慎重に続ける。「妻を亡くしてから、もう一度満ち足りた暮らしをともにできる女性を長いこと探していた。きみなら、あらゆる意味で理想の妻になるだろう。わたしと結婚すれば、きみの名誉は回復され、社交界でより高い地位を得ることができる。わたしの子どもたちの母親となり、広大な屋敷の女主人になるんだ。わたしは寛大な夫だ。亡き妻は幸福な人生を送った。妻を知る者なら、誰でもそう証言するだろう」

「わたしがランバート卿の継母になるなんて、本気でお考えなの？」カサンドラは吐き気すら覚えた。

「顔を合わせる必要はない。お望みなら、息子は屋敷から追いだそう。きみの幸せと安らぎが何よりも大事だ」

「閣下、わたしには――」

「返事はいますぐでなくていい」リポンはそっとさえぎった。「どうか考えてほしい」

「考えさせていただきましょう」レディ・バーウィックが声をあげた。

カサンドラは目顔で反駁したものの、言葉にするのは慎んだ。侯爵の前で反論すれば、レディ・バーウィックに恥をかかせることになる。だが、シャペロンの考えていることは想像がつく。侯爵ほどの地位にある者からの求婚は、むげに断れるものではないのだ。

「わたしは長らく寂しい暮らしを送ってきたんだ、レディ・カサンドラ」リポンは静かに言った。「愛を注いでくれる女性をずっと求めていた。きみなら、わたしの人生に喜びをもたらしてくれるだろう。年の差を躊躇されるだろうが、年嵩(としかさ)の夫を持つ利点は多々ある。わたしを夫にすれば、きみの人生からあらゆる障害が取り除かれる」

カサンドラがちらりと目をやると、レディ・バーウィックは〝どう？　それほど悪い方ではないでしょう〟と言いたげに、ごくわずかに眉を上げた。

「疑問や懸念も数々あるだろう」リポンは続けた。「わたしと話をしたいなら、すぐに駆けつけよう。いまは、社交界におけるきみの名誉を守るために、全力を尽くすつもりだ」

新たな声が会話に加わった。「ほう。それはたいした方向転換だ」

入り口にたたずむトム・セヴェリンの姿に、カサンドラの胸はきつく締めつけられた。

15

新たな来客を告げるタイミングを見計らっていた執事は、勝手に先を越されて、見るからに不愉快そうにデヴォンに告げた。「だんなさま、ミスター・セヴェリンがお見えです」

侯爵とは違い、トムは長居をさせてもらうぞとばかりに、すでに帽子も手袋も取っている。デヴォンは歩み寄るふりをして立ちふさがった。「セヴェリン……いまは遠慮してくれ。家族の問題を話し合っている最中だ。あとで会うから、そのときに説明を――」

「いやいや、ぼくも同席させてもらう」トムは平然と言うと、デヴォンの脇をすり抜けて大図書室へ入ってきた。「みなさん、こんにちは。いやもう、こんばんは、の時間だな。お茶ですか？ ありがたい、ぼくもいただこう」

デヴォンは友人の意図をはかりかね、眉根を寄せて振り返った。

トムはくつろぎ、人より五歩先を考えている男の自信をみなぎらせていた。冷静な外見の下から、いまだに消えない危険な激しやすさが、ちらちらと顔をのぞかせる。

切なさが胸を突き、カサンドラはトムを見つめたものの、視線を返してはもらえなかった。

「ミスター・セヴェリン」ケイトリンはトレイからカップと受け皿を取ると、にこやかに問いかけた。「お茶のお好みは？」

「砂糖は入れずにミルクだけで」

デヴォンは侯爵に友人を紹介しようとした。「リポン侯爵、こちらは――」

「紹介は無用だ」トムはさらりと言った。「お互いに面識がある。リポンは鉄道開発業者に業務を委託する委員会に名を連ねていてね。不思議なことに、もうけの多い仕事は彼が投資している鉄道会社にばかり行きがちだ」

リポンは侮蔑の目で冷ややかにトムを見据えた。「わたしの名誉を貶めようとでも？」

トムはいかにも驚いたふうを装った。「まさか。非難がましく聞こえたかな？　賞賛したつもりだったが。私利私欲の追求は公共事業と実に相性がいい。熟成した牛肉にはボルドーワインが合うように。ぼく自身、あなたの立場なら誘惑にはあらがえないだろう」

レディ・バーウィックはすっかり憤慨し、トムに非難の言葉を浴びせた。「お若い方、あなたは招かれざる客であるうえに、礼儀作法は山羊並みですわ」

トムは笑みをひらめかせた。「これは申し訳ない。もうしばらく我慢していただきたい。ここへ来たのにはしかるべき理由があるもので」

レディ・バーウィックはふんと息を吐き、疑わしげにトムをにらみつけた。

トムはケイトリンからティーカップだけ受け取り、受け皿は断ってから、暖炉に歩み寄って炉棚に肩をもたせかけた。室内を見回す短髪の頭を、火明かりが輝かせる。

「ランバート卿の失踪については、もう話が出たんだろう」トムは切りだした。「何か手がかりは？」

「まだ何も」ウィンターボーンが答えた。「ランサムが人を使って捜索させている」

トムが様子をうかがっているということは、誰も知らない情報を握っているのだろうか。

カサンドラは震える声で問いかけた。「ランバート卿の居場所をご存じなの、ミスター・セヴェリン？」

トムは平然とした表情をつかのま崩し、ようやくカサンドラをまっすぐ見つめた。探るような強いまなざしが、この二四時間ばかり彼女を包み込んでいた無感覚の殻を貫く。「いいや、スイートハート」部屋にはふたりしかいないかのようなやさしい口調だ。意図的に使われた親しげな呼びかけに、カサンドラを含めて数人がはっと息をのんだ。

「こんなことになって大変だったね」トムは続けた。「女性の注意を無理やり引こうとする男ほど醜悪なものはない。ランバートは公の場できみを中傷し、自分が嘘つきであるのと同時にろくでなしであることをみずから証明した。どちらも男性にとっては下の下の性質だ」

リポンは形相を変えた。「息子はあらゆる意味できみより上級の人間だ。過ちを犯しはしたが、上流階級の中でも上の上であることに変わりはない」

トムは苦笑した。「生まれはどうであれ、やっていることは下流にも劣る」

リポンはデヴォンに向き直った。「この耳障りな雄鶏（おんどり）に好き放題言わせておくつもりか？」

デヴォンはうんざりとしてトムを見た。「セヴェリン、さっさと本題に入ってくれないか」

トムはふた口で紅茶を飲み干すと、言われたとおり本題に入った。「新聞に掲載されたくだらない中傷記事を読み、おや？と首をひねった。ランバート卿は勝手なことを言いふらして、すでにレディ・カサンドラの体面をずたずたにしたのに、社交欄に嘘まで掲載させるのは度を超えていないか、とね。明らかにやりすぎだ。しかし、彼でないのなら、あの記事は誰が？」空になったティーカップを炉棚に置き、くつろいだそぶりで室内を歩きながら話を続ける。「そこでぼくはひとつの仮説にたどり着いた。せっかくの求愛のチャンスを息子が台なしにしたのを知るや、リポン卿はその状況を逆手に取ろうと考えた。彼に再婚の意思があるのは周知の事実であり、その相手としてレディ・カサンドラは理想的だ。しかし、彼女をものにするには、まずその評判を徹底的に貶めて、選択肢を握りつぶす必要がある。彼女の体面を汚すだけ汚したあと、最善の解決案として自分が名乗りでる寸法だ」

室内は静まり返った。全員の視線が侯爵に注がれる。当の本人は顔が紫色になっていた。

「頭がどうかしたな、セヴェリン」リポンは反撃した。「きみの仮説はでたらめもはなはだしい。さらにはわたしに対する侮辱でもある。証明することなどできようはずもない」

トムはセントヴィンセントへ目を向けた。「新聞社の編集長は、記事の執筆者の名前を明かすことを拒んだだろう？」

セントヴィンセントは残念そうな顔をした。「取りつく島もなかった。英国じゅうの報道機関を敵に回すことなく、口を割らせる方法を考えなければ」

「たしかに」トムは下唇を指で叩いて思案した。「連中は情報源を守ることに関しては、やたらと神経質になる」

「トレニア」リポンは歯を食いしばってデヴォンに頼んだ。「その男をつまみだしてもらえないか」

「つまみだされずとも、自分で出ていくよ」トムはあっさり立ち去りかけた。そこでふと何かを思いだしたかのように足を止める。「しかしだ……トレニア。友人であるぼくに、〝今日は何をしていたんだ?〟と尋ねもしないとはひどいじゃないか。ないがしろにされた気分だ」

デヴォンが口を開く前に、パンドラがすかさず声をあげた。「わたしが尋ねるわ。今日は何をされていたの、ミスター・セヴェリン?」

トムは彼女に小さく微笑んだ。「忙しくしていたよ。仕事上の手続きに六時間かかり、そのあと『ロンドン・クロニクル』紙の編集長に会いに行ってきた」

セントヴィンセントは眉を上げた。「ぼくが会ってきたのに?」

トムはすまなそうな顔をつくろった。「きみには行くなと言われたが、実は奥の手があってね」

「ほう?」

「執筆者の名前を明かさないと、新聞社の経営者から路上に叩きだされるぞと言ってやったよ」

セントヴィンセントはいぶかしげに彼を見た。「はったりをかけたのか?」

「いいや。それが六時間もかけた手続きの成果さ。ぼくが『ロンドン・クロニクル』紙の新たな経営者だ。編集長は言論の自由に固執しているものの、職を失わないことにも並々ならぬ執着があってね」

「きみは今日一日で、『ロンドン・クロニクル』紙を買収したのか」デヴォンはゆっくりと言い、聞き間違えではないのを確かめた。

「一日でそんなことができるわけがない」リポンはあざ笑った。

ウィンターボーンは微笑した。「彼ならできる」トムに向かってうなずく。

「ぼくならできるし、実際やったんだ」トムは袖の埃を悠然とつまんだ。「買収の仮契約を交わし、手付金を払って終了だ。リポン、あなたは驚きもしないだろうが、編集者は匿名の執筆者としてあなたの名前をあげた」

「嘘だ！　わたしはその男を名誉毀損で訴える、きみもだ！」

トムは上着の内ポケットから折りたたまれた書類を取りだし、しみじみと眺めた。「この世で最も危険なもの、それは木材の繊維を平らに打ち延ばした薄い紙切れだ。この世には、鋼鉄の刃以上に立ち向かうのが恐ろしい文書も存在する」首をわずかに傾けて侯爵を見据え、書類をひらひらさせる。「記事の原本だ。これはあなたの手によるものですね」

重苦しい沈黙が落ちる中で、トムは手にした書類に目をやった。「せっかく新聞社を手に入れたんだ、やりたいことは山ほどある。たとえば明日は特集記事を組む予定でね。己の欲と劣情を満たすためだけに、だめ息子とふたりで罪もない若い女性の名を汚した恥知らずの貴族についてだ。執筆にはすでに取りかからせている」侯爵に嘲りの目を向ける。「少なくとも、これでお互い様だ」

「きさまを訴えてやる」リポンは怒鳴ると、顔面をひくひくさせて図書室から出ていった。

残された一同は言葉を失い、まるまる一分間呆然としていた。

デヴォンはゆるゆると息を吐きだしたあと、トムへ歩み寄り、その手をかたく握りしめた。

「ありがとう、セヴェリン」

「これで被害が帳消しになるわけじゃない」トムは重々しい声で言った。

「だがおおいに助かる」

「どのようなやり方であれ、騒ぎ立てるのは好ましくないわ」レディ・バーウィックはトムをにらみつけた。「ここは沈黙を貫き、カサンドラに関する記事はいっさい見合わせるのが賢明よ」

ヘレンが静かに意見した。「差しでがましいことを申しますが、嘘を打ち消すためにも、真実を広めるべきではないかしら」

「噂をあおり立てる一方だわ」レディ・バーウィックが反論する。

トムがカサンドラへ目を向けた。その目に浮かぶ何かに、彼女はみぞおちの奥深くで熱いものがよじれるのを感じた。「きみの言うとおりにするよ」彼が言った。

カサンドラは頭が働かなかった。目の前には堂々としたトムがいる。現実をのみ込めない。自分は忘れられていなかったのだ。彼女を守るために、トムはこれだけのことをしてくれた。それはどういう意味？ 彼は何を求めているの？ 「記事を新聞に掲載してちょうだい。あなたは……」言葉が途切れた。

「ぼくが、なんだい？」トムはそっとうながした。

「新聞社を丸ごと買収したの……わたしのために？」

トムは長いこと思案してから口を開いた。静かで、わずかに震えてさえいるその声は、かつて聞いたことのないものだった。「きみのためなら、どんなことでもする」

カサンドラは言葉が出なかった。

沈黙することしかできずにその場に座っているうちに、今回ばかりは家族全員が、どうすればいいかわからないのだと気がついた。トムの発言に誰もが驚いている。そして彼がここにいる理由はいまや明白だ。

唖然としている一同を見回し、トムは自嘲の笑みを浮かべた。両手をポケットに入れてゆっくりと歩き、足を止めて切りだす。「よろしければレディ・カサンドラとふたりだけで――」

「とんでもないわ」レディ・バーウィックはきっぱりと拒絶した。「二度と付き添いなしで……紳士とふたりきりにすることはできません」彼が紳士に当たるかは疑問であるのを示すために、その言葉の前でわざと間を空ける。

「セヴェリン」デヴォンは険しい顔つきで言った。「カサンドラは昨日から大変な目に遭ってきた。どんな話があるにしろ、またの機会にしてくれ」

「いいえ」カサンドラは恐る恐る声をあげた。トムは立派な友人ではあっても、彼女の夫にはふさわしくない。デヴォンがそう見なしていることには気づいている。けれど、トムは彼女のためにこれだけのことをしてくれたのだ、それをさっさと追い払うのは、無礼なうえに恩知らずに当たる。それに、デヴォンがトムの性格をどう評したかは忘れていないものの、いまではそれに同意できなかった。

少なくとも、完全には。

カサンドラは毅然（きぜん）とした声を出そうと努めた。「せめてミスター・セヴェリンにお礼だけでも言わせて」レディ・バーウィック越しにケイトリンへ目で訴える。

「わたしたちはここにいて、ふたりは図書室の奥で話をしてはどうかしら？」ケイトリンは折衷案を出した。

レディ・バーウィックは不承不承ながらうなずいた。

デヴォンもふうっとため息をつく。「いいだろう」

カサンドラは立ちあがった。脚に力が入らない。ドレスの裾を払って広げ、トムとともに図書室の奥へ移動する。背の高いガラスの格子窓にはさまれたガラス扉があり、その先は屋敷の通用口だ。

灰色の空から弱々しい明かりが窓越しに差し込む一角へ、トムはカサンドラを導いた。彼女の肘をつかむ指からは慎重に力が抜けていて、袖越しだと触れられているのかどうかもわからない。

「気分はどうだい？」トムがそっと尋ねた。

ほかのことを尋ねられていたら、カサンドラも冷静さを保てていただろう。けれど、なんでもない問いかけに込められた気づかい、それにやさしいまなざしに、胸につかえていた重苦しさが一気に消えてしまった。返事をしようとしても声が出ず、ぱくぱくと息を吸い込むことしかできなかった。次の瞬間にはわっと涙があふれ、自分自身とトムを驚かせた。図書室にいる全員をぎょっとさせたに違いなく、カサンドラは恥ずかしさのあまり両手で顔を覆った。

すぐに引き寄せられ、抱きしめられた。トムの低い声が耳に心地よい。「いいんだ……いいんだよ……もう大丈夫……落ち着いて。かわいそうに、つらかったね」

カサンドラはしゃくりあげた。「ハ、ハンカチを」

不明瞭な言葉だったのに、トムはそれを理解すると、少しだけカサンドラの体を起こして上着に手を差し入れ、折りたたまれた白いリネンを取りだした。彼女はそれを受け取り、目元を押さえて、洟をかんだ。トムにふたたび引き寄せられてほっとする。「こんなところを見世物にする必要が本当にあるのか？」いらだたしげな声が頭上で響いた。「ありがとう」言葉とは裏腹に、感謝している様子はまるでなかった。

みんなが図書室から退室してくれたのだ。カサンドラは安堵し、トムの胸に身を預けた。

「震えてるじゃないか」トムがそっと言う。「スイートハート……大変な思いをしたね」

「散々だったわ」カサンドラは洟をすすった。「こんな屈辱を受けるなんて。晩餐会や舞踏会への招待を取り消す知らせがさっそく送りつけられてきたの。でたらめを言いふらしたランバート卿もひどいけれど、それを鵜のみにする人たちも信じられない!」

「ぼくがランバートの息の根を止めてこようか?」トムの口調はどきりとするほど真剣だ。「たとえ自業自得でも、人を殺すのはよくないし、わたしの気分も晴れないわ」

「いいえ」カサンドラは涙声で言い、もう一度洟をかんだ。

「どうすればきみの気分が晴れる?」トムのやさしい声は本心から答えを知りたがっているように聞こえた。彼の手に触れられているおかげで、カサンドラは安心感を覚えた。

「こうしていて」震えるため息をつく。「ただ抱きしめていて」

「いつまでもこうしているよ。きみのためならなんでもする。どんなことでも。ぼくがここにいて、きみの世話をする。誰にも傷つけさせはしない」

トムの言葉を信じることはできないとはいえ、慰めにはなった。

「来てくれてありがとう」カサンドラはささやいた。

「いつでも駆けつける」

トムが温かな唇で、カサンドラの涙をぬぐい取った。彼女は目を閉じたまま頭をもたげ、そっと押し当てられた柔らかな唇を求めた。トムがそれに応えて唇を重ね、彼女の唇をゆっくり開かせる。トムの震える吐息を吸い込み、カサンドラは彼のうなじに手を回した。トムは唇をついばむように焦らし、カサンドラがあえぐと、さらに深いキスへと変わった。

カサンドラは清潔でなめらかな髪に指を絡め、トムの頭を引き寄せた。もっと欲しい。もっと親密につながりたい。飢えたような口づけを返されると、カサンドラの全身から力が抜けていった。四肢が熱く脈打ち、指先と爪先がじんじんする。このまま死んでしまいそうなほど。

トムの体に震えが走った。乱れ落ちたカサンドラの髪に唇を強く押し当てる。頭皮に熱い蒸気を吹きつけられているかのように感じ、カサンドラは身じろぎして彼の唇を求めた。ところがトムがそれにあらがって、かすれた声で言う。「ずっときみを求めていた。ぼくにはきみしかいない、カサンドラ。初めて会ったときから――いや、待ってくれ。先を続ける前にこれだけは言っておきたい。ぼくに恩義を感じる必要はいっさいない。この点はわかってくれ。きみが関わっていなくても、リポン卿の不正を暴く機会があれば、ぼくは飛びついていた」

「でも、あなたへの感謝に変わりはないわ」カサンドラは言葉を押しだした。

「やめてくれ、ぼくが求めているのは感謝じゃない」トムは慎重に息を吸い込んだ。「きみが求めるなら、世界が終わるまでこうして抱いていよう。だが、ぼくならきみのためにもっと多くのことをしてあげられる。きみを大切にする。きみを――」言葉を切って顔を寄せる。南国の青空と海の緑を思わせる瞳に、カサンドラは溺れてしまいそうだった。「ぼくと結婚してくれ、カサンドラ。そして地獄へ落ちろとみんなに言ってやろう」

16

トムは返事を待ち、カサンドラの顔を両手にそっと包んで、きめの細かな頬に親指を滑らせた。涙のせいで肌は薄紅色に染まり、長いまつげは濡れて束になり、星のようにきらめいている。

「誰に地獄へ落ちろと言うの?」カサンドラは困惑して尋ねた。

「世界に、だ」求婚の言葉としてはいまひとつなことに、トムはようやく気がついた。「言い直させてくれ」しかしカサンドラはすでに背中を起こして彼から離れてしまった。トムは声を殺して自分をののしった。

カサンドラはそばの書棚へ歩み寄り、そこに並ぶ革装の本にじっと目を注いだ。「結婚してもうまくいかないことは、お互いすでに承知のはずよ」声が震えている。

カサンドラはこんな話ができる状態ではない。それはわかっているし、こちらも同じだ。しかし、先延ばしにしてもトムにとっていいことはないし、彼女のためにもならないのははっきりしている。

トムの頭脳は即座に、説き伏せるための論拠を並べだした。「いいや、うまくいくよ。状況が変わったんだ」

「わたしの状況は変わっていないわ」カサンドラは反論した。「何があったとしても、みんなになんと言われようと、結婚が唯一の選択肢ではないわ」

「きみはリポンともこの話をしたんだね」トムは腹立たしさを覚えた。

カサンドラが振り返り、疲れたように額をこすった。「あなたと口論はしたくないの。機関車を真正面から止めようとするようなものだもの」

好戦的な態度になっていたことに気づき、トムは肩の力を抜いて腕をだらりとさげ、声をやわらげた。「口論じゃないさ」無心になって道理を説く。「リポンと同じように、ぼくにもチャンスを与えてほしいだけだ」

カサンドラの口の端が、気持ちに反して愉快そうに持ちあがる。「子羊のように無害なふりをしても、あなたがそうでないことはお互いにわかっているわ」

「ぼくだって子羊のようになるときがあるさ」どうかしらという彼女のまなざしに対して、トムは言い募った。「いまがまさにそうだ。ぼくの心は子羊そのものだよ」

カサンドラはかぶりを振った。「あなたの申し出には感謝するけれど、世界一の大都市の中心で、愛を知らない夫と目の回るような暮らしを送ることに興味はないの」

「ぼくがきみに与えられるのはそんな暮らしじゃない」トムは即座に言い返した。「少なくとも、それだけではない。断る前にせめてもう少し考えてくれないか」人がいなくなった図書室の反対側へ目をやる。お茶の支度はそのままだ。「お茶にしよう。ぼくがこれからあげる点を、お茶を飲みながら検討してくれ」

カサンドラはまだ半信半疑のようだ。

「話を聞いてくれるだけでいい。お茶を一杯飲むあいだだけ。せめてものチャンスを与えてほしい。だめだろうか？」

「わかったわ」カサンドラは気が進まない様子ながらも応じた。

トムは表情こそ変えなかったものの、小さな満足感を噛みしめた。交渉の場では、序盤からことあるごとに相手に〝イエス〟と言わせるように仕向けるものだ。そうすることで、のちのち相手から譲歩を引きだしやすくなる。

ふたりは長椅子と低いテーブルがある場所へ移動した。カサンドラがティーワゴンから茶器を運んでテーブルに並べるあいだ、トムが立ったままでいると、彼女は長椅子を示して座るようにうながした。彼はすぐに従った。

カサンドラはトムの隣に腰をおろしてドレスの裾を整え、ティーポットに手を伸ばした。手慣れた優雅な仕草で、カップに銀の茶漉(ちゃこ)しをのせて紅茶を注ぎ、ミルクを入れて銀のスプーンでかきまぜる。そして自分のカップを唇へと持ちあげ、金箔が施された縁越しに、物問いたげな目で彼を見つめた。その濡れた瞳がトムの心をかき乱した。全身が彼女を意識し、切望感がふくれあがる。かつてこれほど何かを求めたことはなかった。たとえ身分違いであろうと、適切な言葉を見つけて説き伏せることができれば、カサンドラを手に入れるチャンスはわずかながらも存在するのだ……。

「きみの夢は人助けをすることだと話していたね」トムは切りだした。「領主の妻では、せいぜい靴下や帽子を編んで寄付したり、小作人の家へ食べ物の入ったバスケットを持っていったりすることしかできないだろう。それだって立派な慈善だ。だが、ぼくの妻になれば、もっと大勢の腹を満たし、彼らに教育を施すことができる。数千、数万人の力になれるんだ。きみには想像も及ばない規模の社会奉仕が可能になる。きみがぼくの財産に興味がないのは承知しているが、それで何ができるかには関心があるはずだ。ぼくと結婚しても、厳選された上流階級の輪に入ることはないかもしれない。しかし、きみが手にする社会的および経済的な力は、彼らのそれをはるかに凌駕（りょうが）する」

言葉を切って、カサンドラの反応をひそかに探った。しかし、彼女は関心を示すどころか、トムが提示する将来図がぴんと来ないらしく、まごついている様子だ。「それに……」トムは重々しくつけ加えてみた。「靴はいくらでも買い放題だよ」

カサンドラはおざなりにうなずいてティーケーキへ手を伸ばし、すぐにその手を引っ込めた。

「自由も手に入れる」トムは続けた。「きみがぼくの日常生活に口出ししなければ、ぼくもきみの暮らしには口をはさまない。自分でルールを決めて、予定を管理すればいい。きみの育児方針にも口は出さない。屋敷のことは任せるから、好きなように管理してくれ」これならどうだと彼女をちらりと見る。

まるで反応がない。

「さらにだ。きみは愛情絡みの苦労はいっさいなしで、結婚の恩恵にだけあずかれる。夫婦喧嘩をすることも、お互いに失望することもない。そもそも愛がなければ、それが冷めることもないし、心変わりの心配もないんだ」

「でも、わたしは愛されることを求めているの」カサンドラは眉根を寄せてうつむいた。

「小説では愛こそ不幸のもとだ」トムは主張した。「ヒースクリフの情熱的な激白のせいで、キャシーはどうなった？『二都物語』のシドニー・カートンだってそうだ。あそこまで献身的にルーシーを愛していなければ、彼女の夫が断頭台の露と消えるのを待ってから、自分が夫となり、弁護士として安泰に暮らしていけただろう。それをみずから彼女の夫の身代わりになったのは、愛の愚かさのなせる技だ。ジェーン・エアほどの聡明な女性でも、ひとつ屋根の下に放火魔がいるというのに、愛に目がくらんで気づかなかった。多くの小説は登場人物が恋に落ちることさえなければ、もっと幸せな結末で終わるはずだ」

カサンドラが啞然としている。「『嵐が丘』や『二都物語』を読んだの？」

「ああ。どうしても伝えたいのは、他者と感情的なつながりを持つことができないという、ぼくのささやかな欠点にさえ目をつぶってくれたら、ぼくたちは実に幸せな結婚生活を送れるということだよ」

カサンドラは小説の話題から離れなかった。「何冊読んだの？」

トムは頭の中で計算した。「一六冊。いや、一七冊か」

「気に入った作家は？」

トムは組んだ指を曲げたり伸ばしたりしながら思案した。「いまのところ、チャールズ・ディケンズかジュール・ヴェルヌだな。ギャスケルも悪くない。オースティンは結婚に至るまでがだらだらしているし、トルストイは人生の苦しみしか頭にないようだ。ブロンテ姉妹の話はどれも現実味に欠ける」

「まあ。でもシャーロット・ブロンテはジェーン・エアとミスター・ロチェスターを生みだしたのよ」ふたりの物語はロマンスの金字塔であるかのように、カサンドラは声を張りあげた。

「ロチェスターは判断力のない愚か者だ」トムはにべもなく言った。「ジェーンに事実を話し、妻はスイスのちゃんとした診療所に入れてやればいいだけのことじゃないか」

カサンドラの唇がぴくりとする。「そのほうが賢明だけれど、おもしろみに欠けるわ。アメリカの小説は読んでみた？」

「アメリカにも小説家がいたのか？」彼女が笑みを漏らしたのを見て、トムはうれしさが込みあげた。いまやカサンドラは真剣に耳を傾けている。彼はゆっくりと問いかけた。「ぼくが小説を読んでいることに、なぜ関心があるんだい？」

「なぜかしら。たぶん、あなたに人間味を感じられるからでしょうね。あなたは仕事や契約の話ばかりで、どうしても――」

「契約だ」トムは指をぱちんと鳴らした。

またもティーケーキへ手を伸ばしていたカサンドラは、びくりとして手を戻し、彼に目で問いかけた。

「きみとぼくとで話し合い、契約を交わすんだ。合意に至った内容を結婚生活における規約として使用する。そして実際に暮らしてみて、修正を加えていく」

「つまり……弁護士に書類を作成してもらうってこと？」

「いや、法的なものにする必要はない。ぼくたちふたりの個人的な取り決めだ。どのみち人に見せるには私的な内容すぎる」いまや彼女の注意はすべてトムに向けられていた。「これで互いに将来図が具体的になり、きみの不安の種もなくなるだろう。ともに歩みだす前に、ふたりの人生設計に着手するんだ」

「設計ね」カサンドラは小さく笑い、どうかしていると言いたげに彼を見た。「建物や機械を作るみたいに？」

「そのとおり。ぼくたちだけの特別な取り決めだ」

「どちらかが契約を守らなかったら？」

「そこは守ると信頼するしかない。結婚とはそういうものだろう」彼女がまたもちらりとティーケーキを盗み見たのに気づき、トムは皿を取って差しだした。「どうぞ」

「ありがとう、でもいいの。欲しいけれど、食べられないわ」

「どうして？」

「減らしているところだから」

「減らすって、何をだい？」

カサンドラは赤面し、彼がわざととぼけて意地悪をしているとばかりに困った顔をした。「体重よ」

トムは見事な曲線を描く豊満な体に目を滑らせた。「どうして？」

カサンドラはさらに真っ赤になって言った。「パンドラの結婚式に出て以来、六キロ近く体重が増えてしまったの」

「だから？」トムはなおさら困惑した。「きみはどこを取っても美しい」

「みんなはそう思わないわ」カサンドラは苦々しげに言った。「理想の体型からはみだしているんだもの。太っていると、どんなことを言われるかはあなたもご存じでしょう」

「気にしなければいい」

「あなたは痩せているから、陰口を叩かれることもないのよ」

「カサンドラ」トムは苦笑した。「ぼくは左右で目の色が違う。陰口なら叩かれ慣れているさ」

「それはまた別の話よ。生まれ持った目の色を非難する人はいないわ」

「きみの体は他人の目を楽しませるための装飾品じゃない。きみだけのものだ。きみはありのままで美しい。体重が減ろうと増えようと、その美しさは変わらない。欲しいならケーキを食べればいい」

カサンドラはいかにも疑わしげな目で彼を見つめた。「たとえあと五キロや一〇キロ体重が増えても、わたしをきれいだと思うと言っているの？」

「当たり前だろう」トムは即答した。「きみがどんな大きさになろうと、ぼくはその丸みのすべてを受け入れるよ」

カサンドラがトムを凝視していた。まるで彼がしゃべったのは外国語で、それを頭の中で訳そうとしているかのようだ。

「では契約についてだが――」トムはきびきびと続けた。

カサンドラがいきなり抱きついてきたので、トムは長椅子の背もたれに背中をぶつけた。柔らかな唇が彼の口を覆い、体の重みがのしかかる。その心地よさに、つかのまトムは手を浮かせたままでいたが、やがて彼女の体に腕を回して抱きしめた。困惑しながらも唇を求めると、小さな舌が自分の舌に触れ、歯のあいだからしなやかに入り込み、口内を探った。とたんにトムの下半身は高ぶった。カサンドラの全身をくまなくむさぼり、唇と手で愛撫(あいぶ)したい衝動で息が詰まりそうだ。両脚のあいだにぴたりとはまり込んでいる彼女の体が、本能的に身動きする。そこから快感の波が広がり、トムはこらえきれずにうめき声を漏らした。

長椅子に横になっていて助かった。立っていることはできなかっただろう。熱いものがトムの腰から全身へと興奮の波紋を伝えていく。奇跡でも起きなければ、この場でカサンドラを奪ってしまいそうだ。自制心を取り戻そうと、長椅子の上に右膝を立て、左足は床におろして体を支えた。彼女の体に両手を回すと、衣(きぬ)ずれの音をたてるタフタとベルベット越しに、ふくよかな体つきが手のひらに感じられた。

胴着(ボディス)の襟ぐりからは、象牙色の豊満なふくらみが押しだされている。トムはカサンドラの脇を慎重につかんで引きあげ、その肌に唇を押し当てた。ガラスのようになめらかで、それでいて温かく、柔らかい。唇で胸のふくらみをたどって谷間へたどり着き、暗い深みに舌先をそっと沈める。そして小さく震える彼女の体を味わった。

トムはボディスの胸元に指をかけ、片側を少しずつ引きおろした。バラ色の乳首があらわになり、ひんやりとした空気に触れてつんと尖る。なんと繊細で官能的なのだろう。これほどの欲情を感じたことはなかった。息をするたびに胸が焼けそうだ。彼は柔らかな胸の頂に唇を当てて吸い込み、歯先でそっとかすめ、なめらかな舌の上にのせた。すぐにちょうどいいリズムを見つけて、引っ張ってはすするのを繰り返す。カサンドラの体が張りつめた下腹部に当たって刺激されるので、思わず腰を浮かせて動かさないわけにはいかなかった。柔らかで豊かな肉体の下敷きになり、じっとしていることなどできるものか。

だがほどなく限界が近づき、トムは動くのをやめねばならなかった。欲求不満のうめき声をあげて彼女の胸から口を離し、息を切らす。

カサンドラがすすり泣くような声をあげた。「やめないで、お願い……。トム……なんだかわたし……」

「たまらない？　熱っぽい？　体がよじれる？」

カサンドラはうなずき、あえぎながら息を吸い込むと、彼の肩に額を押し当てた。

トムはカサンドラのこめかみに唇をすり寄せた。彼女は押しつぶした花と塩、それに湿ったタルカムパウダーのにおいがする。彼は陶然としてそのにおいを胸いっぱいに吸い込んだ。

「解決法はふたつある」トムはささやいた。「ひとつは待つこと」

すぐにカサンドラのくぐもった声が聞こえた。「もうひとつは？」

狂おしい欲望に身をうずかせながらも、トムは口元に微笑を浮かべた。彼女の首に腕を回して長椅子に横たわらせ、その唇をキスでふさぎ、舌で愛撫しながらその深みを探索する。重たいベルベットのドレスを撫でおろして手を潜り込ませ、薄い木綿に覆われたヒップを探り当てた。

カサンドラは驚いて唇を離した。

トムはヒップをつかんだまま動きを止めた。彼女の顔を探ると、ヒップを撫でられただけで頬を真っ赤に染め、息をはずませている。ああ、これほど純真だった頃のことなど、自分はもう思いだせもしない。

「きみを傷つけはしない」

「わかってるわ……でも、怖いの……」

トムは顔を寄せて頬のふくらみを唇でなぞり、彼女の顔をかすめてささやいた。「カサンドラ、きみの願いをなんなりと言ってくれ。ぼくはそれに従おう」

ありえないことのようだが、彼女の頬はさらに赤みを増した。「わたしの体に触れて」おずおずと伝える。

トムはゆっくりと円を描くように、カサンドラのヒップを木綿越しに撫でた。豊かなヒップは引きしまっていて、新鮮な桃のように魅力的だ。ふっくらした肌にそっと歯を沈ませて、かじりついてみたい。手を、かたいコルセットに押さえつけられている彼女の腹部へさまよわせる。それから下へと向かい、下ばき(ドロワーズ)の合わせ目を探り当てる。レースの縁取りをまさぐったあと、指を滑り込ませ、たまたま当たったかのように柔らかな巻き毛をかすめた。その感触にカサンドラがびくりとした。繊細な茂みの両端を指の背で上下にそっとなぞると、やがて押し殺されたあえぎ声が聞こえた。それに励まされて、トムは合わせ目のさらに奥へと手を入れ、秘めやかな箇所を手のひらで覆った。柔らかな割れ目に指先をそっと沈め、熱を帯びたくぼみをなぞり……露で湿らせる。

信じられない。こんな特別な場所に触れさせてもらえるとは。カサンドラがびくりと動くたびに気をつけ、感じやすいところを愛撫した。なめらかな花びらを押し開き、一枚ずつそっとめくる。彼女が震えてトムの肩に顔をうずめ、膝を閉じ合わせた。

「だめだ、開いてくれ」トムは彼女の耳の下に鼻をすり寄せて懇願した。

恐る恐る膝が開かれ、トムは戯れながら探索を再開した。入り口を発見すると、溶け落ちそうなほど熱くなっている。そこをそっと撫でた。するとカサンドラは自分が濡れているのに気づいて驚き、唇を噛んだ。トムは濡れた指先で、隠れているつぼみのまわりをくるくるとなぞった。興奮を呼び覚ましつつも、彼女がいちばん触れてほしい場所には触れない。

カサンドラは目をつぶっている。途切れ途切れに呼吸をするたびに、頬に落ちかかったほつれ毛が揺れた。トムはゆったりと、だが執拗(しつよう)に彼女の快感を高まらせ、誰にも触れられたことのない場所を指でいとおしんだ。カサンドラの反応に注意を向け、そのあえぎ声に、身のよじり方に、腰の動きに心を奪われる。身を乗りだして彼女の胸の頂を口に含み、甘噛みした。耐えきれずに、カサンドラの腰が激しいリズムを刻みだす。トムは中指の先を彼女の中へそっと押し入れた。男を知らない肉体がそれを拒もうとするのを、気長に待ち、力が少し抜けたところを見計らって、さらに深くへと進める。なめらかな深みに第一関節まで沈ませ……さらに奥へ……奥へと……。カサンドラの肉体は、侵入されるのを歓迎するかのように彼を包み込んだ。

トムの口は反対の胸へと移った。歯と舌を使い、つんと立った胸の先端に口づけする。指は探索を続けてそっとくすぐり、彼女が身をよじる場所を探し当てていった。カサンドラは唇を開いて彼の喉に押し当てた。息を切らし、熱いキスを肌に浴びせる。

トムは熱く濡れた指をゆっくりと引き抜くと、小さな真珠の粒の上に、穏やかな指使いで円を描いた。たちまちカサンドラは絶頂へと押しあげられ、小さな悲鳴をあげて体をよじった。トムは口づけで彼女の口をふさぎ、歓喜の声をのみ込んだ。その甘さを蜂蜜のように味わう。

突然の物音が、官能の靄(もや)を突き破った。ドアを力強くノックする音に、ドアノブを回す音が続く。

カサンドラは彼の腕の中で悲鳴をあげて硬直した。トムは荒々しいうめき声をあげると、彼女を自分の体の下へ移動させ、あらわな胸を隠した。

「ドアを……開けるな」侵入者へ向かって怒鳴りつける。

17

ドアがわずかに開いてデヴォンの声が流れ込んできた。「みんな居間で待っている。こちらは手持ち無沙汰だ。話す時間は充分にあっただろう」

カサンドラはパニックに陥っていたが、トムは片手を彼女の脚のあいだにうずめたまま愛撫を続け、次々と快感の波を送りだした。彼女はすでに達しかけているのに、それを台なしにさせてなるものか。「トレニア」どこまでも落ち着き払った声で呼びかける。「ぼくは友人が少ない。きみを殺すのは忍びないが、ふたりきりにしてくれないなら――」

「カサンドラを居間へ連れていかないと、レディ・バーウィックに殺される」デヴォンのくぐもった声が告げた。「ふたつにひとつなら、ぼくはここに残るほうを選ぶぞ。それに言っておくが、きみたちふたりがどういう結論を出そうと、ぼくの承諾なしでは何ひとつ実現しない。そして承諾を与える気はない。一〇年間のつきあいで、きみのことはわかっているからな」

いつもは雄弁なトムでも、自分の下でカサンドラが快感に身を震わせていては、返事も出てこない。カサンドラは背中をのけぞらせると、彼の上着に顔を押しつけて声を殺した。トムは指を滑り込ませ、きつく締めつけられる感触を楽しんだ。自分の下腹部を彼女の中にうずめて締めつけられるさまを想像し、熱いものが体を貫く――。

「まだ何も決まっていないんだ」トムはぶっきらぼうにデヴォンに返した。「あとからきみの承諾を求めることになるだろうが、いまはとにかくふたりきりにしてくれ」

「カサンドラはどうしたいんだ？」デヴォンが問いかける。

トムは代わりに返事をしようとした。するとカサンドラがぱっと顔を上げ、唇を噛んで激しい身震いをやり過ごしたあと、驚くほど落ち着いた声で言った。「デヴォン、あと五分待ってもらえないかしら……？」

短い沈黙が返ってきた。「いいだろう」デヴォンが応じ、ドアは完全に閉じられた。

カサンドラはトムの胸に顔を押し当てると、こらえきれずにあえぎ声を漏らした。巧みな指が、震える彼女の体を最後の高みへと導く。親指は小さなつぼみをくるくると刺激し、中指は内側の奥深くをまさぐる。しばらくするとトムは指を引き抜き、シルクのような巻き毛をそっと撫でた。

「すまない」ぐったりとして小刻みに震える体を抱き寄せてささやいた。「人に見られるかもしれない図書室で、お茶の途中にあわただしくやることではなかったね。きみはもっと大切にされるべきなのに」

驚いたことに、カサンドラは震える声で小さく笑った。「お願いしたのはわたしよ」緊張感は跡形もなく消え、顔は穏やかに輝いている。それを見てトムは満足感を覚えた。彼女が深く息を吸い、ゆっくりと吐きだす。「ああ、すごかった」

トムは思わずもう一度カサンドラに口づけしてささやいた。「きみほど愛らしい女性をこの腕に抱いたことはない。きみに悦(よろこ)びを与える男になりたい。ベッドできみに求められる男に」柔らかな彼女の唇に鼻をすり寄せてそっと嚙む。「きみを満たす男になりたい……きみが求めるものはなんでも与えよう。麗しのカサンドラ……教えてくれ、どうすればきみと結ばれる？　きみの求めに応じるよ。こんなことを誰かに言ったことはない。ぼくは――」トムは口をつぐんだ。言葉ではとうてい伝えきれない。彼女のためならなんでもしよう。しかし、彼女を欲するこの気持ちの深さは、どんなやり方でも伝えようがない。

カサンドラは水中にいるかのように、のろのろと体を起こして長椅子に寄りかかった。ボディスが引きあげられて豊かな胸が隠れるのを、トムは名残惜しげに見つめた。カサンドラの顔は彼からわずかにそむけられており、物思いに沈んでいるのか、遠い目をしている。

「後見人のデヴォンはあなたと交渉するのは悪夢だったと言っていたわ」長い沈黙のあと、カサンドラが言った。「殺人で終わらなかったのが驚きだって」

彼女は確証が欲しいのだと悟り、トムの胸に希望が芽生えた。

「きみとの交渉はそうはならない」すぐさま否定した。「誠意を持って話し合うよ」

カサンドラが眉間にしわを寄せた。「わたしをだまそうとしない？　契約書に小さな文字でただし書きをつけ加えるとかは？」

彼女の疑わしげな顔つきは、男色家ではとトムに問いただすバズルの表情にそっくりだった。

「ただし書きはつけないし、ごまかしもしない」トムは急いで言った。それでもまだ彼女に納得してもらえなかったので、たまらず続けた。「いいかい、自分の妻をだましておいて、そのあとのうのうと幸せに暮らすなんてことは不可能だ。お互いに信頼するしかない」

「結婚とはそういうものだから」カサンドラはトムの先ほどの言葉をぼんやりと繰り返した。心を決めて彼と目を合わせ、頬をピンク色に輝かせる。「いいわ」

トムの心臓は停止した。「いいって、何がだい？」

「あなたの申し出を受け入れます。ただし、ふたりで細かなことを話し合ったうえでよ。それに、わたしの家族が同意したら、だわ」

トムは勝利の喜びと同時に畏怖の念にのまれた。つかのま、カサンドラを凝視することしかできなかった。自分が求め、望んだこととはいえ、それでも彼女の言葉は意外だった。カサンドラは本気だろうか？　あとから確かめられるよう、書面に書くなどして記録を残したい。彼女はイエスと言った。何が彼女にそう言わせたんだ？

「決め手は靴かい？」

カサンドラは噴きだした。「それにも心を動かされたけれど、決心したのはわたしの条件を聞いてもらえると言われたからよ。それに、ぜひとも社会的な規模で人の力になりたいわ」言葉を切って深刻な表情になる。「簡単ではないでしょうね。あなたと結婚すれば、未知の世界へ飛び込むことになる。昔から、新しい環境にはなかなかなじめないの。もっと身分の違う相手を選んでいたとしても、ここまでの恐怖は感じなかったはずよ。わたしに寛容になってちょうだい。わたしもあなたに寛容であるよう努めるわ」

トムはうなずいた。頭の中では立ちはだかりうる壁について早くも考えていた。何物にも邪魔はさせない。必ず彼女と結ばれてみせる。「ご家族が同意したらというのは、全員が、ではないんだよね？」

「理想的には全員だけれど、必ずしもそうでなくていいわ」

「よかった。トレニアは説き伏せられるかもしれないが、ウェストを説得するのは風車に突撃するようなものだ」

カサンドラは驚いて彼を見あげた。『ドン・キホーテ』も読んだのね？」

「遺憾ながら、答えはイエスだ」

「気に入らなかったの？」

トムは怪訝そうに彼女を見た。「人の風車小屋を壊そうとする頭のおかしな中年男の話が気に入らなかったか？　気に入るわけがない。騎士道は狂気と紙一重というセルバンテスのメッセージにはおおいにうなずいたがね」

「あの小説のメッセージはそんなことではないわ」カサンドラは彼に残念そうな目を向けた。

「あなたはこれまで読んだ本のメッセージをことごとく取り違えているようね」

「小説のメッセージなどろくなものじゃない。パンを盗んだフランスの男の話も――」

「『レ・ミゼラブル』のこと？」

「そう、それだ。ヴィクトル・ユーゴーは一四〇〇ページも費やして、〝過激派の法学生に娘をくれてやるものじゃない〟と訴えたが、そんなことは誰でも知っている」

カサンドラの眉がぴょんと上がる。「あの小説からあなたが受け取ったメッセージがそれ？」

「いや、もちろん違うさ」彼女の表情を読み取り、トムはとっさに否定した。『レ・ミゼラブル』が言わんとしているのは……」言葉を切ってから当て推量で言う。「〝敵を許すとひどい目に遭いがち〟ってことだな」

「的外れもいいところよ」カサンドラの口の端が愉快そうに上がる。「あなたにはわたしの助けが必要なようね」

「ああ」トムは彼女の言葉に背中を押された。「頼むよ。ぼくを導いてくれ。これも社会貢献だ」

「そこまで」カサンドラは唇を指でふさいだ。「それ以上言われると、気持ちが変わってしまうわ」

「だめだ」カサンドラの言葉を深刻に受け取りすぎている自覚はあるものの、想像するだけで心臓にアイスピックを突き立てられるようだった。「お願いだ、心変わりしないでくれ。ぼくは……」トムは彼女と見つめ合ったまま、目を離すことができなかった。青い瞳は雲のない夜空と同じくらい暗く、こちらの奥底までのぞき込み、真実を容赦なく探りだすかのようだ。「ぼくにはきみが必要だ」

羞恥心から、トムは火の粉を浴びたかのごとく顔がひりひりした。自分の言ったことが信じられない。なんと男らしさに欠ける弱々しい言葉だ。

だが奇妙なことに……カサンドラに彼を見下す様子はない。むしろ、得心して小さくうなずいている。彼の恥ずべき告白により、話がまとまったかのように。

女性は理解不可能だ。トムは改めて感じた。女性は非論理的だと言っているのではない。その逆だ。女性の論理は複雑かつ高度なため、既存の考え方では理解が及ばない。男なら見過ごす細部にも、女性は神秘的な価値を見いだし、男が心の奥に隠している秘密について鋭い結論を引きだすことができる。カサンドラはまだ数回しかトムと顔を合わせていないが、一〇年来の友人たちよりも彼に関する知識がすでにあるのではないだろうか。さらに恐ろしいのは、トムについて、彼自身すら気づいていない点を理解しているふしがあることだ。

「家族にはまずわたしから話をさせて」カサンドラは彼の襟元のネクタイを整え、上着を撫でつけた。「明日あなたへ使いを出して知らせるわ。あさってになるかもしれない。そのあと、あなたから話をしてちょうだい」

「そんなに長くきみと離れているのは無理だ」トムは憤然とした。「それに、きみひとりに任せるなんてできない」

「わたしを信頼してくれないの？」

「それとこれとは話が違う！　きみひとりに任せるのは臆病者のやることだ」

「トム」カサンドラの声は冷静そのものだった。「あなたが戦いを好むのは誰でも知っているわ。だから臆病者と揶揄される心配は皆無よ。けれど、あなたがなんと言おうと、レイヴネル家の人たちからははねつけられるでしょうね。これが自分の望みであることを、わたしから彼らに納得させないかぎり」

「本当に、これがきみの望みなんだね？」思わず問い返した自分を、トムは心の中でののしった。なんということだ、いまやわずかばかりの安心を犬のように請うている。カサンドラの影響力は信じられないほどだ。これこそ初めから恐れていた事態だった。

トムの心のわずかな動きを敏感に見て取ると、カサンドラはためらうことなく手を伸ばした。整えたばかりの上着の襟をつかんで引き寄せ、彼の不安をキスでなだめる。トムは口づけを深め、奪えるだけ奪った。甘やかな熱を帯びたカサンドラの反応に、新たな興奮が彼の体を駆けめぐる。下半身が高ぶって息づかいは荒くなり、胸が激しく上下した。いつも自慢していた自制心は、いまや木っ端みじんになっている。あらゆる感情が入り乱れて、すべての色をまぜたようになる。まるで狂気だ。

ふたりの唇がようやく離れて、切れ切れの吐息が合わさった。カサンドラはトムの目を見つめ、きっぱりと言った。「あなたが欲しい。心変わりはしないわ。お互いを信頼するのなら……いまから始めましょう」

18

「ぼくらは助言しかできない」明くる日、デヴォンはカサンドラに言った。「最終的にはきみが決めることだ」

「そんなことはない」ウェストは憤慨して反論した。

デヴォンは弟をにらみつけた。「カサンドラが決めることじゃないと言っているのか？」

「ああ。自分で決断できる状況じゃないのは明らかだ。酔っ払いに鉄道のプラットホームの端でダンスを踊らせるようなものだ」

「わたしは酔っ払いじゃないわ」カサンドラは言い返した。「酔っ払っていたとしても、プラットホームの端でダンスを踊るほど考えなしでもない」

「いまのはただのたとえだよ」ウェストがやり返す。

「わたしの人間性を見損なっていることに変わりはないわ。自分が何をしているかもわかっていないと言いたいようだけれど、自分が置かれている状況はあなたよりよっぽどわかっているつもりよ」

「それはどうだか――」ウェストは反撃しかけたが、フィービーに脇腹を肘で小突かれて口をつぐんだ。

デヴォンとケイトリン、ウェスト、フィービー、それにカサンドラの五人は、ハイドパークまで散歩に出かけていた。レイヴネル邸に閉じこもっているのも限界で、堂々めぐりの話し合いをしているうちに、広い大図書室も沸騰しているケトル並みに息苦しく感じられた。

ウェストとフィービーは、昨日デヴォンから電報を受け取ると、朝いちばんの汽車に乗りエセックスから駆けつけてくれた。案の定、ウェストはかんかんで、レイヴネル家の名に泥を塗ったリポンとその息子に仕返ししてやると息巻いた。

今夜の晩餐には残りの家族もやってくるが、当座はトム・セヴェリンとの結婚に猛反対しているウェストとデヴォンの相手でカサンドラは手いっぱいだった。ケイトリンは少なくとも反対はしておらず、フィービーは中立の立場を通している。

「みんなの意見は？」ウェストは隊の戦力を調べる大将よろしく尋ねた。「こんなばかげた話に賛成する者はいないだろうな」

「ミスター・ウィンターボーンとセントヴィンセント卿は意見を差し控えているわ」カサンドラは答えた。「ヘレンお姉さまは、わたしの願いが彼女の願いだと言ってくれている。パンドラはミスター・セヴェリンがお気に入りだから、こんないい話はないと言って――」

「パンドラらしいな」ウェストはぼやいた。

「――レディ・バーウィックは、これは最悪の結末で、自分にはいっさい関わりないと断言したわ」

ウェストは苦い顔をした。「あの口うるさいご婦人と初めて意見が合ったな」

一行は自然の景観が広がる場所にたどり着いた。春や夏なら、馬車が行き交い、乗馬や散歩を楽しむ人々でにぎわう園内も、寒い冬場はがらんとしている。花壇は球根の寝床となり、木々の枝は裸で、踏み荒らされた芝地はきちんと養生されていた。オークの老木が固まっている場所では、鴉(レイヴン)の群れが騒いでいて、いまのレイヴネル家のありさまそっくりだと、こんな状況にもかかわらずカサンドラはおかしくなった。

「トム・セヴェリンの話はいったん脇に置いてくれ」ウェストはカサンドラに言った。「フィービーとぼくに考えがある」

「彼の考えよ」フィービーがひと言はさむ。

「フィービーに弟がいるのを覚えているだろう。名前はラファエル」ウェストは続けた。「長身で独身、美しい歯並びをしている。彼なら申し分ない」

「申し分ならいくらでもあるわ」フィービーが反論した。「それに長身で歯並びがいいなんて、どうしてわかるの？」

「きみのご両親から生まれた子どもの見た目が悪いはずはない。カサンドラを紹介すれば、ラファエルは即座に結婚を求め、それで誰もがめでたしめでたしとなる」

「トムはどうなるの？」カサンドラは尋ねた。

「どうせすぐに別の女性を見つけるさ。新たな犠牲となる女性には気の毒だが、あいつはそれでめでたしめでたしだ」

カサンドラはとがめるようにウェストをにらんだ。「トムが好きなのだと思っていたわ」

「もちろん好きだとも。好きでいる自分に嫌気が差すもののリストの中で、最上位に輝いている。露店の食べ物と酒飲みの下品な歌を退けてね」

昔からの友人同士として、ウェストが――デヴォンとウィンターボーンもだが――ことトム・セヴェリンについては辛辣な口を叩くのは知っていた。だがこれまでは平気だったのに、いまはそれが癇に障ってならない。「ミスター・セヴェリンはレイヴネル家のために多大な尽力をしてくれた。なのにそんな言いようがあるかしら」カサンドラは静かに言った。

全員が黙り込み、驚いた目で彼女を見た。このときまで、カサンドラはあえてウェストの発言をいさめずにいたのだ。

感心なことに、ウェストは彼女の指摘を思案して反省した。「そうだな」新たな声音で言う。「すまない、ふざけた物言いだった。だが、ぼくはきみたちふたりをよく知っている。だから、お互いに合うはずがないとわかるんだ」

カサンドラはまばたきもせずにウェストの目を見た。「あなたはトムとわたしを知っているかもしれない。だけど、わたしたちはあなたの知らないお互いの姿を知っていることもありうるでしょう？」

「それは一理ある。でも、本当はそこまで彼のことを知らないのに、知った気になっていることだってありうる」

「一理あるわね」カサンドラはしぶしぶ認めた。

ウェストの表情がやわらぐ。「いいかい、カサンドラ。セヴェリンと長くいれば、彼を愛するようになるだろう。きみはやさしいから。現状では過ちだとわかっていても、結局はそうなってしまうんだ。昔ぼくが風呂の中で歌っていたようにね」

フィービーは驚いて夫を見た。「それはいつの話？」

「ひとり暮らしをしていたときだ。だが、エヴァースビー・プライオリーに移り住んだあとは、やめざるをえなかった。ケイトリンから、使用人たちが震えあがっていると注意されてね」

「人の声とは思えなかったの」ケイトリンが説明した。「誰かが降霊術で亡者を呼びだしたのだと、みんな怯えてしまって」

フィービーはおもしろがって微笑み、ウェストの腕に自分の腕を絡めた。

ウェストはカサンドラに注意を戻して言った。「きみが愛のない結婚をするところなど、誰も見ていられないんだ。セヴェリンが変わることを期待するな。こちらの愛に応えるよう誰かに強要することはできない」

「それは理解しているわ」カサンドラは言った。「でも、たとえわたしの気持ちに応えることはできなくても、トムにはそれを補うだけの資質がある」

「資質？」デヴォンは困惑顔で問い返した。「きみのことはよく理解していると常々思ってきたが……きみとセヴェリンとのことは……理解に苦しむな」

どう説明しようかとカサンドラが考えていると、フィービーが愉快そうに声をあげた。

性ですもの」

「そこまでありえないことではないでしょう？　ミスター・セヴェリンはとてもすてきな男

レイヴネル兄弟はぽかんとしてフィービーを見た。

「ええ、ほんとに」ケイトリンが同意する。「魅力的なのは言うまでもないわね」

ウェストは天を仰いだあと、これだからとばかりに兄を見た。「あいつは昔からそうだ」

淡々と言う。「女好きのするところがある」

「どういうところがだ？」デヴォンが尋ねた。

「それが謎なんだよ。誰か解き明かしてくれれば、ぼくにもそういうところがあるふりができるのにと考えたものさ」

ブナの大木が見えてきた。地面に垂れた銀色の枝が傘の骨を思わせる。夏には濃い緑色の葉が生い茂って洞窟のようになり、〝逆さの木〟と呼ばれて親しまれているが、いまの時期には薄茶色の葉が枝にまばらにしがみついているだけで、風に吹かれてかさかさと震えている。

カサンドラは横に広がる枝や極細の小枝のまわりをゆっくり歩きながら、説明の言葉を探した。「トムはとても魅力的な人だとずっと思っていたわ」頬が熱くなった。一二月の冷たい空気がありがたい。「人とは違っているところがあっても。いいえ、人と違っているからかもしれない。それでも自分がああいう男性の妻になるところは想像できなかった。だけど、昨日の彼の話には説得力があったの。そして契約を交わすことを提案されたとき、わたしは自分がこの結婚を望んでいることをすぐに確信したわ」

「いったいなんの契約だ」デヴォンはたちまちいきり立った。「きみの経済的利益を守ってくれる者を同席させずに契約の話を持ちだすとは、断じて許され――」

「違うの、そういう種類の契約ではないわ」カサンドラは急いでさえぎり、トムが提案したことを説明した。夫婦生活で大切にするもの、必要なもの、互いに譲歩し合う点、線引きする点について、同意した内容の文書化だ。

「しかし、法的な拘束力はないのだろう」デヴォンが言った。

「重要なのは、ミスター・セヴェリンはカサンドラの考えや気持ちを大事にしている、ということではないかしら」ケイトリンが思いきって口をはさんだ。

「カサンドラの意見に耳を傾け、聞き入れる気があるってことだわ」フィービーがつけ加えた。

「あのろくでなしめ」つぶやきながらも、ウェストは口の端で微笑んでいた。

カサンドラは立ち止まり、手袋をはめた手でブナの枝をつかんだ。家族を眺めるその顔に笑みがよぎる。「トムのような人には出会ったことがないの。彼の聡明な目には、きっと何もかもがありきたりには見えないんだわ、自身の妻でさえね。自分ですら想像したこともないほどの可能性を、彼はわたしに見いだしてくれる。わたしはそれを喜んでいる自分に驚いているの」

「あいつには五種類の感情しかないのは聞いているのか？」ウェストが冷ややかに尋ねた。

「ええ。けれど最近では新たな感情がいくつか加わったそうよ。本人は不満そうだけれど、わたしは希望が持てると思っているの」

デヴォンはカサンドラに歩み寄ると、妹を心配する兄の目を向けた。頬にキスをして嘆息する。「これは自分の経験から断言できる。トム・セヴェリンを知るには、契約の交渉をするのがいちばんだ。そのあとでもきみが彼と口をきいているのなら……この結婚を認めよう」視界の隅でウェストが抗議しようとするのを見て取り、きっぱりとつけ加える。「二言はない」

「お仕着せの正装をした従僕がこれを届けに来ました」

バーナビーはトム・セヴェリンの執務机に近づいた。手には封緘（ふうかん）された書簡を持ち、その中身が気になってしかたがなかった。貴族から書簡が届くのはそう珍しいことではないが――仕事柄、セヴェリンはさまざまな社会階級の者たちと関わりがある――宛名が女性の手でしたためられているのはきわめてまれだ。そのうえ……書簡からはほんのりと香水のにおいが漂っている。繊細で魅力的なその香りは、小さな白い花でいっぱいの野原を思わせ、バーナビーは書簡をセヴェリンへ持っていく前に、鼻を寄せてこっそりくんくん嗅いだ。

書簡を目にしてセヴェリンは固まった。受け取ろうとした手が、誓ってもいい、たしかに少し震えていた。昨日からどうもセヴェリンは様子がおかしい。バーナビーはいぶかった。いきなり『ロンドン・クロニクル』紙を買収することに決めるや、取りつかれたように話を進め、通常の手続きを飛ばして、一刻も早く商談を成立させるよう、弁護士、経理担当、銀行を急き立てた。今日は今日で、朝からぴりぴりとして少しも落ち着かず、懐中時計を出しては確かめ、数分ごとに弾かれたように椅子から立ちあがり、うつろな目つきで窓から通りを見おろすのだ。

いま執務机についているセヴェリンは、封蠟をはがしたあとなぜかためらった。それからようやく書簡を広げる。すばやく文面に目を走らせ、片手でゆっくりと顎を撫でながら再読した。

吐き気がするか、感情的になったかのように……バーナビーの雇用主の場合はどちらも同じことだが……セヴェリンはがくりとうなだれた。バーナビーはあわてかけた。いったい何が起きているんだ？　どんな悲報がもたらされた？　ところが驚いたことに、セヴェリンは頭をさげて香りつきの便箋に唇を押し当てていた。

「バーナビー」彼の雇用主は震える声で命じた。「今後一週間の予定をすべて空けてくれ」

「まるまる一週間？　明日からですか？」

「いまからだ。準備することがある」

バーナビーはこらえきれずにおずおずと問いかけた。「何があったんですか？」

セヴェリンは相好を崩した。白い顔が紅潮し、瞳に青緑の炎が燃えあがる。この男性が気持ちの高ぶりをここまであらわにするのは常軌を逸しており、バーナビーはうろたえた。

「何も心配することはない。交渉で忙しくなるだけだ」

「『クロニクル』紙の件ですか？」

セヴェリンはかぶりを振った。「まったく別の案件だ」興奮気味に短い笑いを漏らす。「一世一代の合併だ」

19

美しい暗色のスーツにロイヤルブルーのネクタイを締め、トムは朝の八時にレイヴネル邸へ到着した。朝食の間に通されたトムは見るからにうれしそうで、ウェストですら心を動かされた。

「カナリアを丸のみした猫みたいな顔をしているだろうと思っていたら」ウェストは立ちあがり、トムと握手を交わした。「ほかの猫を丸のみした猫みたいな顔だな」

ケイトリンにうながされ、トムはサイドボードへ進んで銀のコーヒー沸かし器から飲み物を注ぐと、カサンドラとフィービーのあいだの空いている席に座ってささやいた。「おはよう」

カサンドラはとても目を合わせられなかった。ばかばかしいほど気恥ずかしくて落ち着かない。濃密な口づけと……秘められた箇所を探索するトムの指を思いだしてしまう……。

「おはようございます」カサンドラは急いでティーカップを持ちあげて逃れ、まわりで交わされるやりとりをうわの空で聞いていた。社交辞令のあと、結婚後の住居はどこになるのかしらとフィービーが口にした。

「まだ正式に婚約したわけではないので」トムは真顔で言った。「カサンドラが交渉の結果に納得してからの話です」

「それなら、仮に合意に至ったとして」フィービーはなおも知りたがった。

「いまは、ハイドパーク・スクエアに住んでいますが」トムはカサンドラに顔を向けた。「きみが望むならそのままあそこで暮らしてもいいし、ほかの屋敷へ移ってもいい」

カサンドラは困惑して目をしばたたいた。「ほかにも家があるの?」

「四軒ある」トムはたいしたことではないとばかりに言った。カサンドラの顔つきを見て、それがふつうではないのに気づいたらしく、今度は慎重に先を続ける。「ケンジントンとハマースミスにも未開発の宅地をいくつか所有している。最近はエドモントンに地所を手に入れたところだ。だが、そこは事務所から遠すぎるから……新たな街として開発を検討中だ」

「街を作ろうとしているの?」ケイトリンはあっけに取られた。

「頼むから、〝セヴェリン・タウン〟なんて命名はよしてくれよ」ウェストが釘を刺した。

カサンドラは心なしか不安になってきた。「どうしてそんなにたくさん地所を持っているの?」

「自由保有不動産が手頃な価格で売りに出されたときに、投資目的で購入している」

「つまり、あなたは鉄道業だけではなくて、不動産業も手がけているのね」頭が追いつかないながら、カサンドラは必死に考えて返した。

「そうだね。投機目的の建設もそこここでやっているよ」

「あなたが営んでいる事業はいくつあるの？」カサンドラは尋ねた。「朝食の席では仕事の話題を避けるものでは？」

食い入るように見つめられて、トムは気まずそうに言った。

「あなたはルールに従ったためしがないでしょう」カサンドラは指摘した。

見るからに気の進まない様子だったものの、そこはトムらしく正直に答えた。「ロンドン・アイアンストーンは多業種にまたがる複合企業だ。貨物輸送、鉄鋼およびコンクリート製造、水圧ポンプ・浚渫（しゅんせつ）・掘削機器製造、エンジニアリング会社、設計会社などがある。このおかげで新たに路線を建設するときも、外部の業者を雇わずにすむ。ほかにも維持管理に通信、信号、安全設備の会社を――」カサンドラの顔から血の気が引くのを見て中断する。「どうしたんだい？」

「たったいま気がついたの」カサンドラは息を詰まらせて答えた。「あなたは鉄道だけではなく、一大帝国の所有者なんだわ」

「そんなふうには思っていない」トムはわずかに眉根を寄せた。

「呼び方はどうあれ……あなたは裕福さではミスター・ウィンターボーンといい勝負のはずよ」

トムは一心にトーストにバターを塗りだした。

沈黙から推測し、カサンドラは恐る恐る確認した。「もしかして、ミスター・ウィンターボーンよりも裕福なの？」

「富の尺度はさまざまなんだよ」トムははぐらかして、ジャムの容器に手を伸ばした。

カサンドラは胃がずしりと重くなった気がした。「ああ、そんな。彼よりどれだけ裕福なの？」

「なぜウィンターボーンと比べなければならない？」トムは言い返した。「彼は自分の仕事で成功をおさめ、ぼくはぼくで自分の仕事をうまくやっている。それでいいだろう」

デヴォンが淡々とした口調でカサンドラに説明した。「単純に比較することはできないんだよ。ウィンターボーンは商業界では最大手だが、セヴェリンの事業はあらゆるものに関わっている。交通、運輸、通商、製造、通信それに都市開発。セヴェリンはビジネスのあり方だけではなく、人々の暮らしのあり方と住む場所まで変化させている」思案するようにトムを眺める。「ぼくの推測では、セヴェリンの資産はウィンターボーンの一・五倍、そしてじきにおよそ二倍になるというところだろう」

トムは横目でにらみつけながらも否定はしなかった。

「そう」カサンドラは弱々しく言った。愛犬たちに庭園、午後の気楽な散策と、のんびりとした田舎の静かな暮らしに思いを馳せる。

「ぼくの仕事がきみの重荷となることはない」トムは表情をやわらげてカサンドラに言った。「家庭生活からは完全に切り離すよ」

「問題は、家庭生活にどれだけ時間を割けるか、じゃないのか？」デヴォンが静かに指摘する。「きみの体はひとつだ、トム。それが一〇人分の仕事をこなし、しかもこれからも負担は増える一方なんだから」

「それはぼくが考えるべき問題だ」

ウェストは不安を隠そうともせずに口をはさんだ。「きみの未来の妻にも関わる問題だと思うが」

トムは腹立たしげに目を細め、冷ややかな口調で傲然と言い放った。「妻の望みや求めにはすべて応える。自分の予定は好きなように調整できるんだ。仕事に割く時間は最低限にまで減らせるし、どこへだろうと出かけられる。家にいるのも外出するのもぼくの自由だ。ぼくの時間を縛るものはない。それがぼくの生き方だよ」

いつもならデヴォンかウェストが茶々を入れるところなのに、ふたりとも黙っている。トムの顔つきのどこかに、有無を言わせないものがあったからだろう。ほかの人にはトムがどう見えているのかを、カサンドラは初めて理解した気がした。トムは尊敬と、さらには恐れの対象なのだ。絶大な力と権威を持ち、それらを平然と行使する男。これはトムがレイヴネル家の人々にはほとんど見せてこなかった側面だ。友人たちから皮肉を言われ、揶揄されようと、いつもにこやかにこらえていたが……本来、彼にはそうする必要などない。

それどころか、トム・セヴェリンは自分の人生において何かを我慢する必要はまずないのだろう。

トムとうまくやっていくなんて無理だ。カサンドラの胸に不安が込みあげた。嵐に馬具をつけて飼い慣らそうとするようなものだろう。一方で、トムは彼女が必要だと告白してくれた。とても言いづらいことだっただろうに。それで何かが保証されるわけではないけれど……滑りだしとしては悪くない。

朝食後、ケイトリンはカサンドラとトムを図書室へ連れていった。長テーブルに水差しとグラス、きれいに整えられた紙束、ペン、それにインク壺が用意されている。

「必要なものがあればベルを鳴らして使用人を呼んでね」ケイトリンが言った。「ドアは少し開けておくわ。途中で様子を見に来る人がいるんじゃないかしら。言っておくけれど、わたしではないわよ」

「ありがとう」これまでいつもそばにいて愛情を注いでくれた女性に、カサンドラはやさしく微笑み返した。

ふたりきりになり、トムに向き直る。すると何か言う前に彼に引き寄せられて唇が重ねられた。カサンドラは気がつくと彼の首に腕を回し、その引きしまった体に自分の体をぴったり寄せていた。トムは渇望の声を漏らすと、唇の角度をずらして濃密にキスを深めた。

しかし、すぐに唇を引き離す。その目は埋み火のごとく爛々とし、唇が引き結ばれる。

「ぼくは名ばかりの夫にはならない。むしろ煙たがられるようになるほど、きみのそばにいるつもりだ」

「わたしの家族は――」カサンドラは申し訳なく思い、弁明しようとした。

「きみの家族がなぜ心配するのかはわかっているよ」トムは彼女の背中をさすった。「ぼくにとって仕事は重要だ。仕事のやりがいなしには退屈でどうにかなってしまう。だが、仕事人間というわけではない。当初の目標を達成したあとは、自分を証明する必要もなくなった。その後は同じことの繰り返しのように思えていた。もう何年も興奮も満足感も味わっていなかった。だが、きみといると、何もかも新鮮に思える。ぼくの望みはきみといることだけだ」

「そうだとしても、今後も多くの人たちがあなたに相談を持ちかけるでしょう」

トムは背中を起こして彼女を見つめた。「真っ先にきみの相談にのることにする。どんなときでも」

カサンドラは微笑した。「それも契約に入れてもらおうかしら」

その言葉を真剣に受け止め、トムは上着の胸元から鉛筆を取りだした。テーブルに身を乗りだすと、ふたりの前にある用紙に走り書きし、最後に決然とピリオドを打つ。

振り返ったトムに、カサンドラは爪先立ちでキスをした。彼がすばやく褒美を受け取って唇を重ね合わせ、相手の情熱をゆっくり味わった。彼女はめまいを覚えながらトムの舌を受け入れた。これまでよりもさらに激しい口づけに、膝の力が抜け、骨がとろけていく。体は彼のほうへと傾き、すぐさまきつく抱きしめられた。熱い欲情が体の奥深くへ蔓（つる）のごとく伸びて根をおろしていく。トムの唇が離れると、カサンドラは喉の奥でぐずるような声をたてた。

「交渉を始めよう」トムはかすれた声で言った。「最初の項目は、ぼくと一緒に過ごす時間の割合だ」

「一〇割よ」カサンドラは言うなり、ふたたび彼の唇を求めた。

トムは苦笑した。「ぼくもそうしたい。ああ……きみはなんて愛らしいんだ……いや、だめだ。本当にやめないと」彼女の髪に口を押しつけてキスを避ける。「そんなことをしていると、初めての体験を図書室ですることになる」

「初体験なら、もうすんだのではないの？」カサンドラは彼の唇が笑みを描くのを感じた。

「いいや」トムはささやいた。「きみはまだ未体験だ。二日前よりも少しだけ経験は積んでいるが」彼女の耳に口を寄せる。「あれを気に入ったかい？」

カサンドラはうなずいた。脈打っているのがわかるほど頬が熱い。「ええ、もっと経験したいわ」

「ぼくもきみに経験させたい。できるだけ早く」トムは荒々しいため息をついてカサンドラを引き離した。彼女を座らせると、テーブルをはさんで向き合うのではなく並んで腰かけた。金属製のシャープペンシルを手に取って上部を親指でノックし、黒鉛の芯を出す。「意見が一致した点をぼくがメモしていくから、きみはそれをインクで清書してくれないか」

彼が整然とした小さな活字体でいくつかの点を記していくのをカサンドラはじっと眺めた。

「変わった書き方なのね」

「製図用のフォントだよ。技師や製図士は製図や仕様書を読みやすくするために、こういう書き方を学ぶんだ」

「どうやって学んだの？」

「路面電車会社でぼくを雇ってくれたミスター・チェンバース・パクストンが技師になるための講座を受けさせてくれた」

「寛大な方ね」

「ぼくのためだけじゃないさ」トムは淡々とした口ぶりで言った。「ぼくが身につけた技術は会社で使うエンジンの設計と組み立てに活かされたんだから。でも、立派な人だったよ」言葉を切り、遠いまなざしになる。「ぼくの人生を変えてくれた」

「その方とはいつ出会ったの？」

「ぼくが一二歳で、駅の売り子をしていたときだ。ミスター・パクストンはロンドンからマンチェスターまで毎週八時二五分の急行に乗っていた。彼はぼくを雇うと、自分の家に住まわせた。子どもは女の子ばかり五人もいて、息子はいなかった」

何気ない話の中に、重要な情報がいくつも潜んでいる気配を感じ取り、カサンドラは熱心に耳を傾けた。「そのご家族のもとにはどれぐらいいたの？」

「七年だ」

「あなたにとって、ミスター・パクストンは父親も同然だったんでしょうね」

トムはうなずいた。シャープペンシルの構造を調べ、カチリと芯を戻す。

「結婚式にはご招待するの？」

トムは目だけを動かしてぼんやりと彼女を見た。「二年前に他界している。噂では腎臓の病気だったそうだ」

「噂ではって……」カサンドラは戸惑った。

カチリ。カチリ。「彼とは疎遠になっていた」トムはなんでもないように言った。「ぼくはパクストン家に長居をしすぎたんだ」

「何があったのか聞かせて」彼女はそっとうながした。

「いまはやめよう。いずれ話す」

トムはあくまで穏やかな物腰なのに、カサンドラは閉めだされたように、追い払われたように感じた。紙束を整えるトムは孤独に見え、彼女は思わずその肩に手をやった。

不意に触れられて、トムは身をこわばらせた。カサンドラが手を引っ込める。すると彼はすぐにその手をつかみ、唇へ持ちあげて指にキスした。

トムは精いっぱい努力しているのだと、カサンドラは気がついた。自分の過去を彼女と分かち合い、秘密を教えてくれようとしているが……それには時間がかかるのだろう。いかなる理由であれ、彼は自分の弱みを見せるのに慣れていないのだから。

カサンドラは少し前にドルリーレーン劇場で観(み)た、とある喜劇を思い返した。登場人物のひとりが屋敷の扉に上から下まであきれ返るほどたくさんの種類の錠前に掛け金、閂(かんぬき)をつけたせいで、新たに誰かが登場するたび、鍵を探していちいちすべて開けねばならず、しびれを切らす登場人物たちの姿が観客の爆笑を誘った。

トムの心は凍りついていないのだとしたら？　ただかたく閉ざされているだけで……みずから心の牢獄(ろうごく)に囚(とら)われているのだとしたら？

もしもそうなら、彼に扉を開かせるには時間と忍耐力が必要だろう。それに愛情も。

そうよ。カサンドラは胸の中でうなずいた。自分がトムに愛情を注ごう……心を犠牲にするのではなく、希望を持って。

20

交渉
午前一〇時

「これまでのところは、思っていたより順調に進んでいるわね」カサンドラは表題に項目、小項目が記された紙束を整えた。「交渉の席でのあなたは耐えがたいとデヴォンに警告されたけれど、それほどでもないわ」

「それは違うな。鉄道会社のために彼の土地を借りようとしたときのぼくは、本当に耐えがたかったはずだ」トムは残念そうに言った。「やり直せるなら、もっと違ったやり方でやっているよ」

「それはどうして?」

トムは自分の前に置かれた紙を見おろすと、シャープペンシルで余白にぼんやりと落書きをした。考えごとをしながらそうするのが癖なのだと、いまではカサンドラも気づいていた。歯車に車輪、矢、線路、特に目的もない機械の小さな略図。「ぼくは根っからの負けず嫌いで、勝つことに執着し、まわりへの影響には目もくれていなかった。自分にとって交渉はゲームだが、トレニアが小作人の家族のために戦っていることに思い至らなかった」

「結果的に、問題はなかったわけでしょう」カサンドラは事実を指摘した。「採掘権はデヴォンの手に残ったんですもの」

「ぼくはそれすら取りあげようとしたんだ」紙の上では、湾曲する平行線二本が小さな×印でつながり、線路になった。「トレニアには感謝している。あのときのぼくのやり口を水に流してくれたのだから。勝利よりも大切なことがあると気づかせてくれた。あれはぼくに必要な教訓だった」

カサンドラは頬杖をつき、余白の落書きを手でなぞった。「落書きするのはどうして?」

トムは彼女の視線をたどって見おろすと、照れくさそうに微笑んだ。ふだんは見せることのない少年のような表情に、カサンドラは胸がどきりとした。「すまない。手を動かしていると考えがはかどるんだ」

「謝らないで。あなたのおかしな習性が好きだわ」

「おかしな習性はこれだけじゃない」トムは警告した。「好きにはなれないやつも必ず出てくるよ」

午前一一時

「無意味な装飾は我慢ならないんだ」トムは断言した。「長すぎるカーテンに磁器の小さな置物、それに細かな穴の開いた小さなテーブルマットも——」

「ドイリーのこと？」

「そう、それだ。それに房飾り。房飾りを見ると虫唾(むしず)が走る」

〝7Dドイリーと房飾りはいっさい禁止〟と彼が書くのを、カサンドラは目をしばたたいて見つめた。

「待って。房飾りはいっさいだめなの？　ランプシェードの房飾りも？　枕は？」

「枕は特にだめだ」

カサンドラは組んだ腕をテーブルにのせ、いささかうんざりした顔でトムを見た。「房飾りが原因の鉄道事故でもあったの？　そこまで嫌うのはなぜ？」

「ぶらぶらして醜悪だからだ。イモムシの脚みたいじゃないか」

彼女は眉根を寄せた。「自分の帽子と服に房飾りをつける権利は譲れないわ。今年の流行なんですもの」

「寝間着とガウンは除外にしてもらえるかな？　あれが体に触れると思うとぞっとする」彼女のあきれた顔を見て、トムは気恥ずかしそうにうつむいた。「克服できない習性もあるんだ」

午前一一時半

「だって、犬が嫌いな人なんていないわ」カサンドラは異議を唱えた。

「嫌いではない。ぼくの家の中にいるのがいやなんだ」

「わたしたちの家でしょう」カサンドラはテーブルに肘をついてこめかみをさすった。「わが家にはいつも犬がいたの。パンドラとわたしが子ども時代を乗り越えられたのはナポレオンとジョゼフィーヌがいたからよ。汚れるのが問題なら、頻繁にお風呂に入れるようにするし、粗相したらすぐに片づけるわ」

トムは顔をゆがめた。「そもそも粗相されるのが問題なんだ。それに、きみだってやることが増えるから、犬と遊んでいる暇はなくなるよ」

「わたしは犬がいないとだめなの」

トムはシャープペンシルを指にはさんで半回転させ、テーブルにこつこつとぶつけた。

「論理的に考えてみようか。きみは本当の意味で、犬がいないとだめなわけじゃない。羊飼いでもネズミ取りでもないんだからね。家で飼われている犬には人の役に立つ役目はない」

「ものを取ってきてくれるわ」

「使用人がいくらでもいる」

「一緒にお散歩に出かける相手が欲しいの。膝にのせて撫でてあげられる相手が」

「それならぼくがいる」

カサンドラは契約書を指さして食いさがった。「犬よ。これは譲れない」

トムはシャープペンシルを握りしめた。カチリ、カチリ。「魚はどうだろう？　眺めていると気持ちが落ち着くし、絨毯を汚されることもない」

「撫でることはできないわ」

長い沈黙があった。彼女の顔に浮かんだ決意のかたさを見て取り、トムは渋い顔をした。

「これはぼくにとっては大きな譲歩だ、カサンドラ。折れてもいいが、その場合はそれに見合うだけの見返りを要求する」

「房飾りの件ではこちらが譲ったでしょう」カサンドラは反論した。

「犬はきみのペットであって、ぼくのではない。わずらわされるのはいやだ」

「犬がいることにも気がつかないぐらいおとなしくさせるわ」

トムは疑わしげに鼻を鳴らし、シャープペンシルの芯を出した。芯先を紙に当てて手を止める。「くそっ」

カサンドラは聞こえないふりをした。

「妻が飼うペットは一匹までとする」トムは書き記しながらむっつりと言った。「A　体高は体毛を入れずに三〇センチ以内。追って決める好ましい犬種の中から選ぶこと。B　夜間は割り当てられた場所で眠らせること。C」声が険しくなる。「いかなる状況であれ、ベッドやソファ、椅子に上がらせることは禁じる」

「足のせ台は？」

芯の先がぽきりと折れて飛んでいった。

〝ノー〟ということね。カサンドラはそう解釈した。

午後一二時

「朝食を一緒にとりたいなら、早起きすることだ」トムは言った。「きみたちのようなたぐいは舞踏会にパーティと、夜は遊び明かして昼まで寝ているだろうが」

「わたしのようなたぐい?」カサンドラは眉をつりあげて繰り返した。

「ぼくは八時半には事務所へ行っている。同じロンドンに住んでいても、貴族と労働者とでは活動時間が違う」

「早起きぐらいできるわ」カサンドラは言った。

「早起きするだけの価値はないかもしれないよ」

「どうして? 朝は不機嫌なタイプなの?」

「いいや。ただ、朝食はさっさとすませることにしている。だらだらするのは好きじゃない」

「それはやり方が間違っているんだわ。だらだらするのは至福のひとときよ。わたしなんていつもだらだらしているもの」カサンドラは腕を上げて伸びをし、凝った肩と背中をそらした。その動作で胸が盛りあがる。

トムは目を奪われて彼女を見つめた。「きみがだらだらするのを眺めるのは好きになりそうだ」

午後一時

「寝室はどうする？」

カサンドラの胃はとんぼ返りした。けれど不快な感じではなく、頬がじんわり熱くなる。

「部屋は別々にして、あなたが訪れるのはどうかしら？」

「いいだろう」トムはシャープペンシルをいじっていた。「きみの寝室を頻繁に訪れることになるな」

カサンドラは入り口にひと気のないのをちらりと確認してから、彼に目を戻した。「どれぐらい頻繁に？」

トムはシャープペンシルを置くと、指でテーブルをとんとんと叩いた。「過去には長い期間女性なしで……いや、レディの耳に入れてもいい言い方ではどう言うのかな？」

「そんな言い方はないんじゃないかしら」

「いわば日照りのあいだは、仕事に全精力を向けてきた。だが可能なときは……つまり……適当な女性が見つかると……ぼくは……」トムは頭の中でさまざまな言い方を思案してみた。

「要求過多になりがちだ。言ってることがわかるかい？」

「よくわからないわ」

トムは苦笑した。うつむき、目だけを上げて彼女を見る。暖炉の明かりが反射して、緑の瞳が猫の目のようにきらりとした。「ぼくが言いたいのは、しばらくは毎晩きみを忙しくさせるつもりだということだ」

カサンドラは顔を赤く染めてうなずいた。「ええ、夫の権利ですもの」

「そうじゃない」トムはすぐさま否定した。「前にも言ったが、きみの体はきみのものだ。望まないのであれば、ぼくとベッドをともにする義務はないんだ。どんなときでも。だからこそぼくは寝室を別々にすることに同意した。だが、きみに頼みがある……」彼はためらった。

「何かしら？」

自嘲……苦々しさ……不安……感情が次々とトムの顔をよぎる。「ぼくに腹を立てたり、いらいらしたりしても……攻撃する代わりにぼくを無視しないでほしい。耐えられないんだ。ほかの罰なら、なんでも甘んじて受けよう」

「そんなこと、するわけないでしょう」

「わかっている。だが、できれば契約に加えさせてくれ」

カサンドラはつかのまトムを見つめた。いま彼は初めて……自分の弱い一面を見せてくれた。それがたまらなくうれしい。

トムは無言でシャープペンシルをカサンドラに渡した。彼女は〝妻は決して夫を無視しないこと〟と書いてから、ふと思い立ってその横に落書きをした。

トムは眉根を寄せてそれを凝視した。「これは？」

「わたしの肩よ。あなたとまっすぐ向き合っているところ。ここが鎖骨でこれが首」

「鳥が建物にぶつかったところかと思った」わざとふくれてみせる彼女に微笑みかけたあと、トムはシャープペンシルを返してもらった。「きみの肩はこんなに角張っていない」なめらかな曲線を描く。「上部の筋肉が美しく傾斜しているんだ……こんなふうに。鎖骨の線は長くまっすぐで……ここのところが少し上がっている。蝶の羽の先端みたいに」

カサンドラはその絵に感嘆した。線を少し加えただけなのに、彼女の肩と喉、顎へと続く女性らしい首の線を正確にとらえている。「あなたは実業家であるうえに芸術家なのね」

「いいや」笑みをたたえた瞳が彼女の目を見る。「だが青いドレスを着たきみと冬の庭で踊った夜から、毎晩のようにきみの夢を見るんだ」

カサンドラは心を動かされ、身を乗りだして彼にキスをした。

シャープペンシルがテーブルに落ち、転がって床へと落下した。

時は進むのをやめ、契約書の下書きは放置され、世界そのものが忘れ去られた。トムがカサンドラを引き寄せて膝に座らせた。彼女はトムの首に両腕を巻きつける。本当はもっと密着したい。うれしいことに、彼が椅子の背にもたれかかって主導権を握らせてくれたので、カサンドラはさまざまなキスを試みた。唇で唇をなぞってから、ぴったり重ね合わせ、ゆっくりと味わう。トムの口はしっとりと濡れてなめらかで、そのぬくもりがいとおしい。彼女の下で身じろぎしてこわばる体が……彼がこらえきれずに漏らす静かな歓喜の声が……いとおしい。トムは彼女から手を離すと、壊れないのが不思議なほどきつく、木製の肘掛けを握りしめた。

「カサンドラ」トムが荒々しく息をしてささやく。「だめだ……これ以上は」

カサンドラは互いの額をくっつけ、彼の豊かな黒っぽい髪に指を滑らせた。「キスを一度だけなら？」

トムのまなざしは熱っぽく、顔は紅潮している。「一度だけでもだめだ」

「ごほん」入り口で咳払（せきばら）いがあがったので、ふたりは飛びあがった。ウェストが戸枠に寄りかかって立っている。その顔つきに非難の色はなく、かすかに苦笑していた。「交渉の進捗状況を尋ねに来たんだが」

トムはうめき声をあげ、カサンドラの喉から顔をそらした。

カサンドラは恥ずかしさに頬を染めながらも、いたずらっぽさのにじむまなざしをウェストに投げかけた。「はかどっているわ」

ウェストはわずかに眉を上げた。「ぼくはあるまじき場面に遭遇したようだが、人に何かを言えるほど道徳心の高い人間ではなくてね。聖人ぶってお説教するのはやめておこう」

「感謝するよ」トムはくぐもった声で言った。ズボンがきつい。彼は膝に座っているカサンドラの体をずらした。

「ぼくとフィービーは一時間後にエセックスへ出発する」ウェストは続けた。「彼女の分も別れの挨拶をしておくよ。それからセヴェリン――」なんだとばかりにトムが首をめぐらせてにらむのを待つ。「すまなかった」ウェストは淡々と謝った。「昔は自分のほうがよほど問題だらけだったのに、そのことを棚に上げてきみを批判した。公衆の面前でたびたび恥をさらすようなまねは、きみは一度もしたことがない。きみはいい友人で、誠実な求婚者としてレイヴネル家を訪ねてきてくれた。きみが夫にふさわしいかどうか四の五の言う権利はぼくにはない。カサンドラが結婚を望むのなら、ぼくは全面的に支持しよう」

「感謝する」トムは先ほどよりも心を込めて繰り返した。

「もうひとつ」ウェストは報告した。「ランサムから連絡があった。ノーサンバーランドでランバートを発見し、拘束したそうだ」

トムの体が新たにこわばるのを、カサンドラは感じた。トムが背中を起こしてウェストを見据える。「まだそこにいるのか？」

「いないだろうな。ランサムが話をしに行った。彼からの連絡はいつものごとく短くてね。〝ランバートは出国した〟とだけ知らせてきた」

「それはどういう意味だ？」トムはいらいらと尋ねた。

「さあね。なにせ相手はランサムだ。ランバートはフランスへ逃亡したのかもしれないし、泥酔したところを船に放り込まれたのかもしれない。あるいは……これ以上推測するのは恐ろしいな。ランサムから情報を引きだす努力はしてみるが、ワニの口から歯を抜こうとするようなものだ。肝心なのは、これからしばらくはランバートに悩まされずにすむってことだ」ウェストは戸枠から体を起こした。「ぼくは失礼するよ。きみたちが交渉と呼んでいる行為をどうぞ続けてくれ」

午後三時

「でも、あなたも子どもと過ごす時間を持つべきだわ」カサンドラは主張した。「子どもには父親の影響も必要よ」

「ぼくの影響など必要ない。自分の子どもたちを手に負えない小悪魔軍団に育てたいのなら話は別だが」

彼女はシャープペンシルを取り、小項目を書きはじめた。「最低でも、毎日夕食後に居間で家族と団らんの時間を持つこと。日曜には一緒に外出し、誕生日と祭日、それに――」

「年長児ならかまわない。スコットランドの寄宿学校へ放り込むぞと脅しがきくからね」トムは言った。「我慢ならないのは幼児だ。泣くわ叫ぶわ、よちよち歩いては大惨事を引き起こすわ。面倒なうえに、こっちは神経がぼろぼろになる」

「自分の子どもだと違うものよ」

「そう聞くね」トムはむっつりとして椅子の背に寄りかかった。「きみの教育法に合わせるが、子どものしつけをぼくに頼むのはやめることだ。たとえ本人のためだとしても、ぼくは子どもに体罰を与えることには反対だ」

「そんなことを頼むものですか」カサンドラはすぐさま言い返した。「子どもに善悪を教える方法ならほかにあるわ」

「それは結構。生きていればいやでも痛みを味わわされるんだ、親からまで鞭打たれたり、ぶたれたりする必要はない」

カサンドラは微笑した。「あなたは立派な父親になりそうね」

トムは口元をゆがめた。「ぼくが唯一楽しみにしているのは子作りの部分だ」

午後四時

「この契約になぜバズルの話が出てくる？」

「診療所で会ったときから、あの子のことがずっと気がかりだったの」カサンドラは言った。

「探しだして、いま暮らしている危険な環境から連れだして」

「探さなくていいさ」トムは冷笑した。「ぼくの家にいるんだから」

「えっ？」カサンドラは信じられない一方で安堵した。「バズルを引き取ったの？」

「あの日はそのまま帰した」トムは認めた。「だが、きみが予想したとおり、すぐにまたシラミが湧いた。家に置いてやるほうが、毎週ドクター・ギブソンの診療所へ引っ張っていくより、安上がりで面倒がないと判断したんだ」

「バズルはどうしているの？」カサンドラは熱心に問いかけた。「どんな日課を組んであげたの？　教師か学校はもう見つけた？　あの子の部屋の内装を変えるところまではまだ手が回らないでしょうけれど――」

「待ってくれ。きみは勘違いしている。バズルを家に置くことにしたのは被後見人としてではない。使用人としてだ」

カサンドラは静かになった。それまでの興奮がいくらか冷める。「誰がバズルの面倒を見てあげているの？」

「面倒を見てやる必要はない。家政婦が汚れたままでは夕食の席につかせないようにしているそうだから、風呂嫌いもじきに直るだろう。ちゃんとした食事と規則正しい睡眠で、すぐに健康になる」トムは短く笑った。「この問題は解決だ。次の項目に移ろう」

「あの子の遊び相手になる子どもはいるの？」

「いいや。通常なら子どもは雇わない。バズルを雇ったのは例外だ」

「毎日何をしているの？」

「いまのところ、朝はぼくとともに事務所へ来て掃除や雑用をしている。終わったら先に辻馬車で帰している」

「ひとりで？」

トムは冷ややかな目で彼女を見た。「バズルはロンドンで一、二を争う危険な地区に何年もひとりで出入りしてきた」

カサンドラは眉根を寄せた。「一日の残りの時間は何をしているの？」

「バズルは雑用係だ……雑用をやっている」トムはいらだたしげに肩をすくめた。「靴磨きとかだろう。前よりよほどいい暮らしだ。きみは大げさに考えすぎだよ」

カサンドラは感情を隠してうなずいた。なぜかはわからないが、バズルの件にはうかつに触れてはならないようだ。あの少年について何かを決めたいのなら、用心して事を進めなければ。とはいえ、こちらも自分のやり方を通してみせる。たとえドレスの下に鎧をつけてでも。

「トム、バズルを引き取ったのは慈悲深く寛大なことだわ」

トムは唇の片端をつりあげた。「飴と鞭の作戦かな」冷ややかに言う。「続けてくれ」

「バズルには読み書きを教えるべきだと強く思うの。本人にとっては一生の宝物になるし、用事をするのにも重宝するから、あなたの役にも立つ。教育には最低限の費用しかかからないわ。そしてバズルはほかの子どもたちの輪に入る機会を得る」

トムは彼女の主張を一考してうなずいた。「いいだろう」

「ありがとう」カサンドラは満面の笑みを浮かべた。「手続きはわたしがするわ、バズルの現状を把握してからね」ためらったあと、慎重につけ加える。「あの子のためにほかにもやってあげたいことが出てくると思うの。契約書の規定とは別に……バズルに関しては自由裁量の余地を要求するわ」

トムはシャープペンシルを取りあげて用紙を見おろした。「自由裁量」険しい声で言う。「だが、好き勝手にするのはなしだ。バズルのこれからについて、きみとぼくとでは見解がまるで違うのは明白だからね」

午後五時

「ベルギーはどうかな？」トムは尋ねた。「ロンドンからならおよそ七時間でブリュッセルに到着する」

「帰ってきてから住む場所についてよくわからないのでは、新婚旅行を楽しむことはできないわ」

「住まいならハイドパーク・スクエアに決めただろう」

「しばらくそこで過ごして、屋敷と使用人たちに慣れたいの。ちょっとした巣作りよ。新婚旅行へは春か夏に改めて行きましょう」

トムは上着を脱いでネクタイをゆるめた。暖炉に火が入っているせいで、部屋が暑すぎる。上着を椅子の背に放ると、窓へ歩み寄って開けた。空気がこもっていたところに、きりりと冷えた外気が流れ込む。「カサンドラ、結婚した翌日にふだんどおりに出かけて仕事をするのは不可能だ。新婚夫婦にはふたりだけの時間がいる」

たしかにそうだけれど、彼があまりに不機嫌なので、カサンドラはからかわずにいられなかった。純真そうに大きく目を見開いて尋ねる。「どうして？」

トムはますますばつが悪そうに説明の言葉を探している。

カサンドラは噴きださないよう唇を噛んで待った。

彼女の目が笑っているのに気がつき、トムの表情が一変した。「これが理由だよ」彼が飛びかかってくる。

カサンドラは小さく叫んですばやくテーブルを回り込んだが、トムはヒョウのように敏捷だった。やすやすと彼女をつかまえて抱えあげ、長椅子にどさりとおろし、覆いかぶさる。カサンドラはくすくす笑い、彼の魅力的な重みの下で身をよじった。

トムは清潔な香りがする。そこに汗のにおいがまざり、頭髪用のベイラムコロンが体温で温まって少しだけつんとする。彼の顔はカサンドラの顔の真上にあり、その額には黒っぽい髪が落ちかかっていた。彼女がトムを押しのけようとすると、彼は笑いながらカサンドラの頭を両腕ではさみ込んだ。

こんなふうに男性と戯れるのは初めてだった。楽しくて胸がどきどきするし、少しだけ怖いけれど、それが刺激的だ。カサンドラの喉からはシャンパンの泡のように笑い声がゆっくりとこぼれた。本当はその気もないのにトムから逃れようと体をひねると、さらに押さえつけられ、腰がクッションに沈んだ。幾重にも重なったドレス越しでも、彼の高まりが押し当てられるのが感じられる。こんなかたさはこれまで知らなかった。それは彼女の太腿のあいだにちょうどおさまる。体を重ねる親密さは、恥ずかしくもあり、うれしくもあった。

トムと結ばれるときはこんなふうなのだ。そう気がつき、情熱が体を突き抜けた。のしかかる彼の重み、引きしまった筋肉、体温……重たげなまぶた、こちらを見おろす熱いまなざし。

カサンドラは熱に浮かされたように手を伸ばし、トムの頭を引き寄せた。濃密なキスに、口から歓喜の声が漏れる。奥深くまで舌でまさぐられ、快感がほとばしった。体はたちどころに彼を受け入れ、ドレスの下で両脚が開いた。トムの腰がふたたび動くのを感じて、カサンドラの胃はきゅっとねじれた。彼のかたい先端が女性の秘密の場所を探り当て、突きあげる。

すばやいノックが官能の靄を破った。カサンドラは小さくあえいでまばたきし、入り口へ目をやった。

ケイトリンが心から申し訳なさそうな顔つきで立っていた。視線は慎重にそらしている。

「ごめんなさい。お邪魔をするつもりは本当にないのよ。カサンドラ、あの……そろそろメイドがティーワゴンを運んでくるわ。あなたも身づくろいをしたいかと思って……数分ほどあげましょうね」そそくさと退散する。

カサンドラは頭が働かなかった。満たされない欲求に全身がうずいている。こんな感覚は初めてだ。トムのなめらかなベストの背に軽く爪を立てたあと、彼女は腕をだらりと脇に垂らした。

「これこそ新婚旅行が必要な理由だよ」トムは入り口をにらんで言った。

午後六時

「永遠にとは言ってない。いまは無理だと言ったんだ」トムは炉棚に片手をのせてたたずみ、ちらちらする炎を見つめた。「たいしたことではないだろう？　きみはぼくと人生をともにするんだ、ぼくの家族とではない」

「たしかにそうだけれど、あなたのご家族に一度も会わせてもらえないの？」カサンドラは困惑し、図書室の中を行きつ戻りつした。

「母はもう何年もぼくと会うのを拒んでいるんだ。ぼくの妻に会いたがるわけがない」トムは言葉を切った。「妹たちにはいずれ機会を作って紹介しよう」

「お名前さえうかがっていないわ」

「ドロシー、エミリー、それにメアリーだ。三人ともぼくとは滅多に連絡を取らないし、取ったとしても、逆鱗に触れるのを恐れて母には伏せている。末の妹の結婚相手は、うちのエンジニアリング会社で会計士をしているから、彼とはたまに話す。実直な男だよ」トムは炉棚から離れると、テーブルに軽く腰をのせて寄りかかった。「ぼくの家族と無断で連絡を取らないでほしい――これは契約に含めてくれ。きみがよかれと思っていても、地雷だらけの領域なんだ」

「わかったわ。だけど、なぜお母さまとそこまで不仲になったのかを教えてもらえないかしら？」長いことためらう彼に、カサンドラは請け合った。「どんな理由であれ、わたしはあなたの味方よ」

「味方できなかったら？　悪いのはぼくのほうだと思ったら」

「そのときはあなたを許すわ」

「ぼくのしたことが許しがたかったら?」

「話してちょうだい。聞いてみないとわからない」

沈黙が落ちた。トムは窓辺へ行き、その左右に手をついた。

「話してはもらえないらしいとカサンドラがあきらめかけたとき、トムは淡々とした口調で、できるだけ手早く伝えようとするかのように一気にしゃべりだした。「五年前、父が会社へやってきた。父の顔を見るのは駅に置き去りにされて以来で、そのあいだ音沙汰なしだった。父は母の居場所を知りたいと言ってきた。母にはぼくが家を与えていた。かつて家族で暮らしていた貸間からは遠く離れた場所に。父はお決まりのことを並べ立てたよ——家族を捨てて悪かった、もう一度チャンスが欲しい、などなどだ。もちろん空涙だ。父はさもすまなそうな顔をして、もう一度チャンスをくれと懇願してきた。ぼくは何も感じなかった。何かが首を這いずるような感覚があっただけだ。ぼくは父に選択肢を与えた。母の住所か、ぼくからの手切れ金か。後者なら金ははずむが、二度と母にも妹たちにも近づかないという条件つきだ」

「お父さまはお金を選んだのね」カサンドラは静かに言った。

「ああ。父は迷いさえしなかった。あとでそのことを母に話した。厄介払いできたと母も考えると思ったんだ。ところが母は激しく取り乱した。頭がどうかしたみたいだったよ。医者を呼び、薬で落ち着かせてもらう必要があったぐらいだ。以来、母はぼくを諸悪の根源と見なしている。妹たちもぼくに裏切られたと感じたようだが、時が経つにつれて理解を示すようになった。しかし、母に関してはぼくを許す気は皆無だ。死ぬまで恨みつづけるんだろう」

カサンドラはトムに歩み寄り、こわばった背中にそっと触れた。彼は振り返ろうとはしなかった。「手切れ金を渡したあなたのことを非難して、それを受け取ったお父さまのことは責めないの?」

「ぼくならよりを戻させることもできたし、ふたりの生計を支えることもできたと、母は思っているんだ」

「それでお母さまが幸せになることはなかったでしょうね。よりを戻したのは彼女とあなたを食いものにするためだと、心の奥底では常にわかっていたはずよ」

「それでも母は父とよりを戻したかったんだ」トムはぽつりと言った。「ぼくならそうさせることができた。だが、そうしなかった」

カサンドラはトムの引きしまった腹部に両腕を回し、背中に頭をもたせかけた。「あなたはお母さまを守ったのよ、過去に彼女を傷つけ、ふたたびそうすることがわかっている相手から。それは裏切りではないわ」反応がなかったので、カサンドラはさらに声をやわらげた。「お父さまを追い返した自分を責めてはだめよ。いくら親が大切でも、繰り返し踏みつけにされることはないわ。離れていても親孝行はできるもの、みずから〝世の光〟となるよう努めることで」

「ぼくはそっちの努力もしていない」トムの苦々しげな声が聞こえた。

「それは大嘘よ」カサンドラはたしなめた。「あなたがこれまでやってきたことはたくさんの人のためになっているわ。やるべきことはまだまだいっぱいあるし、あなたはきっと実行する」

トムは彼女の手を取り自分の胸に押し当てた。心臓が力強い鼓動を打っている。彼の張りつめていた筋肉から少しだけ緊張感が抜けるのがわかった。

「交渉はこれでだいたい終わりかな？」トムがかすれた声で尋ねた。「重要事項はほかに残っていないかい？　カサンドラ、ぼくは一日も早くきみと人生を歩みたい」

「最後にひとつだけ」カサンドラはベストのなめらかな背に頬を押し当てた。「クリスマスに式を挙げるのには賛成？」

トムはぴたりと動きを止め、深々と息を吸ったあと、安堵のため息をついた。彼女の手をつかんだままベストのポケットへ手を入れる。左手の薬指になめらかな冷たい重みが滑り込むのを感じ、カサンドラは大きく目を見開いた。

トムの手から自分の手を引き抜いて見おろした。小さなダイヤモンドがちりばめられたプラチナ細工の台座に、虹色の輝きを放つ見事な宝石がおさまっている。カサンドラは息をのんで見つめ、明かりのもとで手を傾けてみた。すると光に反射してありとあらゆる色が輝いた。宝石の中に、無数の小さな花を閉じ込めたかのようだ。「こんな宝石、見たこともないわ。オパール？」

「去年オーストラリアで見つかったばかりの新しい種類だ。ブラックオパール。斬新すぎてきみの好みでないなら、すぐに別のものを用意しよう」

「いいえ。これ以上の指輪はないわ」カサンドラは断言し、輝くばかりの笑みを向けた。「どうぞ。先を続けてちょうだい」

「まずはひざまずくべきだったな」トムはしまったという顔つきになった。「ああ、順序がめちゃくちゃだ」

「いいのよ、ひざまずかないで」カサンドラは頭がくらくらしていた。これは現実に起きていることで、自分の人生はまさにいま一変しようとしている。「順序に正しいも間違いもないわ。ふたりで自分たちのルールを作るんでしょう、忘れたの?」神秘的な色のオパールをきらりと光らせながら、彼の顎に手を添える。

そのやさしい感触に胸が詰まったとばかりに、トムはつかのま目をつぶった。「カサンドラ、どうかぼくと結婚してほしい」かすれた声で言う。「きみに拒まれたら、ぼくはどうにかなってしまうだろう」

「拒んだりするものですか」カサンドラの顔にまぶしい笑みが広がった。「返事はイエスよ」

トムの唇はカサンドラの唇と重なり、そのあとしばらくふたりのあいだに言葉はなかった。

21

ふたりは近親者だけに見守られ、エヴァースビー・プライオリーで挙式した。蓋を開けてみると、クリスマス当日の結婚式はトムの好みにぴったり合っていた。甘ったるい芳香を充満させる花束の山の代わりに、屋敷と礼拝堂はバルサムモミ、松、セイヨウアカマツの緑の枝で飾られた。屋敷全体が陽気な雰囲気に包まれ、ごちそうと飲み物がふんだんにふるまわれた。外は灰色でじめじめした天気だが、屋敷内は照明が煌々とついていて、どの暖炉でも薪がぱちぱちと爆ぜて快適だ。

あいにく、式の始まる一〇時少し前に遠くで雷鳴がし、嵐の到来を告げた。古風な礼拝堂は屋敷とつながっていないので、雨の中の移動となりそうだ。

花婿の付き添い人を務めるウィンターボーンは礼拝堂の様子を見に行き、トムとイーサン・ランサム、セントヴィンセント、そしてデヴォンの待つ図書室へ戻ってきた。女性陣は上階で式の準備をするカサンドラの相手をしている。

「土砂降りになりそうだ」ウィンターボーンは報告した。髪と上着の肩にはすでに雨粒が光っている。彼はテーブル上の銀のトレイからシャンパンのグラスを取り、トムに向かって掲げた。「おめでとう、雨の日の結婚式は幸運をもたらすぞ」

「その迷信にはどんな根拠があるんだ?」トムは不愉快そうに尋ねた。「新郎新婦も末永くかたく結ばれるという意味だろう」

「結び目は濡れるときつく締まる」ウィンターボーンは答えた。

イーサン・ランサムは別の意見を出した。「結婚式の日の雨は過去の悲しみを洗い流すと、ぼくの母は言っていたな」

「迷信は無意味なだけでなく不都合だ」トムが言った。「ひとつ信じると、すべて信じなければならず、そのためにさらに無意味な儀式と慣習が増える」

たとえば式の前に花嫁の姿を見るのを禁じられているのもそのひとつだ。今朝からカサンドラの姿はちらりとも見せてもらえず、彼女はどんな気分でいるのか、ゆうべはよく眠れたのか、何か必要なものはないのかと気になって、トムはいらいらしていた。

ウェストが両腕いっぱいに傘を抱えて部屋へ入ってきた。すぐ後ろからジャスティンがベルベットのスーツ姿でとことことついて来る。

「上階の子ども部屋に弟といるはずじゃないのかい?」セントヴィンセントが五歳の甥(おい)っ子に尋ねた。

「父さんのお手伝いだよ」ジャスティンは胸を張って宣言し、傘を一本手に取った。

「これから大雨になる」ウェストはてきぱきと言った。「なるべく早く礼拝堂へ移動しよう。地面がぬかるむ前に。それから、内扉は開けないこと。縁起が悪い」

「きみが迷信深いとは思わなかったぞ」トムは非難した。「科学の信奉者だろう」

ウェストはにやりとした。「ぼくは農業者だよ、セヴェリン。こと迷信となると、農業者のうるささは人一倍だ。ついでだが、地元の者たちによると、結婚式の日の雨は受精力を高めるそうだ」

デヴォンがそっけなく言った。「ハンプシャーの男たちは何を見ても受精力だの繁殖力だのと結びつけたがる。そのことしか頭にないんじゃないか」

「〝じゅせいりょく〟って何？」ジャスティンが質問した。

不意に広がる沈黙の中、全員の視線がウェストに集まった。彼は身構えて言った。「なぜみんなぼくを見る？」

「きみはジャスティンの新しい父親で、しかもその分野の権威だからだ」セントヴィンセントはおもしろがっているのを隠しもせずに返した。

ウェストは答えを待っているジャスティンの顔を見おろした。「あとでママに訊きなさい」

男の子はわずかに顔を曇らせた。「父さんにはわからないの？」

トムはそばの窓へと近づき、眉間にしわを寄せた。雨粒が重力の引力を超える速さで落下していくように見える。まるでライフル銃の一斉発射だ。カサンドラは嵐に気を揉んでいないだろうか。彼女の靴とウェディングドレスの裾はぐしょぐしょに濡れ、泥がついてしまうだろう。トムは少しも気にしないが、彼女はがっかりするかもしれない。今日一日はカサンドラにとって完璧な日であってほしかった。くそっ、なぜレイヴネル家は礼拝堂まで屋根つきの通路を設けていないんだ?

ウィンターボーンも窓辺へやってきた。「ついに本降りだな」雨を見つめて言う。「縁起がいいのだとしても、これは過剰だ」トムは苦々しげに吐き捨てて短いため息をついた。「どのみち迷信は信じていないが」

「愛も信じていないんだろう」ウィンターボーンが親しげにからかう。「なのにこうして〝心を手に握りしめて〟たたずんでいる」

一瞬言い間違いのように聞こえるウェールズ人独特の言い回しは、よく考えるとなるほどと思わされた。〝心を袖に巻きつける〟とは、感情をあらわにする意味だが……〝心を手に握りしめる〟と言えば、これからそれを誰かに捧げる意味になるのだろう。

少し前なら、トムも軽口でやり返しているところだが、気がつくと柄にもなく謙虚な言葉を口にしていた。「ウィンターボーン……自分が何を信じているのか、ぼくにはもうよくわからない。名前すら知らない感情が胸に湧きあがるんだ」

ウィンターボーンの黒っぽい瞳が温かな輝きを放った。「いいんだよ、それで」上着のポケットから何かを取りだし、トムに渡す。「これを。ウェールズの風習だ」シャンパンのコルクの上部に切り込みが入れられ、そこに六ペンス銀貨がはさまっていた。「今日の記念だ。良妻は本物の財産であることを忘れないために」

トムは微笑し、友とかたい握手を交わした。「ありがとう、ウィンターボーン。ぼくは運も信じないが、きみという友に恵まれたのは本当に幸運だった」

暗い空にふたたび稲光が走り、車軸を流すような大雨になった。

「これではカサンドラがずぶ濡れになる」トムはうめいた。「トレニアとレイヴネルに言って——」

「いまは花嫁の世話は彼らに任せておけ」ウィンターボーンは助言した。「彼女はもうすぐきみのものになるんだから」いたずらっぽくつけ加える。「そして、きみは新たな暖炉に火をともすわけだ」

トムはいぶかしげにウィンターボーンを見た。「新たな暖炉も何も、カサンドラはぼくの家に越してくるんだぞ」

ウィンターボーンはにやりとしてかぶりを振った。「鈍いな。いまのは初夜の比喩だよ」

礼拝堂の入り口にカサンドラがたどり着いたらしく、傘にタオル、それにキャンバス地の防水シートらしきものがあわただしく片づけられている。トムのいる祭壇前からはよく見えないものの、ウェストが防水シートをたたんだあと、彼の視線をとらえて短くうなずいた。無事カサンドラを礼拝堂まで運んできたという意味に受け取り、トムはわずかながらほっとした。

ほどなくしてウィンターボーンがトムの隣に並び、音楽が始まった。地元の音楽家四人が金の小さなハンドベルで奏でる美しい調べが響き渡る。ワグナーの『婚礼の合唱』はオルガンの演奏しか聴いたことがないトムは、重々しい曲という印象を持っていたが、ハンドベルの音色は繊細さと遊び心をも添え、この場にぴったりだった。

花嫁付き添い役の既婚女性パンドラはしとやかに通路を進んできて、トムに笑みを送り、自分の席についた。

続いてカサンドラの姿が見えた。デヴォンの腕を取り、こちらへ歩いてくる。白いサテンのドレスは優雅ながら、珍しいほど飾り気がなく、愛らしい体つきを隠すようなひらひらしたフリルはいっさいついていない。側頭部の髪だけを頭上まで結いあげ、後ろは伝統的なベールの代わりに華やかな縦巻きにして背中に垂らしている。装飾品は端から中央へ向かってダイヤモンドの星が大きくなっていくティアラだけだ。これは今日の朝トムがクリスマスプレゼントとして贈ったものだった。カサンドラの瞳の輝きと晴れやかな表情は、蠟燭の明りに燦然(さんぜん)と輝くローズカットのダイヤモンドにも劣らない。その姿は冬の森を歩く雪の女王さながらで、人間とは思えない美しさだった。

そしてトムは心を手に握りしめ、祭壇前にたたずんでいた。

この感情はなんという呼び名だろう？　いままで歩いていた人生の表面から、未知なる新たな領域へ転がり落ちたかのようだった。そんなところがあるとは認識すらしていなかったが、ずっと存在していた場所らしい。自分と他人とのあいだに慎重に距離を取ってきたけれど、ついに一線を越えて近づいてくる者が現れた……もう以前の自分には戻れないだろう。

トムにわかるのはただそれだけだった。

クリスマスの長い食事のあとは、階下にある使用人用の広間で毎年恒例のダンスが催された。主従の垣根を越えて誰もが踊り、ワインと温かいラムパンチを飲み交わす。食事の席ではワインを少ししか飲まなかったカサンドラも、ダンスの合間に湯気の立つラムパンチを一杯もらった。するとたちまち膝まで酔いが回るのを感じた。幸福だけれど、くたびれてしまった。おしゃべりと陽気な冷やかしのせいで体力がすっかり消耗し、微笑みすぎて頰が痛い。結婚式の日だというのに、トムと過ごした時間はまだ皆無に等しかった。見回すと、トムは料理長のミセス・ビクスビーとダンスを踊っていた。がっちりした体格の料理長は、頰を上気させて小娘みたいにくすくす笑っている。トムは数時間前と変わらず元気旺盛で、まだまだエネルギーがあり余っている様子だ。彼に合わせるのは簡単なことではなさそうだと、カサンドラはちょっと心細くなった。

トムが広間の向こうから見つめている。笑ってはいるものの、その目はこちらを探っていた。カサンドラは反射的に姿勢を正したが、疲れの色に気づかれたようだ。

数分後にはトムが近づいてきた。「そうやってたたずむきみは、光を放つ小さな太陽のようだ」金色のロングヘアの長いカールにそっと触れる。「予定より早いが、出発しようか？」

カサンドラはすぐにうなずいた。「ええ、そうしたいわ」

「よし。すぐにきみを連れだそう。一週間出かけるだけだから、ひとりひとりに別れの挨拶をして回ることもない。この時間なら、汽車の車両も準備ができて、すぐに出発できるだろう」

新婚旅行はトム専用の列車でウェイマスへ向かうことになっている。快適さはトムのお墨つきとはいえ、婚礼の夜を客車で過ごすのは正直なところ気が進まなかった。どれだけ利点を並べられても、動いている車両であることに変わりはないのだ。それでもカサンドラが反対しなかったのは、明日の夜はすてきなホテルに泊まるからだ。この旅行はウィンターボーンとヘレンからの贈り物で、ふたりはチャンネル諸島の南端の島、ジャージー島まで、ウェイマスからプライベートヨットで行く手はずまで整えてくれた。

「ウィンターボーンによると、島は温暖な気候で、ホテルからはセントオーバン湾の絶景が見渡せる」トムはそう話してくれた。「ホテルについては、ぼくは何も聞かされていない。ウィンターボーンを信じるしかないな」

「彼はあなたの親友だから？」

「いいや。もしも悲惨なホテルなら、新婚旅行から帰ってきたぼくに殺されるとわかっているからだよ」

カサンドラは使用人用の広間にたたずみながらトムに言った。「もう島に着いているのならいいのに」これからの移動を思うと気が滅入る。汽車に揺られたあと、少なくとも六時間は船の上……。

トムはやさしいまなざしで見つめた。「すぐに休めるよ」彼女の髪に唇を押し当てる。「きみの荷物は駅に運ばせてあるし、部屋には旅行用の着替えが用意されている。いつでも着替えるといい」

「なぜ知っているの？」

「さっききみの侍女と踊ったときに教えてもらった」

カサンドラはトムを見あげて微笑んだ。夫の底なしのエネルギーに先ほどまではひるんでいたけれど、いまはそれに包み込まれて安心感を覚えた。

「もちろんウェディングドレスのまま出発してもかまわない」トムはささやいた。「客車の中で……ぼくが脱ぐのを手伝おう」

甘美な震えが背筋を駆けおりた。「あなたはそうしたいの?」

トムはカサンドラのサテンの袖を手のひらで撫でたあと、布地の端をそっと指でつまんだ。

「プレゼントは自分で開けるのが好きだ……だからイエスだよ」

22

予想はしていたものの、トム専用の列車はカサンドラの想像をはるかに超えていた。二台の車両がアコーディオン型のゴム製幌(ほろ)で連結され、それが車両間の通路になっている。トムの説明では、これは経験に基づいた設計で、走行がなめらかになるうえ、騒音が減る利点もあるらしい。片方の車両には食料貯蔵庫と冷蔵庫つきの大きな厨房と、乗員用の部屋があった。

トム用の客車のほうは、いわば車輪つきの邸宅だ。化粧室を備える広々とした寝室に、水も湯も出る洗面所、書斎、居間、客間まである。美しい幅広の窓、型押し革に覆われた高い天井、ウィルトン織りの絨毯が敷かれた床。

目下のはやりの金箔を用いた華美な装飾とは対照的に、車両の内装は上品なうえに控えめで、職人技に重点が置かれている。壁のクルミ材の羽目板はニスで光沢を出す代わりに、手作業で磨かれて落ち着いた艶を放っていた。

カサンドラは車内を見て回り、乗員と料理人への挨拶を終えると、機関士と相談をしているトムを残して寝室へ戻った。美しい部屋だ。高い天井に作りつけの高級家具、床に固定された紫檀材の広いベッド、開け閉めできるステンドグラスの採光窓。侍女のメグは荷ほどきの最中で、旅行鞄には明日の朝乗船するときにカサンドラが必要とするものがすべて入っている。

メグは田舎より都会暮らしのほうが性に合うからと、カサンドラとともに新所帯へ移るチャンスに飛びついた。機転のきく働き者で、快活な性格だからそばにいると楽しい。

「奥さま、こんな列車をご覧になったことがございまして？」メグは感嘆した。「洗面所には浴槽があるんです。浴槽ですよ。客室係は、自分の知っているかぎり、浴槽のある列車は世界でもこれひとつだと言ってました」伝わっているか心配するように念を押す。「世界で、も、ですよ」化粧台にさまざまなものをいそいそと並べる。手袋とハンカチの入った旅行用の箱、ブラシに櫛、ヘアピン、フェイスクリーム、おしろいの瓶、バラの香水がしまってある化粧バッグ。「ポーターから教えてもらったんですが、この列車には走りがなめらかになる工夫がされているとか。車軸が特殊なんですって……誰の発明だと思います？」

「ミスター・セヴェリンかしら？」

「そう、ミスター・セヴェリンです」メグは熱心に肯定した。「ミスター・セヴェリンは世界一頭がいいんじゃないかって、ポーターが言ってました」

「すべてにおいてではないけれど」カサンドラは秘密めいた笑みを浮かべた。「たくさんのことにおいて、そうね」

メグは化粧台の脇に旅行鞄をおろした。「お着替えとガウンはクローゼットにかけてあります。下着は引き出しの中です。すぐにウェディングドレスからお着替えになりますか？」

「その……」カサンドラは顔をほてらせて口ごもった。「着替えはミスター・セヴェリンに手伝ってもらうわ」

メグは目をぱちくりさせた。ドレスの着付けは複雑で、男性にはとうてい無理なのは誰でも知っている。つまり、トムが〝手伝う〟のは脱ぐほうにかぎられる。そしてドレスを脱がせたあと、何が起きるかは疑いの余地がない。

「ですが……」メグは思いきって確認した。「まだ夕食の時間にもなっていませんよ」

「それはわかっているわ」カサンドラはもじもじと答えた。

「外は明るいですし」

「わかっているの、メグ」

「本当にだんなさまは――」メグは言いかけて、カサンドラの弱り果てた視線に気がついた。

「では、自分の部屋で荷ほどきをしてまいりますね」明るさを取りつくろう。「もう一台の客車に部屋があるんです。乗員と使用人用に立派な休憩室と食堂もあるんだそうですよ」目をそらして早口になる。「それから……結婚した姉が教えてくれたんですが……すぐに終わるんだそうです。その、紳士方が寝所でなされることは。あっという間だからって、姉は言ってました」

侍女は安心させようとしてくれているのだろう。カサンドラはうなずいた。「ありがとう、メグ」

侍女が退室すると、カサンドラは化粧バッグの蓋を開けた。内側は鏡になっており、結いあげた髪からヘアピンを抜き、ダイヤモンドのティアラを外して化粧台に置く。そのとき、視界の隅で何かが動いた。

入り口にトムが立っていた。彼の温かなまなざしがカサンドラに注がれる。

胸がざわめき、髪を梳いて残ったヘアピンを探す指が少し震えた。ふたりきりになったことはこれまでもあるが、夫婦になってからは初めてだ。時間が過ぎていくのを気にする必要も、ノックに妨げられることも、もうない。

トムは、カサンドラの夫は、まぎれもなく美男子だ。閉ざされた部屋の中では、ふだんより長身に見える。冷ややかで、測り知れない自信をみなぎらせ、自然の威力のごとく予測不可能な男性。けれどもカサンドラを心配させたり、怖がらせたりしないよう、気を遣っているのが感じられる。彼女は胸が温かくなった。

「ティアラのお礼がまだだったわね」カサンドラは言った。「今朝プレゼントを開けたときは、椅子から転げ落ちそうになったのよ。美しいわ」

トムは背後に歩み寄ると、サテンに覆われた彼女の腕を撫でおろし、耳の縁を唇でそっとかすめた。「残りも見たいかい？」

カサンドラは驚いて眉を上げた。小さな鏡の中で目が合う。「ほかにもあるの？」

答える代わりに、トムは引き出しへと向かい、マホガニーの平箱を取りだして彼女に渡した。

カサンドラは蓋を開けて目を丸くした。さらにいくつものダイヤモンドの星、それに極細のプラチナを編んだチェーン。「ネックレス？　それにイヤリングも？　こんな高価なものを。わたしにはもったいないわ」

「仕組みを見せよう」トムはティアラを持ちあげた。「いちばん大きな星は取り外しできるようになっていて、ブローチにもできるし、ネックレスにさげることもできる」小さな留め具をいじって器用に星を外す。分解して別のものにできる宝石はパズルを思わせた。なんて彼らしいプレゼントだろう。カサンドラの胸に愛情が込みあげた。

星形のイヤリングをつけ、首を振って揺らしてみた。「星がいっぱいあって、まるで星座ね」鏡の中できらめく光を見つめて微笑んだ。

トムはカサンドラを自分のほうへ向き直らせた。両手を彼女の髪に差し入れてそっと動かし、金色の髪を指から滑らせる。「その中できみはいちばんまぶしい星だ」

カサンドラが爪先立ちになってキスをすると、トムは腕を回してしっかり抱き寄せた。キスに浸っているかのように、彼女の味わいを、肌ざわりを、香りを、余すところなく楽しむ。手のひらが流れ落ちる金髪の下へ潜り、背筋を撫であげた。耳たぶにさがる星の先端がかすかに首に触れ、カサンドラはぞくりと体を震わせた。

横を向いて口を離し、息を切らして告げた。「わたしからもプレゼントがあるの」

「ぼくに？」トムの唇が彼女の顎下の敏感な肌をかすめる。

「たいしたものではないのよ」カサンドラはすまなそうに言った。「ダイヤモンドの宝石の装飾品一式とは比べものにならないわ」

「ぼくと結婚してくれたことが人生最大の贈り物だ。ほかには何もいらない」

「でも、これは受け取ってね……」カサンドラは化粧台脇の旅行鞄から、薄葉紙にくるんで赤いリボンをかけた包みを取りだした。リボンからは小さなビーズ飾りがぶらさがっている。「クリスマスおめでとう」贈り物を彼に渡した。

トムはリボンをほどくと、ビーズ飾りを持ちあげてじっと眺めた。「これはきみが作ったのかい？」

「ええ、来年はクリスマスツリーに飾れるわ」

「きれいだ」トムは細かなビーズ細工に感心した。続いてプレゼントを開けると、赤い布装の本が出てきた。黒縁の中に金箔で記された文字を読みあげる。「『トム・ソーヤー』マーク・トウェイン著」

「アメリカ人も小説を書く証拠よ」カサンドラはほがらかに言った。「数カ月前にイングランドで出版されて、アメリカでも出たばかりの本なの。著者はユーモア作家で、爽快な物語だと書店主が薦めてくれたわ」

「おもしろそうだね」トムは本を化粧台に置き、彼女を腕に抱き寄せた。「ありがとう」

カサンドラは溶け落ちるようにトムの肩に頭をもたせかけた。独特なベイラムコロンの香りが鼻腔へ漂う。ベイリーフにクローブ、それに柑橘類。男性的で少しつんとする、どこか古めかしい香り。彼の思いがけず古風な一面が、ちょっとおかしかった。

トムは片手でカサンドラの髪を撫でつけた。「疲れただろう。休憩したほうがいい」

「お祭り騒ぎのエヴァースビー・プライオリーをあとにして、だいぶよくなったわ」安らかな静けさに包まれ、緊張がほぐれていく。カサンドラを抱いているのは、せっかちな少年ではなく、彼女を大切に扱ってくれる経験豊かな男性だ。鼓動と鼓動の合間に、期待感がふくらんでいく。「着替えを手伝ってもらえる？」思いきって言った。

トムは長いことためらったあと、窓へと向かいカーテンを引いた。カサンドラは不意にみぞおちが軽くなった。道路のくぼみで馬車がはずんだときみたいだ。彼女は金髪をまとめて片方の肩にかけ、彼に背中を見せた。ドレスの後ろ側はサテンのリボンが編みあげられていて、そのリボンが腰のところで結ばれている。その下の隠しボタンの外し方を教えようかとも思ったが、彼なら自分で解き明かすのを楽しむだろう。

トムがリボンをそっと引っ張る。「礼拝堂に入ってきたきみは女王のようだった。息が止まるかと思ったよ」リボンをほどくと、彼女の背筋に沿って手を滑らせ、小さな隠しボタンが並んでいるのを探り当てた。ボタンを隠している生地にホックがあるのを見つけ、侍女よりも器用に外す。ボタンがひとつ外れるごとにサテンのボディスはゆるみ、スカート部分の重みで下へとずりさがっていく。

カサンドラは袖から腕を引き抜き、重いドレスを床へ落とした。輝く白いドレスをまたいでクローゼットにしまう。振り返ると、トムが食い入るように見つめていた。シュミーズの胸元のフリルから、淡い青の靴まで、つぶさに。

「迷信にあるでしょう」靴を凝視する彼に、カサンドラは言った。「何か古いもの、新しいもの、借りたもの、青いものを身につけると、花嫁は幸せになれると」

トムは彼女の体をすくいあげてベッドに座らせた。それからかがみ込んで靴をよく調べる。金糸と銀糸で刺繡が施され、小粒のクリスタルがちりばめられている。「きれいだ」彼は片方ずつ靴を脱がせた。

カサンドラはストッキングに包まれた爪先を曲げたり伸ばしたりした。長く忙しい一日を過ごしたせいで少し痛い。「靴を脱ぐことができてうれしいわ」

「ぼくもうれしいよ」トムが言った。「たぶんきみとは別の理由だが」彼女の背中へ手を回してコルセットをゆるめてから、そっと横たわらせ、前身頃の張り骨の留め具を外す。「バラの香りがする」トムはかぐわしい香りを吸い込んだ。

「今朝ヘレンお姉さまから香油の瓶をもらったのよ」カサンドラは言った。「七種類のバラの精油が入っているんですって。それを湯船に垂らしたの」トムが顔を寄せ、しわになったリネンのシュミーズ越しに彼女の腹部にキスをした。さざ波のような震えがカサンドラの体に走った。

「七はぼくの好きな数字だ」

「理由は？」

トムは彼女の腹部に鼻をそっとすり寄せた。「虹は七色、一週間は七日、それに……」誘惑するように声を低める。「七は、三個の平方数の和で表すことのできない最も小さな自然数だ」

「数学ね」カサンドラは息をのんで笑った。「なんて刺激的なの」

トムは微笑んで体を起こした。立ちあがって上着とベストを脱ぎ、ネクタイをほどくと、カサンドラの足の片方を揉みはじめる。感じやすい土踏まずを親指でぐっと押されると、意外にも心地よくて彼女は身をよじった。

「ううーん」カサンドラはマットレスに体を沈み込ませた。トムはツボを的確に見つけては、足の裏をやさしく揉みほぐしていく。シルクのストッキング越しに足の指を一本ずつ指圧され、心地よさに体が溶けていくようだ。こんなにも気持ちいいなんて。体じゅうのさまざまな場所がじんじんする。「足のマッサージなんて生まれて初めてよ。あなたはすごく上手なのね。まだやめないで。やめないんでしょう?」

「やめないよ」

「反対の足もやるの?」

トムは静かに笑った。「ああ」

特に敏感な場所を探し当てられ、カサンドラは喉から声を漏らして、体をくねらせた。両腕を頭上まで伸ばし、ふと目を開けてトムの視線をたどると、ドロワーズの合わせ目が大きく開いているのに気づいた。あっと声をあげ、金色の巻き毛をあわてて手で隠す。

トムの目は妖しく輝いた。「隠さないでくれ」そっと言う。

カサンドラはぎょっとした。「こんな……こんなところをあなたに見せたままにするの?」

トムの目尻のかすかなしわが楽しげに深まる。「見せてくれれば、反対の足もマッサージするよ」

「さっき言ったじゃない、反対の足もしてくれるって」

「それなら、マッサージをするご褒美に」トムが身をかがめた。カサンドラは足の親指の先に彼の口が触れるのを感じた。熱い吐息がシルクのストッキングを通過する。「見せてくれ。美しい眺めだ」

「少しも美しくなんてないわ」恥ずかしくてたまらず、カサンドラは抗議した。

「この世で最も美しい眺めだよ」

このときのカサンドラ以上に顔を赤く染めることは文字どおり不可能だろう。ためらう彼女をよそに、トムは足を揉みつづけた。徐々に圧力を上げながら、親指で土踏まずを押していく。彼女の足の裏から背骨のてっぺんまで、ぞくぞくとしたしびれが走った。

カサンドラは目をつぶり、昨日パンドラからもらった助言を思い返した。

〝気位はさっさと捨てることよ。初めてのときは、とても気まずい思いをするわ。男性は触れ合わせていいとは思えない体の場所同士を触れ合わせようとするの。そんなときは自分に言い聞かせなさい、寝室での出来事はふたりだけの秘密だと。愛の行為に恥ずべきところはないわ。体や思考や言葉のやりとりはやがて消え去り、いつの間にか感覚だけになるの……それはそれは美しい体験よ〟

物思いに沈んでいるうちに汽車は発車し、徐々に速度を上げていた。車体ががたがた揺れることはない。車輪がレールに沿って回転しているのではなく、浮いているかのようになめらかな走りだ。子どもの頃に住んでいた屋敷が、家族が、親しんできたものすべてが、遠ざかっていく。ここには紫檀のベッドと、まだ行ったことのない場所へとカサンドラを運んでいく列車があるだけだ。そして黒っぽい髪の夫がいるだけ。この瞬間と今夜起きることは、ふたりだけの秘密になる。

カサンドラは唇を噛み、気位を投げ捨ててドロワーズの合わせ目から手をどけた。

トムは足のマッサージを続けている。指の付け根を小さな円を描くように押していた。しばらくすると反対の足へ移り、カサンドラは満足げな声をあげて全身の力を抜いた。

降りしきる雨越しに採光窓から入ってくる陽光はいまやすっかり陰り、淡い銀色、それに暗い虹色のまだら模様を投げかけていた。弱々しい色と影がトムのシャツの上で躍るのを、カサンドラは重いまぶた越しに眺めた。やがて彼の長く巧みな指は膝へと這いあがり、ドロワーズの裾の中へ潜った。白いレースのガーターをほどき、ストッキングをくるくる丸めて脱がせて床に落とす。トムはカサンドラに見せつけるよう、自分もゆっくりとシャツを脱いで放った。

細身の剣（レイピア）にも似た、研ぎ澄まされ、すらりとした肢体は美しく、あらゆる部分にたくましい筋肉がついている。胸板をうっすらと覆う毛は、せばまりながら下腹部へとおりていた。カサンドラはベッドの上で体を起こし、黒い胸毛に手を伸ばした。指先が触れただけで、飛び立つハチドリのようにさっと手を引っ込める。

トムはベッド脇に立ったまま、彼女を胸に抱き寄せた。

剥きだしの肌と引きしまった体に包み込まれ、カサンドラは身を震わせた。「ふたりがこうなるなんて、想像したことがあった?」驚きのにじむ声で問いかける。

「ダーリン……出会って一〇秒でぼくはこうなるさまを思い描いていた。それ以後その想像が頭を離れることはなかった」

カサンドラははにかんだ笑みを浮かべ、彼の肩にさっとキスをした。「あなたをがっかりさせたくないわ」

トムは彼女の頬と顎を手のひらに包み、やさしく顔を上げさせた。「心配することは何もない、カサンドラ。きみは楽にしていればいいんだ」紅潮してほてった顔を引き寄せ、喉の乱れた脈を指先でそっと撫でる。彼の浮かべた官能的な微笑を目にして、カサンドラは頭の中が真っ白になった。「ゆっくりと時間をかけよう。きみを悦ばせるすべは心得ている。このベッドの上できみの心も体も満たすよ」

23

トムの頭がさがってきて唇がそっと押し当てられ、そのなまめかしい感触にカサンドラの全身を悦びが駆けめぐった。キスが終わるかと思うたび、彼は新たな角度を見つけ、より深く味わった。陽光を注ぎ込まれているみたいに、カサンドラは内と外から体が熱くなり、めまいを覚えて彼の首に両腕を回した。サテンのごとくなめらかな、短く切りそろえられた髪を手のひらで覆い、指を沈めた。

トムは急ぐことなくシュミーズの裾へ手をさげ、生地をつかんで持ちあげた。カサンドラは両腕を上げてシュミーズを脱がせてもらった。胸が冷気にさらされてひんやりとし、はっと息をのむ。トムは彼女をベッドに横たわらせ、その体を片手でやさしく撫でおろしたあと、自分のズボンへ手をかけた。生まれて初めて男性の裸体を目にし、カサンドラの心臓は激しく高鳴った。健康美にあふれた肉体、猛々(たけだけ)しい下腹部。直立に近い角度で屹立(きつりつ)するそれから、彼女は目を離せなくなった。

カサンドラの顔つきを見て、トムは微笑を漏らした。彼が裸でもすっかりくつろいでいるのに対して、彼女は真っ赤な恥じらいの塊のようだった。トムは獲物を見つけた猫のようにベッドに手をついてのぼってきた。カサンドラのかたわらに身を横たえ、彼女の脚のあいだに自分の脚を差し入れる。

こういうときはどこへ手をやるのだろう。カサンドラの片方の手のひらは彼のかたい腹部に当たっていて、指先は脇腹に触れている。

トムはその手を軽く握ると、自分の高ぶりへと導いた。「さわってごらん」励ますその声はさっきよりもかすれている。

カサンドラはおずおずと自分から手を伸ばした。かたくてなめらかなそれは、張りつめているのに脈打っている。先端を撫でると濡れていて、彼女はびっくりして目をしばたたいた。トムは苦しげに息を吸い込んで説明した。「それは……きみを抱く準備ができたしるしだ」

「もう？」カサンドラは顔を赤らめて言った。

笑いをこらえているらしく、トムの唇がきつく引き結ばれる。「一般的に男性のほうが女性よりすぐに準備ができる」彼女の髪をゆるゆると指で梳く。「女性はもう少し準備がいるし、時間もかかる」

「ごめんなさい」

「謝ることなんてない。そこがいいところなんだから」

「わたし、もう準備はできていると思うわ」カサンドラは思いきって言ってみた。

トムは我慢しきれずに破顔した。「いいや、まだだよ」ドロワーズをヒップから脚へと引きおろす。

「なぜわかるの？」

トムの指先が腹部をくるくるかすめ、金色の巻き毛が三角形を描く場所へ向かう。カサンドラの心臓は止まりそうだった。目を大きく見開く彼女に、トムは微笑みかけた。「準備ができたらここが濡れる」彼がささやく。「準備ができたらきみは体を震わせ、ぼくに懇願する」

「懇願なんてしないわ」カサンドラは言い返した。

トムが頭をさげると、彼女は乳房の敏感な肌に蒸気のような吐息がかかるのを感じた。彼はつんと立っている胸の先端を唇でとらえ、なめらかな舌で転がしてから、そっと歯にはさんだ。

「仮にするとしても……」カサンドラは彼の下で身をよじった。「ほんのちょっとそうするだけで……お願い程度よ……」

「懇願する必要はない」トムはふたつの乳房を引き寄せ、深い谷間にキスをした。「そうなると言っただけで、そうしろとは言っていない」

トムの口はゆっくりと、彼女の体を下へたどっていった。唇でかすめ、歯でそっと引っ張り、舌を這わせ、甘い拷問を加えていく。

列車はカタンカタンとなめらかな音をたて、残照を目指して黄昏を走り抜けていた。薄暮の中で見る夫はまるで幻影だ。カサンドラに覆いかぶさって動く、たくましい体つきの影法師。トムは彼女の太腿を押し開き、自分の体を割り込ませた。腹部に熱い吐息を感じ、カサンドラの全身が粟立った。トムの舌がおへその敏感な縁に触れ、ぐるりと周囲をたどる。体の内側で欲望が募り、彼女は自然と膝を持ちあげていた。おへその中をなめられて、あっと声をあげる。熱くてなめらかな舌が円を描いたかと思うと、奥まで進入してくる。カサンドラはたまらず体をくねらせた。

トムの声が愉快そうにくぐもる。「動かないで」

けれども、ふたたび舌で突かれると、くすぐったさにカサンドラは身をよじった。トムに足首をつかまれた。温かな足枷に拘束され、体の芯がぴくりと脈打つ。驚いたことに、彼の口はさらに下へと向かい、柔らかな肌と巻き毛の境目をたどっている……パンドラが言っていたのはこのことなの？　触れ合わせていいとは思えない体の場所同士を触れ合わせる、というのは。彼は口と鼻でカサンドラの巻き毛の中へ分け入り、秘めやかなにおいを吸い込んでいる。

「トム……」カサンドラは泣きそうな声で言った。

「うん？」

「あの……そんなこと……そんなことしてもいいの？」

彼の返事はよく聞こえなかったが、あくまでも肯定なのはわかった。

「確認したかっただけなの……その……何をするのかは知っているわ、でも……」濡れた舌で下から上へとひだを割られるのを感じ、カサンドラは体を硬直させた。「こんなことは誰も言ってなかったから……」

ふだんの注意力はどこへ行ったのか、トムの耳にはまったく入っていないらしい。彼はカサンドラの太腿のあいだにある柔らかな場所だけに意識を向け、その舌は落ち着く場所を決められないかのように、重なり合ったひだとつぼみのあいだをせわしなく動いている。ぷっくりとした外側のひだを甘噛みし、そっと引っ張る。

甘美な悦びが次々に弾け、カサンドラは息をしようともがいて、トムの頭を手のひらで押さえつけた。濡れた舌がくすぐるように彼女の体の入り口を発見する。髭を剃った頬にざらりとかすめられた敏感な肌を、舌でなだめられ、カサンドラは喉の奥で狂おしげな声をたてた。トムは彼女に自制心を失わせようと、誘惑で自分を見失わせようとしている。しなやかな舌がカサンドラの中へ滑り込んできた。想像を絶している。抵抗できない。抜き差しされるたび、甘い戦慄が背筋を駆けあがる。侵入してくる彼をつかまえようとするかのように、体が勝手に締めつけ、それを何度も何度も繰り返す。

トムはゆっくりと執拗に快感を高めていった。カサンドラは悦びの波にのまれ、いつしか体を震わせていた。なすすべもなく腰を上げ、うずく場所を彼の口へ差しだす。トムは彼女を待たせた。舌を躍らせて容赦なく彼女をさいなむのに、愛撫を求めてうずく小さなつぼみには決して触れようとしない。カサンドラはしとどに濡れていた……自分が濡れているだけなのか、それとも彼の舌が濡れているせいなのか？

肌に汗が浮かび、カサンドラの呼吸は途切れ途切れの悲鳴となった。トムの指が入ってくる……一本、いいえ二本……。あまりにきつくて逃げようとしたが、体が脈打って緊張がほぐれるたびに、彼はさらに奥へと指を進めた。痛い。入り口を指で押し開かれている。そのとき、彼の口がかたいつぼみを包み込み、舌がそっとすばやく這わされた。そのあとは歓喜しか感じなかった。カサンドラは全身をこわばらせて息を切らし、熱くうずく腰を突きあげた。甘美な侵入を繰り返す指を体が締めつける。侵入されるたびに、前よりもきつく。

不意に体が解き放たれ、悦びの波が流れ込んできた。全身がわななき、やがて力が抜けて静けさが訪れた。トムが指を引き抜くと、脈打つ体が空っぽになった気がした。言葉にならない声をあげて手を伸ばすカサンドラをトムは抱きしめた。どんなに彼女が美しいか、どんなに彼を満足させてくれるかをささやく。トムがどれほど彼女を求めているかを伝えてくる。彼の胸毛がカサンドラの胸の素肌をこすった。ちくちくして、くすぐったい。

「そのまま力を抜いていてくれ」トムが彼女の太腿のあいだに入ってきた。「手回し脱水機にかけられたみたい」

「力を入れたくても無理よ」カサンドラは声を出すのもやっとだった。

トムのかすれた笑い声が彼女の耳をくすぐった。彼の手がカサンドラの秘部にそっと触れ、濡れてわななく場所を撫でる。「ぼくのかわいい妻……きみの夫を迎え入れる準備はできたかい？」

彼のやさしさにうっとりとして、カサンドラはうなずいた。

しかしトムはためらい、流れる彼女の金髪に顔をのせた。「きみを傷つけたくない。どんなときでもきみを傷つけるのはいやだ」

カサンドラは彼の背中へ手を回し、たくましい筋肉をさすった。「だから心配していないわ」

トムは頭を上げて彼女を見つめた。吐息がかすかに震えている。カサンドラは無防備な体の入り口にかたいものが当たるのを感じた。ゆっくりと少しずつ入ってくる。「力を抜いて」彼がささやく。「ぼくのために体を開いてくれ」

容赦ない痛みがカサンドラを徐々に押し広げていく。トムは彼女の太腿へ手をやってさらに広げさせ、ひだをめくった。それから腰をそっと揺すり、誰も侵入したことのない、きつく引きしまった場所へ進入する。カサンドラは痛みを感じつつも、彼が悦びを味わっている様子を、歓喜にこわばった顔つきを、いまばかりは警戒心をなくして熱にかすんだまなざしを、うれしく感じた。やがてトムは動くのをやめてじっとした。ふたりの体はもうほとんど結びついている。トムの唇がカサンドラの唇をとらえ、甘く奔放なキスを浴びせた。ぐったりしていた彼女の体がふたたび目覚め、新たな興奮に神経がちりちりする。

「あなたが入れるのはそこまで？」ふたりの唇が離れると、カサンドラはためらいがちに尋ねた。結びついている場所が内側から押し広げられる感覚に、顔をしかめる。

「きみの体がぼくを受けて入れてくれるのはこれが限界だ」トムは彼女の湿った額とこめかみに張りついている髪を指先で払いのけた。「いまはね」

体の中に侵入していたかたいものが引き抜かれると、カサンドラは思わずほっと小さなため息を漏らした。

トムは彼女を横向きにして、背中を向けさせた。言葉が出てこないかのようにゆっくりとしゃべる。「ぼくの美しいカサンドラ……こうやってみよう……そう。ぼくにもたれて」彼女の背中を胸に引き寄せ、引き出しにしまった二本のスプーンみたいに横向きに体を重ねる。カサンドラの脚が持ちあげられ、彼の脚の上にのせられる。トムは彼女の体の位置をずらした。両手で彼女を丹念に愛撫する。「幾夜も幾夜もきみを求めてきた……ああ、これは現実であってくれ。どうか夢ではないように」

こわばったものの先端が、カサンドラの太腿のあいだの柔らかな谷間に滑り込んできた。前後に動いてから、ひりひりする入り口にふたたびたどり着く。トムは少し進んでは動きを止めた。カサンドラの中にかたいものが入ってくる。トムは背中から彼女を抱きしめ、敏感な場所を指で巧みに探しだしては、肌に走るわななきを追った。ふたりの体が結び合っているところへ彼の手がたどり着く頃には、カサンドラはふたたび情熱にのまれていた。背中をそらし、腰を揺らす。トムは彼女の柔らかなひだとその内側の感じやすい箇所を余すところなく愛撫した。それでもまだ満たされない。カサンドラは小さくうめき、彼女を焦らして苦しめる指に体を押しつけ、繊細な愛撫のひとつひとつをたどろうとした。

トムの乱れた呼吸が耳元で聞こえる。カサンドラはかたい重みを体の奥深くに感じた。身をよじって押しつけているうちに、いつの間にか彼を完全に迎え入れていたのだ。トムの指は彼女の求めるリズムをなぜか完璧に把握していて、熟れたつぼみを狂おしいほど巧みにまさぐった。カサンドラはのぼりつめ、強烈な快感に恍惚(こうこつ)とした。体が痙攣(けいれん)して彼を締めつける。トムは息を詰め、そのあと喉の奥で低くうめいた。解き放たれたものの熱が彼女の中に広がる。

ふたりはゆっくりと体から力を抜いた。どちらも悦びの余韻に震えている。

カサンドラはため息をつき、しびれた脚を彼に撫でられて満足げに認めた。「わたし、最後は懇願していたわね」

トムは彼女のほてった首に唇を押し当て、そっと笑った。「いいや、愛しい人、懇願していたのはぼくのほうだ」

客車の採光窓から光が差し、寝室を覆う影をゆっくり溶かしていく。隣にカサンドラが眠っているのを発見し、トムは軽い驚きを覚えた。ぼくの妻。心の中でつぶやきながら、片肘をついて体を起こした。なんと快く、興味深い状況だろう。気がつくと間抜けのように顔をゆるませ、彼女を見おろしていた。

眠れる森の妖精のように、妻は美しくてはかなげだ。奔放に乱れて広がる金色の巻き毛は、神話を題材にした名画を思わせる。カサンドラは夜のあいだに寝間着を着たらしいが、まったく気づかなかった。いつもならわずかな音でも目を覚ますのに。だが、熟睡したのは自然なことだ。結婚式で目まぐるしい一日を送ったあと、かつて経験したことのない、われを忘れるほどの歓喜の夜を過ごしたのだから。

女性が何を悦び、何に興奮するのか。その女性の何が人とは違うのか。それらを探りだすのはやりがいがあり、いつでも楽しんできた。好きでもない女性と関係を持ったことはないし、相手を満足させることには情熱を注いできた。しかし、女性と打ち解けるにしても、これまでは常に限界があった。完全に気を許すことはできなかったのだ。結果として、苦々しい別れを迎えることも少なくなかった。

だがゆうべは、寝室に足を踏み入れもしないうちに、自分から鎧を捨て去っていた。意図的にそうしたのではなく……気づくとそうなっていた。裸体をさらすことにはなんの抵抗もないが、カサンドラとの愛の交歓により、感情までもがあわや裸にされかけ、少なからぬ恐怖を覚えた。と同時に、想像を絶する悦びをも味わった。あんな体験は初めてだ。すべての感覚が拡大化し、合わせ鏡に映る姿が無限に続くみたいに、快感が果てしなく反復したのは。

結ばれたあとは湯で濡らしたタオルでカサンドラの太腿をぬぐってやり、水を飲ませて休ませた。その隣に自分も身を横たえると、トムの頭はいつもの習慣でその日の出来事を整理しだした。驚いたことに、彼女が少しずつ身を寄せてくるのを感じた。いつの間にかぴったりくっついている。「寒いのかい？」トムは心配になって尋ねた。

「いいえ」カサンドラは眠たげに答え、彼の肩に頭をのせた。「あなたに寄り添っているだけ」

寄り添う行為は、日常トムが寝室でやるべきことのリストには入っていない。体への接触は次の行為への過程であり、それ自体が目的であることはなかったのだ。短い間のあと、彼は空いている手でカサンドラの頭をぎこちなくぽんぽんと叩いた。肩の上で、彼女が頬をゆるめたのを感じる。

「寄り添い方を知らないのね」

「ああ。目的がわからない」

「目的なんてないわ」カサンドラはあくびをした。「ただそうしたいだけ」さらに体をすり寄せてほっそりした脚を彼の脚に絡めると、ことんと眠りに落ちてしまった。

トムは身じろぎもしなかった。肩には妻の頭の重みがある。もしも彼女を失ったらと、その喪失の大きさに初めて気がついた。カサンドラと結ばれて、このうえなく幸せだ。はなから覚悟はしていたものの、これで彼女という最大の弱点ができてしまった。

いま、妻は朝日を浴びて眠っている。寝間着のレースに縁取られた長い袖から、ほっそりした手へと、トムは魅せられたように視線を這わせた。白い半月のある爪は、きれいにやすりをかけられ、表面は磨かれて鏡のようにつややかだ。彼はその爪に触れずにいられなかった。

カサンドラがもぞもぞと動いて伸びをした。寝起きで頬は赤らみ、深い青の瞳はぼんやりしている。彼女はまばたきをして、見慣れない寝室を見回してから、小さく微笑んだ。「おはよう」

トムは身を乗りだすと、唇で彼女の唇をかすめ、胸のふくらみに頭をのせた。「奇跡は信じないと前に言ったね。撤回するよ。きみの体は間違いなく奇跡だ」寝間着の繊細なタックと縁飾りをいじる。「なぜこれを着たんだい？」

カサンドラは彼の下で体を伸ばしてあくびをした。「裸では眠れなくて」

なんと愛らしい、上品な口調だろう。「どうして?」

「さらされている気がするわ」

「きみはいつでもさらされているべきだ。服で隠すには美しすぎる」トムはそのことについてもっと語りたいところだったが、彼女のお腹がぐうと鳴った。

カサンドラは顔を真っ赤にした。「ゆうべ夕食を食べ損ねたから、お腹がぺこぺこなの」

トムは微笑んで体を起こした。「この列車の料理人は二〇〇種類以上もの卵料理を作れるんだ」彼女の浮かべた表情を見て、にんまりする。「あとはぼくに任せて、きみはベッドで休んでいてくれ」

トムが予期したとおり、ウィンターボーンによる旅の手はずは非の打ちどころがなかった。列車での朝食後、トムとカサンドラはウェイマス港へと運ばれ、そこで二五〇フィートの自家用蒸気ヨットに乗り込んだ。そこでは船長みずから、船主用のガラス張りの展望室つき特別室を案内してくれた。

目的地のジャージーは、チャンネル諸島南端にある最大の島だ。フランスの沿岸からほんの二十数キロメートルの緑豊かな代官管轄区であり、農業と息をのむほどの絶景で有名だが、何より知られているのは、濃厚な味わいの牛乳を産出するジャージー牛だ。

ウィンターボーンから新婚旅行地を聞いたとき、トムはいささか懐疑的だった。「主に牛で知られている場所だろう？」

「自分たちがどこにいるかなんて気づきもしないさ」ウィンターボーンは簡潔に指摘した。「ベッドから出ることはほとんどないだろうから」

もっと詳しく教えるようトムにせっつかれたウィンターボーンは、宿泊先の〈ラ・シレーヌ〉が考えうるかぎりの現代設備を完備した、快適な海辺のホテルであることを明かした。外からは見えない庭園と部屋ごとに分かれているバルコニーは、宿泊客のプライバシーを確保するようデザインされている。パリ出身の非凡な料理人は、島の新鮮な食材をたっぷり使った絶品料理ですでにその名を馳せていた。

チャンネル諸島の潮流と暗礁を熟知しているヨットの船長と乗員の腕のおかげで、ヨットはたいして揺れることなく海峡を渡った。五時間もかからずに到着し、まずは岩がごつごつとした高い岬へ接近してから島の南西を回り込む。真っ白な砂浜に縁取られたセントオーバン湾が近づくと、景色はいっそう緑豊かになった。ガーデンテラスが段々に連なるその奥に〈ラ・シレーヌ〉は悠然とたたずんでいた。

埠頭で下船したトムとカサンドラは、港長から丁重に歓迎された。港長に同行していた若い海上保安官は、カサンドラに紹介されるやすっかりのぼせてしまい、島の天気や歴史、彼女の注意を引けることならとにかくなんでもとばかりに、滔々としゃべりだした。

「舌を休ませてはどうだ」港長はやれやれとおもしろがって諭した。「気の毒なご婦人がお疲れになってしまうぞ」

「申し訳ありませんでした、港長」

「あそこの屋根があるところへレディ・カサンドラをお連れしてくれ。そのあいだミスター・セヴェリンにおろした荷物がそろっているか確認してもらおう」

トムは人の多い埠頭へ目をやり、顔をしかめた。

白髪の港長はトムの懸念を読み取った。「すぐそこですよ、ミスター・セヴェリン。奥さまも、荷物がおろされ、港湾労働者が走り回る中に立っているより、あちらにいるほうが快適でしょう」

カサンドラは大丈夫というようにトムにうなずきかけた。「あちらで待っているわ」若い海上保安官の腕を取る。

港長は笑顔でふたりを見送った。「彼のおしゃべりをお許しいただきたい、ミスター・セヴェリン。奥さまのようにお美しい方は、男に自分を忘れさせるものです」

「ぼくも慣れる必要がありそうだ」トムはあきらめ顔で言った。「彼女が人前に出るたびに何か起きる」

年配の港長は遠い目をして微笑した。「昔、わたしは妻を娶る年になると、村のとある娘に心を定めました。美人だが、ジャガイモひとつ茹でることのできない娘で、それでもわたしは彼女に惚れ込んでいた。〝美人の嫁は厄介ごとの種だ〟と父には警告されました。でも、超然として言い返したんですよ、〝そうだとしても彼女の美貌は天の賜物だ〟とね」

ふたりの男は小さく笑った。

「その女性とは結ばれたんですか？」トムは尋ねた。

「ええ」港長はにっと笑った。「この三〇年、彼女の美しい笑みはわたしのものです。黒焦げの肉やかちかちのジャガイモぐらい、どうってことありません」

船の寝台の下におさまる薄い旅行鞄いくつかと残りの荷物の確認がすみ、ホテルからの迎えの馬車に運び込まれた。トムはカサンドラを探して屋根のあるほうへ視線を転じて唖然とした。港湾労働者や運搬人、馬車の御者が、妻のまわりに群がっているではないか。労働者のひとりが彼女を冷やかした。「こっち見て笑ってくれよ、べっぴんさん！　ちょっとでいいからよ！　名前はなんてえんだ？」

無視しようとするカサンドラの横で、海上保安官は彼女をかばおうともせずに突っ立っている。

「まあ、まあ、ミスター・セヴェリン――」港長がとりなそうとしたが、トムはカサンドラのほうへずんずん進んでいった。

妻の前に立って彼女の姿を隠し、背筋も凍る目つきで労働者をにらみつける。「妻は笑う気分ではない。ぼくに何か言いたいことがあるか？」

やじが静まり、労働者はトムとにらみ合って彼を品定めし……引きさがることにした。

「あんたは世界一運のいい野郎ってことだけさ」ふてぶてしく言い返す。男たちはげらげら笑って散りだした。

「ほら、もう行くんだ」港長は彼らにうながした。「仕事へ戻る時間だろう」

トムはカサンドラに向き直った。よかった。怯えている様子はない。「大丈夫かい？」

彼女はすぐにうなずいた。「何もされていないわ」

海上保安官は気まずそうにしている。「無視していればそのうち飽きると思ったんですが」

「無視するのは逆効果だ」トムはぴしゃりと言った。「許可を与えるも同然だろう。次は相手のリーダー格を一喝してやることだ」

「相手はぼくの二倍の大きさでしたよ」

トムはいらいらと海上保安官を見据えた。「男なら気骨を持て。いやがらせをされている女性の前ならなおのことだ」

若い海上保安官はむっとした顔になった。「失礼ですが、あいつらは危険な荒くれ者です。あなたは社会のああいう側面をご存じでない」

相手が歩み去ると、トムは困惑してかぶりを振った。「彼はいったい何が言いたかったんだ？」

カサンドラは手袋をした手で夫の上着の襟を撫で、笑いをたたえた目で見あげた。「そうね、あなたは紳士であることを非難されたのよ」

24

「遅くまで寝ていることはないんだと思っていたわ」翌朝カサンドラはベッドでもぞもぞ動く夫を眺めて言った。プライベートバルコニーへと続く両開きのガラスドアの前に立ち、ひんやりとする朝の風に少し身を震わせる。

トムは大きな猫のごとくゆるゆると伸びをし、顔をこすって起きあがった。目覚めたばかりで声がかすれている。「ゆうべは妻が寝かせてくれなかったんだ」

重たげなまぶたにくしゃくしゃの髪。なんてすてきなのだろう。「わたしのせいではないわ。すぐに眠るつもりだったんですもの」

「真っ赤な寝間着を着てベッドに入るきみが悪い」

カサンドラは笑みを噛み殺し、セントオーバン湾の景観に向き直った。真っ白な長い砂浜、どこまでも青い海。湾の端には小島があり、チューダー朝時代に築かれた城が残っている。コンシェルジエの話では、潮が引いたら歩いていけるそうだ。

ゆうべは、ヘレンから新婚旅行の贈り物としてもらったなまめかしい寝間着を思いきって身につけた。本当のところ、寝間着と呼べるような代物ではなく、ああも布面積が少なくては、シュミーズとすら言えない。ザクロ色のシルクと紗で作られたそれは、前の合わせ目をリボンで結び合わせる官能的なデザインだ。フランス語でネグリジェ……夫が気に入ることは請け合いよ、とヘレンは言っていた。

薄いシルクだけをまとい、顔を赤らめている妻をひと目見るや、トムは読んでいた小説を放り投げて飛びついてきた。透ける紗越しに妻の肌をなめ、長い時間をかけて愛撫する。口と手で体の敏感な箇所を調べ、一ミリ単位で探索した。

トムはやさしく、それでいて容赦なく焦らして、彼女の欲求を募らせた。カサンドラはしまいには、ネジを巻きすぎた懐中時計のような気分になった。しかしトムは彼女を抱こうとはしなかった。痛みがあるだろうから、明日まで待とうとささやいて。

カサンドラは不満の声を漏らして彼に体を押しつけ、届きそうで届かない官能の高みをつかもうとした。トムはこらえ性のない妻をそっと笑い、ネグリジェの小さなリボンを歯でほどくと、太腿のあいだに舌を滑り込ませた。すでに過敏になっている神経が爆ぜ、体の奥底が狂おしく決壊するまで、彼の繊細な愛撫は続いた。そのあとは羽毛のごとき軽い手つきで長いことカサンドラをなだめ、彼女を覆う闇そのものが動いているかに思えるまで、太腿のあいだにそっと手を滑らせ、胸の先端をかすめた。

いま、こうして朝日が降りそそぐ中、トムとふたりだけで分かち合った奔放な悦びを思い返すと、気恥ずかしい。カサンドラはベルベットのガウンの紐を整え、彼とは目を合わさずに陽気な声で提案した。「ベルを鳴らして朝食を持ってきてもらいましょうか？　そのあと島の探検に出かけましょう」

トムは自然にふるまおうとしている妻に頬をゆるめた。「ああ、そうしよう」

幅広のガラス窓の前にあるテーブルに、簡素だけれどきちんとした朝食が並べられた。ポーチドエッグ、半分にして焼いたグレープフルーツ、ベーコンの薄切り。楕円形の小さなパンは、中央に切れ目を入れてくるりとねじり、きつね色に揚げてある。

「これは何かしら？」カサンドラはウエイターに訊いてみた。

「ジャージーワンダーです、奥さま。島で昔から作られています」

料理を並べ終えてウエイターがさがると、カサンドラはひとつつまんでみた。外側はかりかりで中はもっちりとし、風味づけにショウガとナツメグが入っている。「うーん、おいしい」

トムが笑った。カサンドラをテーブルにつかせると、かがみ込んで彼女のこめかみにキスをする。「靴みたいな形のパンか。きみにぴったりだ」

「食べてみて」カサンドラは彼の口へとパンを持ちあげた。

トムは首を横に振った。「甘いものは好きじゃない」

「ひと口だけ」

トムは折れ、少しだけかじった。期待に満ちた彼女の目を見て、すまなそうに言う。「皿洗い用のスポンジを揚げたみたいだ」

「もうっ」カサンドラは笑った。「甘いもので好きなものはないの？」

トムの顔は彼女の顔のすぐ上にあり、その目は笑っている。「きみだよ」彼はすばやくキスをした。

海岸沿いの散歩道を歩き、陽光とときおり吹きつける冷たい潮風を楽しんだ。そのあとは海辺を離れ、店舗とカフェがたくさんあるセント・ヘリアの街へ行った。カサンドラはいくつかお土産を購入した。島で採れるピンクと白の花崗岩で作られた小さな彫刻、レディ・バーウィックにはステッキ。これは伸びると二、三メートルにもなるジャージーキャベツの茎を乾燥させてニスを塗った、島の特産品だ。

買った品物を包装してもらっているあいだ――これらはあとでホテルまで配達してもらう――トムは棚とテーブルに陳列してある商品を眺めた。水夫がオールを手にして乗っている、木製のおもちゃのボートをカウンターへ持っていく。「これは湯船に浮かべてもひっくり返らないのかな?」

「もちろん大丈夫です」店主はにっこりした。「島の玩具職人が、中に重しを入れていますからね。ジャージーのボートはひっくり返りはしません!」

トムはこれも一緒に包んでくれと店主に渡した。

店を出たあと、カサンドラは尋ねた。「あれはバズルへのお土産?」

「たぶん、そうだな」

カサンドラは笑みを浮かべ、隣のショーウィンドウの前で足を止めた。さまざまな香水とオーデコロンが並んでいる。彼女は金細工の瓶に興味があるふりをしてみせた。「新しい香水もいいわね。ジャスミンやスズランはどう？」

「だめだ」トムは極秘事項を伝えるかのように、彼女の背後から耳元でひそひそと言った。「きみの肌につけたバラの香りほど、かぐわしいものはこの世にない」

窓ガラスにはふたりの影が重なって映っている。カサンドラは体を後ろへ引き、彼の引きしまった胸板に寄りかかった。そのまま立ちつくしてともに息をする。陶然とするひとときが流れ、やがて一緒に歩きだした。

ロイヤルスクエアから脇道に入って花崗岩で舗装された細い道を進み、石造りの美しい家の前で立ち止まった。「日付石（デート・ストーン）だわ」玄関扉の上のまぐさ石を見て、カサンドラは興奮した声をあげた。「ホテルの部屋にある旅行案内書に載っていたの」

「なんだい？」

「島の古い慣習なんですって。新婚夫婦はそれぞれのイニシャルと新居を建てた年を花崗岩に刻印し、玄関扉の上に掲げるの。ふたつのハートが結ばれているシンボルや、キリスト教の十字架などを組み合わせる場合もあるそうよ」

ふたりはまぐさ石をともに眺めた。

〝J・M・8G・R・P・〟

〝一七六〇〟

「どうしてイニシャルのあいだに数字の8が入っているのかしら?」

トムは肩をすくめた。「当人たちにとっては何か意味があったのだろう」

「子どもが八人いたとか?」

「家を建てたら、残りの財産が八シリングしかなかったとか」

カサンドラは笑い声をあげた。「毎朝、朝食にジャージーワンダーを八個食べていたのかも」

トムはまぐさ石へ近づくと、しばらく石細工を入念に眺めた。「花崗岩の模様をよく見てごらん。ベインカットで、脈模様が表面を水平に流れている。ところが中央にある数字の8のブロックは模様が垂直だ。しかもモルタルが新しい。修繕したときにこのブロックだけ間違えて縦になったんだ」

「ほんと、そうね」カサンドラも石を調べて言った。「でもそれだと、もともとは8の字を横にしていたことになって意味をなさないわ。あるいは数字ではなく……」はっと気づいて言葉を切る。「ひょっとすると、無限大の記号?」

「そうだね。だが一般的なものじゃない。特別な種類だ。ほら、片方の線は中央で交わっていないだろう? あれは数学者オイラーの無限大記号、アブソルトゥス・インフィニトゥスだ」

「一般的な記号と何が違うの?」

「一八世紀に、誰も解くことのできない数学の計算があった。理由は無限級数を扱っていたからだ。当然ながら無限数の問題は、数字が増えつづけるために、最終的な解が出ないことだ。だが、数学者レオンハルト・オイラーは無限数を有限数として扱う方法を見つけた。これによりそれまでにない数学的な解析が可能になったんだ」トムはデート・ストーンのほうへ頭を傾けた。「この記号を刻印した人物は数学者か科学者じゃないかな」

「わたしならハートのシンボルにするわね」カサンドラはそっけなく言った。「少なくとも、意味がわかるもの」

「いいや、ハートよりこっちのほうがずっといい」トムは見たことがないほど熱心な顔つきで断言した。「オイラーの無限大記号で互いの名前を結びつけるということは……」言葉を切り、どうすればうまく説明できるか思案する。「ふたりは完全な単一体を形成し……一体であり……しかも無限性を内包しているという意味になる。ふたりの結婚は始まりと終わりであり、その一日一日が永遠に満ちているんだ。なんて美しい概念だ」沈黙し、きまり悪そうにつけ加える。「数学的にね」

感動と喜びと驚きに、カサンドラは言葉を失った。ただその場に立ちつくし、トムの手をきつく握りしめる。自分から夫の手を取ったのだろうか。それとも彼からだったのか。自身の感情以外の話なら、なんについてでも雄弁な男性だけれど、本人も気づかないうちに、いまみたいにちらりと心を見せてくれることがたまにある。

「キスして」カサンドラは聞き取れないほど小さな声で求めた。

トムは首をかしげて問いかけ——彼女の好きな仕草だ——人目につかない家の側面へとカサンドラを連れていった。オウバイの小さな金色の花がこぼれんばかりに咲いているあずまやで足を止める。彼が頭をさげ、唇と唇が重なった。もっと欲しい。カサンドラは舌先で彼の唇の合わせ目を探った。トムが唇を開くと、彼女のキスは熱を帯び、ついには舌を絡め合い、夫の腕にきつく抱かれていた。

ぴったりと寄り添い、トムの体の変化を肌の感覚ではなく、本能で理解する。求められているのだと思うと、興奮し、胸が高鳴った。全身の肌を触れ合わせたい。そして彼を自分の中へ迎え入れたい。

トムがキスを終えて、ゆっくりと頭をもたげた。熱に浮かされた目で彼女の瞳をのぞき込む。「次はどうする?」声がかすれていた。

「ホテルへ戻りましょう」カサンドラはささやいた。「無限の時間を少しだけ、あなたと分かち合いたいわ」

午後のホテルはひっそりと静まり返っていた。カサンドラは時間をかけてゆっくりとトムの服を脱がせていき、夫が彼女の服も脱がせようとすると、その手を押し戻した。彼を見たい。探索したい。こちらも裸になったら、気がそれてしまう。注文仕立ての服が一枚ずつ脱がされていくあいだ、トムはわずかに微笑をたたえ、なすがままになっていた。

ズボンのボタンを外し、カサンドラはほのかに顔を赤らめた。夫の下腹部は弾けんばかりに膨張し、先端がズボンのウエストバンドに引っかかっている。屹立したものの頂から布地を引っ張りあげ、慎重にズボンを引きおろした。なんて優雅な肉体だろう。たくましい筋肉、旋盤細工のように均整の取れた骨格。胸板の上半分から喉と顔の白い肌へ、うっすらと赤みがのぼっている。

カサンドラはトムの正面に立ち、力強い鎖骨の線を指でなぞって、胸板のかたい筋肉に手のひらを押し当てた。「あなたはわたしのものよ」小声で告げる。

「ああ」トムの声には愉快そうな響きがあった。

「あなたの何もかも」

「ああ」

カサンドラは指で彼の胸毛を下へとゆっくりたどり、小さな乳首を爪の先で軽くかすめた。トムの呼吸が荒く、深くなる。彼女は張りつめた高まりにたどり着くと、両手でそっと包み込んだ。重くて、太い。彼女を求めて脈打っている。

「これもわたしのものよ」

「ああ」愉快そうな響きはもうない。トムの声は苦しげにしわがれ、じっとこらえているせいで体はこわばっている。

カサンドラは儀式を執り行うかのように、男性の証（あかし）の下にさがっている冷たいものを手のひらで厳かにすくった。ふたつの球体をやさしく揉み、中の動きを感じ取る。指を上げ、岩のようにかたくなっているものを先端まで少しずつなぞった。柔らかな親指の腹で頂を探ると、トムが苦しげな音をたてたので、彼女ははっと見あげた。

赤みがトムの顔にまで広がっている。その目は陰り、かすんでいた。

彼の目を見つめたまま、カサンドラは硬直したものを両手に包み、その手を上下に動かした。

自分の髪からヘアピンが抜き取られるのを感じた。ゆるんだ髪にトムが指を差し入れて彼女の頭をつかみ、そっとさすりだす。カサンドラの全身の神経がざわめいた。幾重にも重なるドレスの下で脚のあいだがうずき、太腿をぎゅっと閉じ合わせる。衝動の導くままに彼の前で膝をつき、直立しているものを両手に握り直した。何をすればいいのかはよくわからない。けれども、彼のひそやかなキスが与えてくれた快感なら知っている。自分も同じものを与えたい。

「いい?」カサンドラがささやくと、トムは何かつぶやいた。意味はまるでわからないけれど、その響きは熱烈な同意のようだった。彼女は柔らかなふたつの重みをそっとなめてから、屹立しているものに舌を滑らせた。こんなになめらかな肌があるなんて。それに火鉢みたいに熱い。

彼女の髪の中で動いているトムの指が震える。カサンドラは彼のかたいこわばりの探索を続け、キスし、舌でなぞり、それから口に含んでみた。

「カサンドラ……だめだ、もう我慢できない……」トムは息を切らして彼女を立ちあがらせ、ドレスの背中をまさぐった。切迫しているせいで指がうまく動かず、無理に引っ張り、隠しボタンがいくつか飛んでいく。

「待って」カサンドラは震えながら笑い声をあげた。「落ち着いて。わたしがやるわ――」背中に手を回したものの、無理だった。このドレスは、侍女がいて時間のたっぷりある女性のためだけにデザインされている。そしてトムはとても待っている気分ではなかった。

トムはカサンドラを抱えあげると、ベッドの端に座らせ、ドレスの重なる生地を荒々しくめくりあげた。ドロワーズを引っ張って脱がせたあと、ストッキングも脱がせる。彼女の脚を押し広げて動かないよう押さえ、そのあいだに入り込む。カサンドラは太腿の柔らかな肌に彼の熱い吐息を感じ、身を震わせた。体の中心を舌でかすめられ、喉に詰まっていたため息が蜂蜜のように溶け落ちる。彼女は背中からゆっくりとベッドへ崩れた。トムが舌を動かすたびに、甘い快感の渦が腹部へと広がっていく。激しくうずく場所を舌で愛撫され、体の中で募る悦びが出口を探し求める。巻き毛に覆われた彼の胸板と腕の筋肉が、カサンドラの剝きだしの脚を押さえつけ、開いたままにした。

トムは彼女の上にのぼってくると、大きく開いた太腿のあいだに腰を滑り込ませた。「もう待てない」かすれた声で言う。

カサンドラは彼へと手を伸ばし、切なげな声を漏らした。ベッドのさらに上へと体をずらす。このなめらかで荒々しいものを、自分は切望していたのだ。濡れた肌を押し広げて、先端が入ってくる。彼女は興奮に体を震わせ、トムの裸身に手を滑らせた。彼女の上で、中で、深く結びつく彼のしなやかな力強さがいとおしい。トムのヒップが揺れ、やさしく回転し、彼女の内側のさまざまな箇所を刺激する。彼は自分の重みを利用して、長々と腰を沈めていた。そう、それでいい。気が遠くなるほどの快感。結びつくたびにさらなる緊張感と悦びが生まれ、やがては太腿のあいだの律動的な交わりだけしか存在しなくなった。カサンドラは背中をそらし、さらに脚を大きく広げて求め、トムはそれに応えた。

「激しすぎないかい？」トムがかすれた声で問いかけた。

「いいえ……このまま……このままで……」

「きみの中へ入り込むたび、きつく締めつけられる」

「もっと……お願い……」カサンドラは膝を折り曲げて足を上げた。彼がさらに深く腰を沈めると、すすり泣くような声が漏れた。

「痛いのかい？」トムにそう尋ねられたものの、カサンドラは返事ができなかった。太腿のあいだにいる彼を、ただきつく握りしめる。絶頂の波にのみ込まれて落ちていき、全身の感覚がさらわれてしまう。トムは動きを止めた。カサンドラの中で脈打つ彼の熱が快感を延々と長引かせ、わななきが体じゅうへ伝わる。

そのあとトムは彼女の服をすべて脱がせにかかった。ベッドにうつぶせに寝かせて、背中に並ぶ頑固なボタンを外していく。長い時間がかかったのは、ドレスの合わせ目や乱れたスカートの中へたびたび寄り道しては、口や指で愛撫したせいだ。どこか遠い眠りの世界から話しかけているような、彼の満足げな深い声が耳に心地よい。「カサンドラ、きみの体はどの部分も美しい。背中には金色の産毛がうっすらと生えていて、桃のようだ……。それにこの素晴らしいヒップ……丸くて、愛らしく……触れると弾力がある。きみはぼくをおかしくさせる。小さな爪先がきゅっと丸まるさまをご覧よ。のぼりつめそうになると、きみは爪先が丸まるんだ。ピンク色に染まって、きゅっとね……」

最後のボタンを外され、ドレスが無造作に床へ放られた。トムはカサンドラの全身にキスの雨を降らせ、責苦のようにゆっくりと愛を交わした。ベッドの上で彼女に手と膝をつかせ、後ろから結びつく。トムはたくましい体でカサンドラを背中から包み込むと、両手を前に回して胸の重みを手のひらに受け止めた。頂がかたく尖るまで、そっとつまんで愛撫する。そのあいだも、深々と貪欲に彼女を貫きつづける。

こんなふうに抱かれるのは野蛮な気がした。楽しんではいけないことのように。カサンドラの顔は熱くほてり、欲望に体の内側が締まった。トムの手が太腿のあいだの濡れた場所へとさがり、そっと揉みしだく。それと同時に、肩先に彼の唇が触れるのを感じ、歯が皮膚を甘噛みする。激しいわななきが彼女の体を貫く。トムはきつく締めつけられて、自分を解き放った。深く結びついたまま、彼女の体を押さえ込む。カサンドラは枕に顔をうずめて鋭い悲鳴を押し殺した。

やがてトムはふたりの体をベッドに横たえた。体はまだ結びついている。たくましい腕に包まれ、カサンドラは満足げにため息をついた。

トムの唇が耳の後ろの敏感な肌をかすめた。「これは寄り添っていることになるかい？」

「ええ。のみ込みが早いのね」カサンドラはそう言うと、満ち足りた気分で目を閉じた。

25

「ここが気に入らなければ別の屋敷へ移ろう」馬車がハイドパーク・スクエアに止まると、トムは言った。「新しく建ててもいい。それか、売りに出されているものを探そうか」

「わたしはこの屋敷を絶対に気に入ってみせると決めているの」カサンドラは言った。「使用人を全員引き連れての引っ越しなんて大変だもの」

「いまの内装では、きみの趣味に合わないんじゃないかな?」

「合っているかもしれないでしょう?」カサンドラはふと口をつぐんだ。「でも、房飾りがないのは寂しいわね」

トムは微笑し、馬車からおりる彼女に手を貸した。

ハイドパーク・スクエアは裕福な上流階級の面々が居を構える区域で、ベルグレイヴィアと肩を並べる高級住宅地になりつつあった。目に入るのは個人庭園に、クリーム色の化粧漆喰のテラス、煉瓦と石造りの広大な邸宅だ。

カサンドラは瀟洒(しょうしゃ)な屋敷の正面へ視線を向けた。大きな堂々たる構えで、美しい景観に面した出窓がある。馬車置き場と最新式の立派な厩が隣接し、母屋にはガラス張りの温室が併設されていた。

「寝室は一階に八部屋、二階に五部屋ある」円柱と装飾用煉瓦に縁取られた、幅の広い玄関広間へとカサンドラを案内しながらトムは言った。「屋敷を購入したあと、温水と冷水の出る浴室をいくつか増設した」

ステンドグラスの高い天井から明かりが差し込む、四角い玄関広間へ入る。そこでは一列に並んだ使用人たちが主人夫妻を歓迎した。カサンドラが姿を現すなり、ささやき声が飛び交い、若いメイドの中には小さな歓声をあげた者もいた。

「ぼくが帰宅するといつもこの歓迎ぶりでね」トムは楽しげに目を光らせて言った。黒いボンバジン生地に身を包んだ、貫禄(かんろく)たっぷりの小柄な家政婦が進みでてお辞儀をする。「お帰りなさいませ」

「レディ・カサンドラ、こちらはミセス・ダンクワース、わが家の実に有能な家政婦で――」トムが紹介を始めた。

「ようこそ、奥さま」家政婦は角張った顔を輝かせ、もう一度お辞儀をした。「奥さまをこの屋敷にお迎えできて、みんな大喜びしております、いえ、もう有頂天でございます！」

「ありがとう、ミセス・ダンクワース」カサンドラは心を込めて礼を言った。「ミスター・セヴェリンからとても優秀な方だと聞いているわ。素晴らしい働きぶりで、唯一無二の家政婦だと」

「やさしいお言葉をありがとうございます、奥さま」

トムは家政婦を眺めて眉を上げた。「微笑んでいるじゃないか、ミセス・ダンクワース。あなたにそんな表情ができるとは知らなかった」

「使用人たちをご紹介させていただいてもよろしいでしょうか」家政婦はカサンドラに向かって言った。「みんな喜びますので」

カサンドラは家政婦とともに使用人たちの列へと向かい、順に挨拶をした。二言三言交わしながら相手の名前を頭に入れていく。よかった。みんな好意的で、歓待してくれている。視界の隅で小さな影が使用人たちの列の後ろを走り抜け、離れて立っているトムにぶつかるのが見えた。

「あれは雑用係のバズルでございます」ミセス・ダンクワースは半ばあきれたように言った。「悪い子ではないものの、ご覧のように年端が行かないので、とにかく監督が必要なんです。使用人たちでできるかぎりの世話をしておりますが、こちらにも毎日の仕事があるものですから」

それ以上説明されなくてもおおかた察しがついたので、カサンドラは家政婦の目を見てうなずいた。「では、のちほどわたしとあなたとでバズルの状況を話し合いましょう」

家政婦は感謝と安堵の入りまじった目をカサンドラへ向けた。「ありがとうございます、奥さま。そうしていただけると助かります」

使用人全員への挨拶と、自分の侍女の紹介が終わり、カサンドラはトムのもとへ向かった。夫はかがんでバズルと話している。なんて仲がよさそうなのだろう。けれど、トムはバズルに対する愛情に気づいていないに違いない。幼い少年はトムに相手をしてもらえるのがうれしくてたまらないらしく、ひっきりなしにしゃべりつづけている。トムは島で買ったバズルへのお土産のひとつをポケットから取りだした。紐つきのボールをカップに受け止めるけん玉だ。

「これで頭をぶっ叩くの？」バズルはボールをいじって尋ねた。

トムがくすりと笑う。「いいや、これは武器じゃなくておもちゃだ。ボールをカップに受け止めて遊ぶんだよ」

バズルはボールを振りあげては受け止めようとするが、何度やってもうまくいかない。

「できないよ」

「ボールへの求心力が高すぎるからだ。その速度では重力が足りずに――」少年のぽかんとした顔を見て、トムは言葉を切った。「つまり、振りあげるときにもっと力を抜くんだ」お手本を見せようと、バズルの手に自分の手を重ねる。ふたりは一緒にボールを振りあげた。ゆっくりと弧を描いてボールは上昇の頂点に達し、つかのま宙で静止すると、見事カップの中へと落ちた。

バズルは喜んで小さく叫んだ。

カサンドラは近づいていき、ふたりのそばにかがみ込んだ。「こんにちは、バズル」にっこりとする。「わたしのことを覚えている？」

バズルはうなずいた。彼女の姿を見て、声が出ないらしい。

毎日の健康的な食事に、充分な休息、そして衛生的な環境のおかげで、この前会ったときから大変身を遂げている。ぽっきり折れそうだった四肢には肉がつき、頬はぽっちゃりと丸い。濃い茶色の瞳は澄んで輝き、きめ細かな肌は元気そうにつやつやしていた。白い歯は汚れひとつなく、髪は短く切られてさらさらしていた。いずれは美男子になる片鱗がうかがえる、顔立ちの整った男の子だ。

「ミスター・セヴェリンから聞いているかしら？　わたしもここに暮らすのよ」

バズルはうなずき、もじもじと言った。「だんなさまの奥さんになったんでしょう」

「ええ」

「おいら、この前歌ってくれたブタの歌が好きだよ」

カサンドラは笑い声をあげた。「あとでまた歌ってあげるわね。でもその前に、内緒の話があるの」手招きをされると、バズルは用心しながら近づいてきた。「新しい屋敷へ引っ越してきたばかりで、ちょっぴり不安なの」彼女はささやいた。「どこに何があるかわからなくて」

「ここはべらぼうに広いんだ」バズルは力を込めて言った。

「ええ、ほんとに。屋敷の中を案内してくれる？」

バズルがうなずき、その顔に笑みが広がった。

トムはカサンドラに手を貸して立ちあがらせた。彼女を見おろして、心持ち眉根を寄せる。

「ぼくが案内しよう。なんなら、ミセス・ダンクワースでもいい。九歳や一〇歳の子どもにきちんとした案内はできないぞ」

「あなたからはあとで案内してもらうわ」カサンドラは小声で言うと、爪先立ちになって夫の顎にキスをした。「いまは屋敷のことじゃなく、バズルのことを知ろうとしているの」

トムは面食らった顔をした。「知ることなんてあるのかい？」

カサンドラが差しだした手を、バズルは喜んで取り、屋敷の奥へ引っ張っていった。まずは地階だ。厨房で、食堂と直結している給仕用エレベーターを見せた。「ここに料理を入れるんだ」バズルは一見作りつけの棚に見える装置のドアを開けて説明した。「このロープを引っ張ると、上の部屋に上がっていく。でも、人は入れないんだって。足が疲れてても」肩をすくめる。「残念だよ」

次は冷蔵庫つきの食料貯蔵室を案内する。「夜には鍵がかかる」バズルは彼女に警告した。「だから、夕食は残さず食べなきゃいけないんだ、ビーツも。あとでお腹が減っても、なんにもないよ」そこで足を止め、こっそり教える。「でも、料理人がパンを入れる容器に夜食を用意しておいてくれるんだ。お腹が減ったら、分けてやるよ」

食器洗い場と使用人用の広間を訪れたあと、家政婦の部屋は大きく遠回りして避けた。どうやらミセス・ダンクワースはそこから飛びだしてきては、バズルに食器洗い場で手を洗わせるらしい。

ふたりはブーツ室にたどり着いた。棚、帽子をかけるフック、傘立て。テーブルには靴磨きの道具がのっている。部屋は革用ワックスと靴墨のにおいがした。天井そばの小さな開き窓から外光が差し込んでいる。「ここがおいらの部屋だ」バズルは誇らしげに言った。

「ここで何をするの？」

「毎晩靴やブーツの泥を落とすんだ。ぴかぴかに磨きあげてから、ベッドに入るんだよ」

「ベッドはどこにあるの？」

「ここだ」バズルはほがらかに答えると、壁のくぼみに作りつけられた木製の戸棚を開けた。中は箱型ベッドになっており、マットレスと寝具が敷かれている。

カサンドラはまばたきもせずに見つめた。「ブーツ室があなたの寝室なの？」ごくやさしい声で尋ねた。

「立派なベッドだろう」バズルはうれしそうにマットレスをぽんぽんと叩いた。「ベッドなんて、生まれて初めてだよ」

カサンドラはかがみ込むと、少年をゆっくり抱き寄せ、つややかな髪を撫でてやった。

「すぐに窮屈になるわ」頭の中ではさまざまな考えがあふれ返り、憤りが喉を締めつける。

「次はもっと大きなベッドを用意しましょうね。ちゃんとしたものを」

バズルはおずおずと彼女に頭をもたせかけ、幸せそうに深いため息をついた。「花のにおいがするんだな」

「いいや、ブーツ室で寝ているのは知らなかった」上階の寝室でカサンドラに問いつめられ、トムはいらだたしげに言い返した。新婚旅行の幸せな余韻はどこへやら、怒りに唇をかたく引き結んでつかつかとやってきた妻に驚き、トムは強い口調で反論した。「ミセス・ダンクワースからは、自室のすぐそばだと聞いていた。夜間に何かあればすぐに手を貸してやれるようにと」

「バズルが彼女に助けを求めるものですか。手を洗わされるだけだと思い込んでいるわ」カサンドラはきつく腕を組み、優雅な寝室を行きつ戻りつした。「あの子は戸棚の中で寝ているのよ、トム！」

「ちゃんとした清潔なベッドだ」彼はやり返した。「バズルが暮らしていたネズミだらけの掃きだめよりはるかにましだろう」

カサンドラはじろりとにらみつけた。「〝ネズミだらけの掃きだめよりましだ〟と思わせて、最低限の暮らしを一生ありがたがらせるつもり？」

「ぼくにどうしろと？」トムはいらだちをなんとかこらえ、紫檀のベッドの支柱に肩をもたせかけた。「使用人たちが住んでいる三階にバズルにも部屋をやればいいのか？　ああ、かまわないとも。さあ、バズルの話はおしまいにしよう」

「バズルは使用人じゃないわ。まだ子どもよ。大人たちの中で暮らし、大人たちと同じ労働をして……子ども時代を奪われている幼い子どもなの」

「子ども時代など、持ち合わせていない者も世の中にはいる」トムはそっけなく言った。

「いまのままでは、バズルは宙ぶらりんだわ。使用人でもなく、家族の一員でもなく、どっちつかずよ」

「カサンドラ、いい加減に――」

「わたしたちに子どもができたら？　バズルは人の家族を指をくわえて眺めながら育つことになる。自分は決してその中へ招かれることがないまま。そんな仕打ちは不公平だわ、トム」

「ぼくにはそれで充分だった！」トムはライフル銃が暴発したような剣幕で言い放った。

カサンドラは目をしばたたいた。怒りは薄れている。重い沈黙が垂れ込める部屋で彼に向き直った。夫は顔をそむけているものの、頬が紅潮しているのが見て取れた。全身の筋肉をこわばらせ、感情を抑え込もうとしている。

口を開いたときには、トムの声は冷ややかで落ち着いていた。「パクストン家に引き取られたとき、ぼくは選択肢を与えられた。従僕との相部屋にするか、厨房の料理用ストーブのそばに藁布団を敷くか。従僕の部屋はもとから狭すぎたから、ぼくは藁布団を選んだ。厨房で寝起きし、朝になったら藁布団を片づける暮らしを何年も送り、それで満足だった。パクストン家の人たちと一緒に食事をすることもたまにあったが、たいていは厨房でひとりで食べた。それ以上のことを求めようなんて、思いもしなかった。安全で清潔な寝床があり、ひもじい思いをすることはないんだ。充分すぎるほどだ」

いいえ、そんなことはない。カサンドラは胸が締めつけられた。

「やがて稼ぎが増え、下宿屋でひとり暮らしができるようになった」トムは続けた。「ミスター・パクストンのもとで仕事を続けていたが、ほかの会社でも事業にたずさわり、工学上の問題を解決するようになったんだ。だんだんと金が入るようになった。パクストン家からも、ときおり夕食に招かれた」おもしろくもないのに短い笑いを漏らす。「妙な話だが、彼らと夕食の席についていると、居心地が悪くてしかたなかった。自分の居場所は厨房な気がしてね」

トムは長いこと黙り込んだ。記憶が映しだされているかのように、遠い目で壁を見つめている。体の緊張はほぐれた様子だが、その手は指先が白くなるほどきつくベッドの支柱を握りしめていた。

「何が原因でミスター・パクストンと不仲になったの？」カサンドラはトムをじっと見据え、思いきって問いかけた。

「ぼくはミスター・パクストンの娘のひとりに……関心を持つようになった。かわいい子で、彼女も気のあるそぶりを見せていた。それで……ぼくは……」

「ミスター・パクストンに求愛の許可を求めたのね？」

一度だけうなずく。

「そして断られたの？」

「激高されたよ」トムは弧を描く口の端を苦々しげに震わせた。ベッドの支柱を握る手にさらに力がこもる。「あれほど怒りをぶつけられるなんて想像もしてなかった。よくも娘に近づこうなどと思ったものだ、とわめき散らして……ミスター・パクストンは気付け薬を嗅がせて落ち着かせる必要があったぐらいだ。彼らから見たぼくと、ぼく自身の評価には、大きな隔たりがあるのだと気づかされた。どちらが悪いのかはわからなかった」

「トム……」カサンドラは夫に歩み寄って後ろから抱きしめ、背中に頬を寄せた。こぼれ落ちたひとしずくの涙は、彼のシャツにすぐに吸い込まれた。「悪いのはパクストン家よ。それはあなたもわかっていたでしょう。でもいまは……あなたが悪い」こわばったトムの体を、カサンドラはしっかり抱きしめつづけた。「いまのままではバズルはあなたとまったく同じ経験をすることになる。あなたがその状況を生みだしているの。バズルは頼れる者もなく、家族の一員として迎えられることのないまま、他人の家で育つわ。愛情を寄せても、その愛情を返されることとなしに」

「ぼくはパクストン家に愛情を抱いたことはない」トムはうめいた。

「抱いていたのよ。だからこそ傷ついた。だからこそその傷はいまも癒えていない。そしていまあなたはミスター・パクストンと同じ道をたどっている。バズルを自分と同じ目に遭わせている」カサンドラは言葉を切って涙をのみ込んだ。「トム、あなたがバズルを引き取ったのは、あの子に素晴らしい資質をいくつも見いだしたからよ。そしてあの子にほんの少しだけ愛情をかけるようになった。お願い、あの子にもっと愛情をかけてやって。バズルには家族の一員として愛され、大切にされるだけの価値があるわ」

「バズルにその価値があると思う理由は？」トムは冷たく言い放った。

「あなたにあったからよ」カサンドラは静かに言うと、彼の体に回していた腕をほどいた。

「どんな子どもにだってその価値がある」

そう言って、そっと部屋をあとにした。自分自身の過去と向き合えるよう、夫をひとり残して。

長らく封印していた感情、それに自身の過去と折り合いをつけるには、しばらく時間がかかるだろう。カサンドラはそう承知していた。トムは彼女の言ったことをすべて否定するかもしれないし、その話をすることを拒否するかもしれない。辛抱強く理解を示そう。こちらの言い分が正しいことを、少しずつでも認めてもらえるよう期待して。

いまは新居に落ち着いて、暮らしを築きはじめなくては。

侍女の手を借り、午後は衣服と装飾品、靴、それにレディの装いに必要不可欠な無数の品々を片づけて過ごした。続きになっているトムの寝室と居間からはなんの物音もしない。ちらりとのぞいてみると、誰もいなかった。

紳士クラブへ出かけたのだろうか。カサンドラは少し気持ちが沈んだ。あるいは居酒屋とか、男性が妻と顔を合わせたくないときに行く場所へ。夕食までには戻ってくるに違いない。何も言わずに夕食に顔を出さないほど無神経ではないはずだ。夫婦の契約にも記されていなかっただろうか？　ええ、絶対にそういう条項があった。結婚後一週間で契約を破るのなら、こちらにも考えがある。トムの前で契約書をくしゃくしゃにしてやろう。いいえ、燃やしてやる。それとも——。

軽いノックの音が聞こえ、物思いは途切れた。入り口へ目をやり、カサンドラの心臓は跳ねあがった。夫が髪をわずかに乱し、暗い顔で立っている。「入ってもいいかな?」

「ええ、もちろんよ」カサンドラはあわてて言った。「許可を求める必要はないわ、ただ……」侍女へ顔を向ける。「メグ、外してもらえるかしら?」

「かしこまりました」侍女はストッキングの入っている布張りの箱をベッドから化粧台へ持っていった。カサンドラとすれ違いざまに、いたずらっぽく目をきらめかせ、ひそひそと声をかけてきた。「よかったですね」

カサンドラは顔を赤らめ、急いで侍女をさがらせた。

トムが冬の大気と枯れ葉のにおいをまとって入ってきた。化粧台に寄りかかってポケットに手を滑り込ませる。その表情を読むことはできなかった。

「散歩に行ってきたの?」

「ああ」

「いい気分転換になったかしら」

「いいや」トムは長々と息を吸い込んで、ゆっくり吐きだした。

「トム」カサンドラはいたたまれなくなって切りだした。「さっき話したことは――」

「感情とは不便なものだ。だから胸に抱く感情は五つまでと決めていた。大人になってからは、その決まりを難なく守ってきた。だが、そんなときにきみと出会った。その後はあれよあれよと感情が増え、いまやその数はふつうの者たちと変わらないだろう。つまりは多すぎだ。しかし……平均的な知力の持ち主でも、これだけの感情を制御して効率的に働くことができるのであれば、ぼくほど優れた知力を持つ者なら、それができて当然だ」

夫が何を言っているのかはよくわからなかったが、カサンドラはうんうんとうなずいた。

「バズルには雑用係をやめさせる」トムは続けた。「屋敷のこの階に部屋を与え、ぼくたちと一緒に食事をさせる。きみの意見に沿った教育を施そう。バズルを……家族の一員として養育する」

夫の言葉を聞きながらカサンドラは驚いた。長い戦いになるのを覚悟していたのに、思いがけずに彼のほうから降参してくれたのだ。プライドを捨てるのは、トムにとって簡単なことではない。折れることの難しさ、それに彼の心情の変化を思い、カサンドラはすぐさま夫のもとへ行き、身を寄せて感謝した。「ありがとう」トムがカサンドラの肩に頭をのせ、両腕を彼女の体に回す。

「きみのために決めたわけじゃない。きみの指摘は論理的だった。だから同意したんだ」

カサンドラは彼のなめらかな髪を指でゆっくり梳いた。「それに、バズルが大切だからでしょう」

「そうではないさ。危害を与えられることのない、安全で快適、そして幸せな生活を送らせたいだけだ」

「それを〝大切にする〟と言うのよ」

トムの返事はなかったが、体に回された腕に力がこもった。長い間のあと、彼はカサンドラの肩に向かって問いかけた。「ご褒美はないのかい?」

カサンドラはくすっと笑った。「わたしの体は善行への報酬ではないわよ」

「だが、ご褒美があれば、善行をしやすくなる」

「そうね、それなら……」彼女は夫の手を握り、ベッドのほうへと引いていった。

26

ジャージー島から戻るなり、カサンドラのもとへは訪問客がどっと押し寄せた。その後こちらからも訪問するのが礼儀であり、トムは複雑怪奇なルールに縛られた社交界で、妻がそつなく約束をさばいていくさまに感心した。いつどのように訪問すべきか、誰が何曜日に訪問を受けるのかを、妻はしっかり把握しているのだ。断ってもいい招待、自分が死の床にでもないかぎりは受けなければならない招待も。こちらから訪問する用と、訪問を受ける用に、あきれるほどさまざまな名刺が用意された……トムとカサンドラの名前が別々に記されたもの、ふたりの名前が並記されたやや大きめのもの、住所と訪問を受けられる日にちが印刷されたもの、相手が不在の際に置いていく用、相手に会うつもりがないときに置いていく用。

「会うつもりがないのに、なぜ訪問するんだい？」トムは尋ねた。

「訪問のお返しをする必要があるけれど、話をする時間はないときに、訪問だけしたしるしに、相手の玄関広間に名刺を残していくのよ」

「つまり、会いたくない相手を訪問する用だな」

「そのとおり」

トムは無理に理解しようとはしなかった。上流社会というかぎられた数の集団が、人づきあいを奇々怪々で難解極まるものに仕立てあげた事実は、とうの昔に受け入れている。社交界の一員が大きな罪を犯しても目をつぶるのに、それ以外の者が犯した些細な過ちはここぞとばかりに糾弾する、彼らの偽善性とさしたる違いはない。

だからカサンドラの評判を貶めようとしたリポン侯爵と息子のランバートの企(たくら)みを、『ロンドン・クロニクル』紙に暴いた際の上流社会の反応にも、嫌悪感こそ覚えたものの、驚きはしなかった。リポンの友人や知人たちはただちに侯爵の擁護に回り、リポンによって公然と侮辱されたうら若い女性に罪をなすりつけようとした。

侯爵は子息の不品行に心をかき乱された末に判断を誤ってしまった、というのが彼らの言い分だった。不幸な誤解ではあったが、丸くおさまったのだからいいではないかと言う者もいた。罪もなく非難されたレディ・カサンドラはめでたく結婚したのだし、実害はないというわけだ。

侯爵のふるまいは遺憾ではあるものの、その身分を考慮すれば許容範囲内だというのが、上流社会が下したおおよその結論だった。息子の不品行のために赤っ恥をかき、自身の名声にも泥がついたのだから、もう充分に罰せられたではないか、と。結果として非難の矛先はいまは不在のランバートへ向かったが、当人はヨーロッパ大陸で巡遊旅行を再開することに決めたらしく、いつ戻ってくるのかは神のみぞ知るだ。リポン侯爵のほうは、いずれスキャンダルが下火になれば、上流社会にふたたび歓迎されることだろう。

一方、社交界のご意見番たちは、レディ・カサンドラとその裕福な伴侶の屋敷を訪問し、つきあいを深めておくことは、害があるどころかむしろ有益であると断定した。

トムは当初の計画を実行し、〝みんな地獄へ落ちろ〟と言ってやりたいところだったが、カサンドラは屋敷を行き来するのを楽しんでいる様子で、彼女が幸せになるのなら、どんなに苦々しかろうとトムは我慢するつもりだった。

一〇歳の頃から、トムの暮らしは仕事を中心に回っており、家は睡眠に食事、風呂、髭剃りなど日々の日課をできるだけ効率的に行うために戻るだけの場所だった。それがいまや早く家に帰りたくてたまらず、せっせと仕事を片づけている。こんなことは初めてで、彼の興味を引くことは自宅でばかり起きているように思えた。

新婚旅行後、カサンドラは二週間かけて、ハイドパーク・スクエアにある屋敷を細部に至るまで点検した。いつもだらだらしていると話していたのに反し、コマネズミのような働きぶりで。カサンドラは自分が何を求めているかを正確につかんでおり、指示の出し方、それに使用人同士の人間関係および責任の所在という、複雑に絡んだ糸の取り扱い方を心得ていた。

年配の料理人のためには助手が雇われ、テーブルにはさっそく新しい食器が並んだ。ミセス・ダンクワースとともに屋敷の仕事全般を見直し、全体的な負担を減らすためにメイドふたりと従僕ひとりが新たに雇われることになった。週当たりの休みが少なすぎると、やる気を失うし疲れがたまる、とカサンドラはトムに説明した。また、家政婦と相談のうえで、窮屈な決まりごとも一部が緩和された。たとえば、メイドのしるしとなる以外はもとからなんの用途もない、ひらひらしたキャップは着用が廃止された。そんな小さな改善の積み重ねで、屋敷内は目に見えて雰囲気が明るくなった。

古くなったり、時代遅れになったりした内装は一新することにし、カサンドラは予備の居間を自分専用の執務室にして、塗料、壁紙、絨毯、生地の見本を大量に運び込ませた。使用人部屋も古いシーツと毛布、タオルをすべて新しくし、がたの来た家具や壊れているものは取り替えた。使用人たちが使っていた石鹸は質が悪く、肌が荒れて髪も傷むため、もっと上質のものを発注した。

トムは少なからず動揺した。屋敷の使用人の生活状況を知らなかったうえに、確かめようと思ったこともなかったのだ。「わが家の使用人が最低価格の石鹸をあてがわれていたなんて聞いていなかった」彼はカサンドラに向かって顔をしかめた。「ぼくはそんなところでけちりはしないよ」

「ええ、わかっているわ」彼女はなだめた。「ミセス・ダンクワースは節約を心がけていただけよ」

「相談してくれればよかったんだ」

カサンドラはやんわりと言った。「使用人が使う石鹸のことを相談するのは気が引けたんでしょうね。細々としたことにわずらわされたくないから、自分で判断するようあなたに言われて」

「ぼくは家政婦の判断力を買いかぶっていたようだ。石油に苛性ソーダをまぜた石鹼で使用人が肌荒れすることなど望んでいない」

忙しいさなかでもバズルのことは忘れられていなかった。カサンドラは歯のクリーニングのために少年を歯科医院へ連れていき、眼科医院では目を調べてもらって優良のお墨つきを得た。そのあとは仕立て屋で新しい服のために採寸だ。バズルの学力を同年齢の子たちと同じくらいまで引きあげる目的で家庭教師を雇うことになったものの、まだ適任者が見つからず、とりあえずカサンドラがアルファベットから教えている。ただの勉強ではバズルが退屈するので、イラストつきのアルファベットブロックを買ってやり、食事中はナイフとフォークの使い方を含めて、基本のマナーを教えようと悪戦苦闘中だ。

バズルはカサンドラが大好きではあったが、午前中はトムとともに事務所へ行くと言って譲らなかった。屋敷にいると四六時中、彼女に世話を焼かれるのが主な理由のようだ。しかし、家庭教師が見つかれば職場で働くこともなくなるだろう。

「指があるのにさ」ある日の昼食時にバズルを屋台へ連れていくと、少年はトムにぼやいた。「フォークなんていらないよ。アルファベットだって」

「考えてみろ」トムは少年を諭した。「おまえが手で食べている隣で、きちんとフォークを使っている子がいたら、その子のほうが賢いとみんな思うだろう」

「そんなのどうでもいいよ」

「賢い子のほうがいい仕事をもらえる」

「道路を掃くのが好きなんだ」

「それもどうだっていい」バズルはふくれっ面になった。「道路を掃くのが好きなんだ」

「箒で掃く代わりに、大型の掘削機を操作して道路を掘り返すのはどうだ？」

うれしいことに、バズルは顔をぱっと明るくして興味を示した。

「おいらが道路を掘り返すの？」

「そうだ、バズル。たくさんの大型機械を扱うんだ。新しい道路を作ったり、トンネルを掘ったりする会社の社長にだってなれるぞ。ただし、そういう仕事に就くには、ちゃんとフォークを使って、アルファベットも知っていないとな」

ある日トムは事務所を案内しようとカサンドラを連れていったが、よもやあれほどの大騒ぎになるとは思っていなかった。各部署の責任者たちから、秘書や会計士に至るまで、みんな仕事をそっちのけでカサンドラを取り囲み、まるで王族の訪問さながらだ。大勢が押し寄せる中でも、カサンドラは優雅に魅力を振りまいていたものの、バズルはトムにしがみつき、怯えたように彼を見あげた。「みんな目の色変えてどうかしちゃってるよ」

トムは少年に腕を回して守り、カサンドラの手をつかむと、最上階にある自分の執務室へと急いで引っ張っていった。無事に部屋へたどり着くなり、バズルはカサンドラの腰にぴったりくっついて彼女を見あげた。「つぶされちゃうかと思った」

カサンドラは少年の髪を撫でつけ、帽子を整えてやった。返事をしようとすると、近づいてきた誰かが椅子につまずいて転びそうになった。

それはバーナビーで、部屋へ入ってきたところでカサンドラの姿を目にしたのだ。トムは反射的に秘書を受け止めた。

「えーっ、バーナビーもか！」バズルがうめいた。

当のバーナビーは賢明にも平静さを取り戻したものの、顔は真っ赤で、乱れた巻き毛は逆立っていた。「奥さま」片腕に帳簿と書類の山を抱えたまま、ぎくしゃくとお辞儀する。

「あなたがこの会社には欠かせないと評判のミスター・バーナビーね？」カサンドラは笑みを浮かべて尋ねた。

「ああ、そうだ」トムはぼうっとして返事のできない秘書になり代わって答えた。

カサンドラは腰にバズルをくっつけたまま進みでて、手を差しのべた。「ようやくお会いできてうれしいわ。この会社ではあなたがいないと何も始まらないと夫から聞いているのよ」

「そんなことを言ったかな？」トムはそっけなく言い、神聖なものにでも触れるようにカサンドラの手を取るバーナビーに尋ねた。「バーナビー、その山はなんだ？」

バーナビーは生真面目な視線を向けた。「山とは……ああ、この山ですね」カサンドラの手を放して帳簿と書類の山をトムの執務机にのせる。「チャーターハウス保護基金に関する資料です。それに地元の商業と住民の資料、王立ロンドン交通委員会が目下の時点で出している報告書の概要、あとはあなたの議案を採決する合同特別委員会に関する分析です」

「あなたの議案？」カサンドラが尋ねた。

トムは壁に貼られたロンドンの地図へと彼女を導いた。チャーターハウス・ストリートの下からスミスフィールドへ続く線を指先でたどる。「現在はファリンドンが終点となる既存の地下鉄路線に接続させる、新たな路線の建設計画を提案した。目下、上院と下院の合同特別委員会で審議中だ。来週の会合で可決されれば、路線建設に取りかかれる。問題は、一部の住民と商店主が反対していることだ」

「不便を強いられるし、建設中の騒音を心配しているのね」カサンドラは言った。「客足が悪くなるのは言わずもがなだわ」

「それは理解できるが、最終的には新しい駅が近くにできて、彼らも恩恵を得る」

ふたりの後ろでバーナビーが小さく咳払いした。「全員ではありませんが」

カサンドラはトムに目顔で問いかけた。

トムは口元をゆがめた。バーナビーをにらみつけてやりたいのをこらえ、地図上の一箇所を指先で示す。「幹線道路の改築でチャーターハウス・ストリートができたとき、この路地だけがチャーターハウス・レーンとして残った。そこに、とうの昔に撤去されているべき共同住宅が二棟ある。それぞれおよそ三〇世帯が住める造りだが、実際には少なくともその倍の数がひしめき合っている貧民窟だ。日当たりも換気も悪く、防火設備もろくな衛生設備もない……この世の地獄に最も近い場所だ」

「その貧民窟は、あなたが所有しているのではないのでしょう？」カサンドラが心配そうに尋ねた。

その質問にトムはむっとした。「無論だ、ぼくのものではない」

バーナビーが助け船を出した。「ですが、許可がおりれば、ミスター・セヴェリンは路線建設のために工事区域内にある建物を自由に買い取ったり、補強したりする権限を得ます。だから住民たちはチャーターハウス保護基金を作って、彼を止めようとしているんです」トムにじろりとにらまれ、バーナビーは急いで訂正した。「その、われわれをです」

「つまり、貧民窟はあなたのものになるわけね」カサンドラはトムに言った。

「地下鉄が通ろうと通るまいと、どのみち住民たちは立ちのく必要がある」トムはむきになって言い返した。「あんな掃きだめからは追いだしてやるほうが慈悲というものだ」

「だけど、その人たちはどこへ行くの？」カサンドラが尋ねた。

「それはぼくには関係ない」

「関係あるわ、共同住宅の建物を買い取るのなら」

「買い取るのは建物ではなく、その下の土地だ」自分を見あげているバズルと目が合い、トムは険しい表情をふとやわらげた。「箒を取って、掃除してきてくれないか？」

この会話に退屈していた少年は大喜びで応じた。「外の階段から始めるよ」カサンドラに駆け寄り、通りに面している窓へと手を引っ張る。「ママ、おいらが掃除するのをここから見てくれよ！」

バーナビーはぎょっとした顔だ。バズルが執務室から飛びだしていくと、怪訝そうにトムに尋ねる。「いま、〝ママ〟って言いませんでした？」

「ママがそう呼んでもいいって言ったんだよ！」遠のいていくバズルの声が答えた。

カサンドラは窓辺にたたずんだまま、顔を曇らせて夫へ目をやった。「トム……何十人、何百人もの人たちから住む場所を奪うなんて、間違っているわ」

「間違ってなどいない」トムはつぶやいた。

「生まれつき思いやりの深い、あなたの心根に反するのはもちろんのこと――」

バーナビーのほうから鼻を鳴らす耳障りな音がした。

「企業家としてのあなたのイメージも失墜する」カサンドラは真剣に続けた。「そうでしょう？　あなたは無慈悲な男だと思われるわ、そんなことはないのに」

「ロンドンには慈善基金がいくらでもあるから、住民たちはそれに申し込めばいい」

彼女はたしなめるように夫を見た。「その手の慈善事業の大半は本物の助けにはならないわ」短い間のあとで問いかける。「あなたは社会への貢献者として世に知られたいのでしょう？」

「知られたいとは思うが、何もそうなろうとしていたわけじゃない」

カサンドラは振り返って夫を見た。「だったら、わたしがなるわ」きっぱりと言う。「自分がやりたい慈善活動を始めていいという約束だったわよね。チャーターハウス・レーンの共同住宅から追いだされた人たちのために、わたしが安価な住まいを見つけるか、建てるかするわ」

トムは長いこと妻を見つめた。彼女が初めて見せた意志の強さに興味を引かれた。刺激された。彼はゆっくりとカサンドラへ近づいた。「ぼくはクラーケンウェルとスミスフィールドに未開発の住宅用地を所有している。きみはその一部を利用したがるかもしれないな」

カサンドラはわずかに顎を上げた。「そうね」

「そしてぼくを言いくるめて、会社の建築家に技師、請負業者を……すべて割引料金で使おうとするんじゃないかな」

彼女の目が大きく見開かれる。「いいの？」

「ぼくが抱えている人脈と人材にいつでも連絡できるバーナビーを、彼の手が空いているときだけきみの秘書にしたとしても、驚きはしないね」

妻の美しい顔を見つめるトムの背後で、バーナビーが哀れな声をあげた。「それは命令ですか？」

「わたしにできるかしら？」カサンドラが小声で問いかける。

「レディ・カサンドラ・セヴェリン」トムは静かに言った。「できるかどうかは問うまでもない」苦笑いして彼女を見つめる。「問題は、夫が社会の鑑（かがみ）となるまで、きみはこれからもぼくを変えていくつもりかどうかだよ」

カサンドラはいたずらっぽく目をきらめかせた。返事をしようとしたとき、ふと窓へ目が行った。会社の入り口前の階段を箒で掃いているバズルが、こちらを見あげて手を振っている。

その瞬間、大きな人影が襲いかかり、少年の小さな体を抱えあげた。

カサンドラは悲鳴をあげた。「トム！」

トムは窓の外を見おろすと、悪魔に追われているかのような勢いで執務室から飛びだした。

トムが入り口前の階段にたどり着いたときには、男は泣きわめくバズルを抱えて半ブロック先まで行き、おんぼろの辻馬車に少年を押し込んでいた。

トムは馬へ駆け寄って手綱をつかむと、青白い顔をした痩せぎすの若い御者を怒りに満ちた目でにらみつけた。「あの子を乗せたまま馬車を出したら、きさまが明日の朝日を拝むことはない。これは脅しじゃないぞ」バズルに向かって声を張りあげる。「馬車からおりるんだ、バズル」

「ミスター・セヴェリン」バズルは泣きじゃくっている。「でも、アンクル・バティが……」

「馬車からおりるんだ」トムは辛抱強く繰り返した。

「大金持ちのお偉いトム・セヴェリンって言ってもよ」白髪まじりの大男はにやりとした。「泥棒とおんなじじゃねえか！　人のメシの種を横取りしやがって！　こいつはおれのだ。このカマ野郎にベッドの相手をさせたいなら、代金を払いな」

バズルが涙声で訴える。「カマ野郎じゃないやい！　ミスター・セヴェリンに手を出すな！あんたには何もしてないじゃないか」

「おまえを盗まれたせいで、こっちは稼ぎが減ったんだ」アンクル・バティは言い返し、顔をゆがめて笑った。「おれのものは誰にも盗ませねえ。そいつは返してもらうぜ」バズルへ顔を向けもせずに怒鳴りつける。「わかったか、ガキめ。逃げると、ニワトリをひっつかまえて絞めるみたいに、このお上品な野郎の首をへし折るぞ」

「やめてくれよ」少年が悲鳴をあげる。

「バズル、よく聞くんだ」トムは語りかけた。「馬車からおりて建物の中へ戻れ。そこでぼくを待っていろ」

「でもアンクル・バティに――」

「バズル」トムはぴしゃりと言った。

少年はようやく従い、辻馬車からのろのろとおりると、建物の入り口へと向かった。トムは手綱を放して舗道へ移動した。

「だいたいあのガキがなんだってんだ？」アンクル・バティはにやにやと笑い、トムのまわりをぐるぐる歩きだした。「バズルにゃなんの価値もねえ」

トムは返事はしなかった。大男の顔に視線を据えたまま、自分も相手の動きに合わせて向きを変える。

「叩きのめしてやる」アンクル・バティは続けた。「その顔がぐちゃぐちゃになるまでな。まあ……金を払うってんなら、手を出さずにおいてやってもいい」

「きさまにはファージング硬貨一枚たりとも渡すものか、この卑怯者め」トムは言った。

「払ったところで、きさまは必ずまた戻ってくる」

「あんたがそう言うなら」大男はうなるなり飛びかかってきた。トムはさっとよけてすばやく半回転し、ジャブを繰りだした。相手の右ストレートをかわし、左フックを決める。アンクル・バティはよろよろと後ずさった。怒り狂って咆哮をあげる。ふたたび突っ込んできて、脇腹とみぞおちへパンチを食らおうとも、ものともせずに突進し、拳を振りかぶって頭上からトムを殴りつける。トムがよろめくと、アッパーカットと右ストレートでさらにたたみかけてくるが、トムは体を横へ引いて、直撃をかわした。激高したアンクル・バティは体当たりし、ふたりはともに倒れ込んだ。トムは舗道で後頭部を打ち、目から火花が散った。

はっと気づくと、取っ組み合いになって地面を転がっていた。膝、肘、拳と使えるものはなんでも使い、互いに相手より優位になろうと殴り合う。トムは大男の顔面に拳を叩きつけた。血しぶきがふたりに降りそそぐ。トムの下で男の巨体から力が抜け、敗北を認めるうめき声があがった。それでもトムは機械的に殴りつづけた。息が肺を切り裂き、筋肉は苦痛に燃えあがる。

いくつもの手につかまれて引き離されるのを感じた。視界がはっきりとせず、トムは袖で目をこすった。混乱と怒りの中で、自分にぴったりくっつく小さな体に気がついた。細い腕がトムの腰にしがみついている。

「閣下……閣下……」バズルが泣きじゃくっていた。

「バズル」トムはめまいがし、うまく舌が回らなかった。「おまえはうちの子だ。誰にも渡さない。誰にもだ」

「トム。トム、わたしの声が聞こえる？」

やがてカサンドラの張りつめた静かな声が聞こえた。「トム。トム、わたしの声が聞こえる？」

「うん、うん」

だが視界が灰色になり、トムは二言三言つぶやいたものの、それが意味を成してないのは自分でもわかった。妻の腕が体に回されるのを感じると、ほっとため息をつき、香水のにおいがする柔らかな胸に顔を預け、自分を手招きする闇の中へ落ちていった。

「ミドルネームはない」トムはいらいらと言った。ガレット・ギブソンは彼のベッド脇から身を乗りだし、視界の端から端へと指を動かしている。

「わたしの指を目で追って。女王の名前は？」

「ヴィクトリア」

カサンドラはベッドの足元のほうに座って診察を眺めていた。前日の乱闘で夫はせっかくの男前が心持ち台なしになったものの、あざはいずれ癒えるし、幸い、軽い脳震盪を起こしただけだった。

「いまは何年？」ガレットが質問する。

「一八七七年。昨日も同じ質問をされたぞ」

「ええ。そしてわたしに噛みついた」ガレットは背中を起こしてカサンドラに説明した。「軽い脳震盪でなんの問題もないようだから、これから一日か二日は少し体を動かしてもいいでしょう。ただし、無理をさせないように。完全に回復するには、できるだけ心と体を安静にさせなければね」ベッドの反対側に丸まっているバズルに、おどけて鼻にしわを寄せてみせる。少年は茶色い毛玉を胸に抱えていた。「ミスター・セヴェリンが休んでいるのを、子犬と邪魔するのもだめよ」

子犬はウィンターボーンとヘレンからの贈り物で、今朝届いたばかりだ。夫妻はトイプードルを繁殖している友人から子犬が生まれた知らせをもらい、乳離れできたら一匹欲しいと頼んでいたのだ。バズルは子犬に大喜びし、昨日の騒ぎにしょげ返っていたのが嘘のように元気を取り戻した。

「ベッドに埃の塊がのっている」それが初めて子犬を見たときのトムの言葉だった。「しかも四つ脚の埃だ」

いま、くだんのトイプードルは伸びとあくびをすると、ベッドの枕元へとことこ向かい、明るい琥珀色の目でトムをじっと見た。

「承認したリストにこれも入っていたかな？」トムはしぶしぶと手を伸ばし、巻き毛に覆われた頭を指二本だけで撫でた。

「入っていたのはあなたもよくご存じよね」カサンドラは微笑んだ。「それに、ビングリーはプードルだから、抜け毛もほとんどないわ」

「ビングリー？」

「『高慢と偏見』から取ったのよ。まだ読んでない？」

「読む必要もない」トムは言った。「オースティンなら話の筋は読まずともわかる。ひと組の男女がひどい誤解の末に恋に落ち、だらだら会話をしたあと結婚。以上だ」

「つまんなそう」バズルが言った。「おいらは巨大イカが出てくる話のほうがいいな」

「ああ、あれは素晴らしい小説だ」トムは言った。「読んであげよう。探してこられるかな？」

「うん、どこにあるか知ってるよ」バズルは元気にベッドから飛びおりた。

「わたしがあなたたちに読んであげるわ」カサンドラは言った。「ドクター・ギブソンをお見送りしてからね」

「どうぞおかまいなく」ガレットは固辞した。「患者に付き添っていて。今日は疲れさせないように」立ちあがり、診察鞄を持ちあげる。「ミスター・セヴェリン、わたしの夫からの伝言です。アンクル・バティはしばらくは刑務所から出てくることはありません。出所しても、あなた方やほかの誰にも迷惑をかけることは二度とないでしょう。あの男と暮らしていた子どもたちに関しては、わたしが受け入れ先を探しています」

「ありがとう」肘の隙間に子犬に頭を突っ込まれ、トムはまごつきながら、退室する女医に礼を述べた。「ベッドにのるのはだめだぞ」子犬に言い聞かせる。「契約にも書いてある」

子犬は気にも留めなかった。

カサンドラはトムへと顔を寄せ、心配顔で尋ねた。「頭は痛む？　薬が欲しい？」

「ぼくが欲しいのはきみだ」トムは妻をかたわらへと引っ張った。彼女は気をつけながら身を寄せた。「カサンドラ」トムがかすれた声で言う。

カサンドラは顔を上げた。お互いの鼻が触れそうなほど近く、目に映るのは彼の瞳の青と緑だけだ。

「今朝目が覚めたとき……あることに思い至ったんだ」

「あること？」彼女はささやいた。

「世界を一周してフィリアス・フォッグが学んだことだ」

「ああ、あの話？」カサンドラは目をしばたたくと、片肘をついて体を起こし、夫を見おろした。

「最後、彼には金のことはどうでもよくなっていたんだ」トムは言った。「賭けの勝ち負けも……彼にはどうでもよかった。大事なのは旅の途中で恋に落ち、イングランドへ連れ帰った女性、アウダのことだけだ。愛こそすべて」トムは彼女の視線をとらえた。目の端に笑いじわが寄る。「それがあの小説の教訓だろう？」

カサンドラはうなずいた。不意に視界がかすんで目元をぬぐう。笑みを返そうとしたが、胸がいっぱいで唇が小さく震えた。

トムはうやうやしい手つきで彼女の顔に触れた。「きみを愛してる、カサンドラ」震える声で告げる。

「わたしも愛してるわ」涙で喉が詰まった。「わかってるの、あなたはそういう言葉を口にするのは苦手でしょう」

「ああ」トムはつぶやいた。「だが練習するよ。何度でもね」カサンドラの後頭部へ手を滑らせて引き寄せ、心を込めて唇を重ねる。「きみを愛してる」魂を体から抜きだされそうな、ゆっくりとした長い口づけだった。「きみを愛してる……」

エヴァースビー・プライオリーの玄関広間を歩いていたケイトリンは、ガラスが砕ける音にはっとした。正確には〝のそのそ〟歩いていた、だと思い直し、大きくなったお腹を両手でさすって苦笑する。残りあと二カ月。体重が増え、動きはのろくなって関節はゆるみ、出産が迫っているのをひしひしと感じた。社交行事で目が回るようなロンドンを離れ、心安まるエヴァースビー・プライオリーに戻ってきてよかった。デヴォンも同じくらい、あるいは彼女以上に、ハンプシャーの地所へ戻ってきたことを喜んでいるようだ。ここは冬の大気が薪の煙と氷、常緑樹の香りに凛と引きしまっている。ケイトリンはもう乗馬はできないものの、厩へ馬を見に行き、デヴォンと長い散歩へ出かけては屋敷へ戻ってきて、ぱちぱちと燃える暖炉のそばで夫とくつろいだ。

いまは午後のお茶を終えたところだ。ケイトリンは飲み物を楽しみながら、午前中に届いた手紙を読みあげていた。カサンドラからの手紙は楽しく陽気で、幸せいっぱいだった。トム・セヴェリンとの結婚が順調なのは疑いの余地がなく、揺るぎない深い絆で結ばれつつあるようだ。互いの違いが刺激と喜びの源となることがときにあるものだが、このふたりもその点ですこぶる相性がいいのだろう。

ケイトリンが書斎の扉からのぞくと、床にかがみ込む夫のたくましい体が見えた。足元ではガラスの破片がきらきら光っている。「何か落としたの？」

デヴォンは彼女を見あげて微笑した。その瞳の輝きは、どんなときでもケイトリンの胸を高鳴らせてやまない。「いいや。落としたんじゃない」

ケイトリンが近づいてよく見ると、床にはキャンバス地のシートが敷いてある。すぐに片づけられるよう、ガラスはその上で粉々にされていた。「それは何？」彼女は笑いを漏らして尋ねた。

デヴォンはシートから何かを拾いあげると、ガラスの破片を振り落とし、彼女の前に持ちあげてみせた。

「ああ、それ」枝にとまった三羽の小鳥を目にし、ケイトリンの唇が弧を描く。「ついにそのときが来たのね」

「そうだ」デヴォンは満足げに言った。ガラスの覆いから解放された置物を棚に戻し、妻をガラスの破片の山からそっと遠ざける。片腕は彼女の背中へ回し、反対の手は守るようにふくらんだお腹へ滑らせる。デヴォンの胸板は力強く上昇し、満ち足りた深いため息とともにさがった。

「こんな短いあいだに、あなたはわたしたちみんなにそれぞれの家族を与えてくれたわね」

ケイトリンはささやいて、夫に寄りかかった。

「ぼくじゃない」デヴォンは口の片端だけを上げ、妻の顔に頬を寄せた。「みんなで一緒にやったんだ」

ケイトリンは彼の腕の中で向きを変え、三羽の小鳥を見つめた。「大空へ羽ばたいていった小鳥たちは、これからどうするのかしら？」

デヴォンは妻を引き戻してその頰に鼻をすり寄せた。「何をしようと、小鳥たちの自由だよ」

エピローグ

六カ月後

「B……A……S……I……L」カサンドラが読みあげるのを、少年は小さな白いノートに懸命に書き取った。

「ほんとにこれで合ってるの？」

「ええ、合ってるわ」

フランスはアミアンの淡い青空のもと、ふたりは波止場のベンチに並んで腰かけていた。そばではヘラサギと騒々しいミヤコドリが、潮が満ちる前にソンム湾の浅瀬で貝を漁っている。

「でも、どうしてSとZがおんなじ発音なの？　アルファベットごとに違ってれば楽なのに」

「ややこしいわよね。英語はほかの国の言葉から単語をたくさん借りていて、もとの言葉では綴りのルールが異なっているの」カサンドラはトムが近づいてくるのに気づいて顔を上げ、微笑んだ。夫はいつもながらの男ぶりで、くつろいだ様子だ。日の降りそそぐカレーで二週間過ごし、日焼けしたせいで青と緑の瞳がはっとするほど輝いて見える。彼はふたりをびっくりさせたいと言って、この湾まで日帰り旅行へ連れだしていた。

「きみたちをびっくりさせる準備がそろそろできるよ」トムは言った。「荷物をまとめよう」

「パパ、これで合ってる？」バズル改め、バジルはノートを見せて尋ねた。

トムは書かれた文字を丁寧に見た。「ああ、完璧だ。ママのゴブラン織りバッグにしまおう——なんてことだ、カサンドラ、どうしてこんなものを持ってきた？」憮然としてバッグの中身を凝視する。

「えっ？」カサンドラは困惑した。「替えの手袋にハンカチ、双眼鏡、ビスケットの包みよ——」

「その本のことだ」

「『トム・ソーヤー』はあなたもお好きでしょ」カサンドラは言い返した。「自分でそう言ったじゃない。バジルに読んであげているところなのよ」

「史上最高の名作のひとつであることに異論はないし、若い読者への素晴らしい教訓が記されている。だが——」

「どんな教訓？」カサンドラは疑わしげに質問した。

「ぼくはもうパパから教えてもらったよ」バジルが声をあげる。「人に押しつけることのできる仕事は自分でするな」

「そんな教訓ではないでしょう」カサンドラは顔をしかめた。

「その話はあとだ」トムは急いで言った。「とにかくその本はバッグの底にしまって、これからの二時間は絶対に出さないでくれ。話題にするのも、考えるのも禁止だ」

「どうして？」カサンドラはますますわけがわからなくなった。

「これからある人に会うからだ。その人物は控えめに言っても、マーク・トウェインに好意を持っていない。さあ、ふたりともついておいで」

「お腹が減ったよ」バジルが悲しげに言う。

トムはにやりとして少年の髪をくしゃくしゃにした。「おまえはいつでも腹ぺこだ。よかったな、これからゆっくり午後のお茶を楽しめる。好きなお菓子をなんでも食べていいぞ」

「びっくりさせることって、それなの？　お茶なら毎日飲んでるよ」バジルが言った。

「ヨットの上では飲んでいないだろう。それにこれから会う人と飲むのも初めてだ」トムはカサンドラのゴブラン織りバッグを持ちあげると、脇にしっかりはさみ込んで彼女に腕を差しだした。

「どなたなの？」夫のうきうきとした目に興味を引かれ、カサンドラは尋ねた。

「行けばわかる」

波止場を進んでいくと、簡素ながらも手入れの行き届いたヨットが係留されていた。きちんと整えられた髭に銀髪の、上品な老紳士が彼らを待っている。

「嘘」カサンドラは信じられない思いで笑い声をあげた。それは写真と銅版画で見たことのある顔だったのだ。「まさかほんとに……」

「ムッシュー・ヴェルヌ」トムはなんでもないかのように声をかけた。「ぼくの妻と息子を連れてきました。レディ・カサンドラとバジルです」

「初めまして（アンシャンテ）」大作家ジュール・ヴェルヌは目をきらめかせ、カサンドラの手を取ってお辞儀をした。

「ぼくが初めて読んだ小説はきみからもらった『八〇日間世界一周』で、個人的な理由からいまもぼくの愛読書であることをムッシュー・ヴェルヌに話したんだ」トムはカサンドラの唖然とした表情を楽しんで言った。

「でもさっき『トム――』」バジルが言いかけるのを、トムはそっと口を覆って黙らせた。

「マダム」ジュール・ヴェルヌがフランス語で話しかける。「わが〈サン・ミシェル号〉でお茶をご一緒できるとは光栄です。甘いものはお好きですかな？」

「もちろんです」カサンドラもフランス語で返した。「息子もですわ」

「それはよかった。ではどうぞヨットへ。わたしが書いた作品についてご質問があれば、どんなことでも喜んでお答えしますぞ」

「『八〇日間世界一周』のアイデアはどこから来たのか、ずっと知りたいと思っていたんです」

「ああ、あれはアメリカ旅行のパンフレットに目を通していたときでした……」

乗船する直前、カサンドラはトムをちらりと見て、彼にもらったときから片時も離さず身につけている繊細なネックレスに触れた。喉のくぼみには、オイラーの無限大記号の形をした小さなチャームがぶらさがっている。

ふたりだけの合図に、トムはいつものように笑みを返した。

作者による覚書

本作品の資料を調べている際にさまざまな興味深い事実を学びましたが、何より驚いたのはマーク・トウェインの小説、『トム・ソーヤーの冒険』が、アメリカに先駆けて一八七六年六月に英国で最初に発売されていたことでした！　ミスター・トウェインは英国での版権確保を求め、作品の評判も英国でのほうがよかったようです。英国での初版本は真っ赤な表紙に『トム・ソーヤー』とだけ記されています。同年一二月にアメリカで刊行されたときは、真っ青な表紙に金箔で表題が記されました。

また、マーク・トウェインはジュール・ヴェルヌを生涯目の敵にしていたようです。トウェインは一八六八年に気球で世界を旅する男の話を書こうとしたのですが、その数年前にヴェルヌはフランス語で『気球に乗って五週間』をすでに発表していたのでした（ああ、われわれ作家はときに嫉妬深いものです）。

〝何か古いもの、新しいもの、借りたもの、青いものを身につけると花嫁は幸せになれる〟という言い伝えが最初に記録されている文献は、一八七六年一〇月発行の『スタッフォードシャー』紙でした。

一八四三年の『チェンバーズ・エディンバラ・ジャーナル』誌には『銀板写真化能力（ダゲレオタイプ）』という題名で映像記憶に関する詳細な記事が掲載されているのを見つけました。

シンデレラの最も古いバージョンにはカボチャが出てきませんが、一六九七年のフランスの詩人シャルル・ペロー版にはちゃんと登場しています。カボチャは一四八五年から一六〇三年まで続いたチューダー朝のあいだに、新世界からフランスへ入ってきたようです。当時〝ポンピオン〟と呼ばれた野菜をどう調理すればいいか、フランス人はもちろん心得ていました。一六七五年にはパンプキンパイの最初のレシピが印刷されています。

一九一〇年、ジョージ五世は王室列車に列車用の浴槽を初めて設置させました。とはいえ、常に時代を先取りする、革新的できれい好きのトム・セヴェリンのことですから、自身の専用車両には間違いなく浴槽を設置させたはずです。もっとも、史実に敬意を表し、いちばん目の栄冠はジョージ五世のものとしておきましょう。

親愛なる読者のみなさまに本作を楽しんでいただけることを期待しています。大好きな物語を綴り、みなさまと分かち合えるのは特権であり、喜びです！

愛を込めて
リサ

レディ・カサンドラのアフタヌーンティー・スコーン

ヴィクトリア朝時代の料理本に載っていたふわふわのスコーンのレシピを、いまの時代に合わせて少しだけアレンジしてみました。当時の人々は焼き菓子にはコーンスターチやジャガイモのでんぷんをよく使っていたため、さっくりふわふわのできあがりでした。あいにくグレッグと子どもたち、そしてわたしはレイヴネル家の人たちのように毎日アフタヌーンティーを楽しむことはできませんが、みんなでお茶にするときは必ずスコーンを作るようにしています。簡単でおいしいんですよ！

材料
小麦粉　一カップと四分の三
コーンスターチ　四分の一カップ
塩　小さじ二分の一
ベーキングパウダー　小さじ三
スティックバター　一本（一一三グラム）。冷たいものをサイコロ状にカットしておく。

全乳　四分の三カップ
スコーンに塗るためのハーフアンドハーフ（生クリームに牛乳をまぜたもの）か生クリームを少々

作り方
オーブンを二二〇度に予熱。

小麦粉、コーンスターチ、塩、ベーキングパウダーを泡立て器かフォークでまぜます。バターをペイストリーブレンダーかフォークでまぜ込み、形がなくなるまでつぶしてください。牛乳を入れ、全体的にひとつにまとまるまでまぜます。

生地に小麦粉を振りかける。のし棒とまな板にも小麦粉を振りかけ、生地を一センチほどの厚さに伸ばします（コツ：生地にできるだけさわらず、できるだけ押さないほうが、ふわふわになります）。型抜きし（わたしが使っているスコーン型は直径およそ五センチです）、くっつかないようクッキングシートを敷いた天板か耐熱皿に並べてください（わたしは上もクッキングシートで覆います）。

刷毛（はけ）でハーフアンドハーフを上部に塗ります。

一二分焼いてください（焼き時間はみなさまの判断で。おいしそうなきつね色になっていなかったら、さらに一、二分焼きましょう）。

バター、ジャム、蜂蜜、クロテッドクリームなど、お好みのものを添えておいしいスコーンをどうぞめしあがれ！

訳者あとがき

いくつもの人気シリーズを持つリサ・クレイパス。本シリーズに連なるこの作品のヒロインはカサンドラ・レイヴネルです。『パンドラの秘めた想い』のヒロイン、パンドラの結婚式のために人々が集っているところから、物語は始まります。

双子の姉妹であるパンドラが結婚し、カサンドラはひどく落ちこむとともに焦りを感じていました。両親に放置されて育ったカサンドラは愛ある結婚をしたいと思っているのに、デビューした昨シーズン中にそういう相手が見つからなかったからです。二年目のシーズンを前にして追いつめられたカサンドラは、ふたりとも二五歳まで相手が見つからなかったら結婚しようとウェスト・レイヴネルに持ちかけます。ところがちょうどその場に居合わせた平民出身の鉄道王トム・セヴェリンが、それなら自分が夫になりたいといきなり求婚。カサンドラはまるで知らない相手からの申し出に戸惑いますが、トムと長年の友人であるレイヴネル兄弟は大反対。トムはふつうの人間のような情を持っておらず、愛ある結婚などまるで望めないと知っていたからでした。それなのにカサンドラは彼に興味を惹かれてしまい……。

トム・セヴェリンは招かれない結婚式に押しかけるなど、常人とは違う傍若無人なふるまいをする男性です。しかも長年の友人であるデヴォン・レイヴネルから、彼の領地内に鉄道の線路を通す交渉で鉱山の採掘権をだましうちのように奪おうとしたことがあるなど、過去の作品に登場した彼を覚えている読者の方はあまりよくない印象を抱いていらっしゃるのではないでしょうか。けれども本作品では彼の考え方や、そうなるに至った原因である生い立ちが徐々に明かされ、とても魅力的な男性として描かれています。

一方カサンドラは金髪碧眼(へきがん)に豊満な体という男好きのする外見をしていることから、これまで見た目ばかりが評価されてきました。そのためエキセントリックで頭のいいパンドラにコンプレックスを持っているのですが、そんなパンドラとずっと一緒にやってきた彼女自身、実は頭の回転が速くて自分というものをしっかり持っている女性であることがうかがえます。平民であるトムの出自を気にすることなく、厳しい環境を生き抜いてきた大人の男性である彼に強く惹かれていくぶれない一途さが読んでいて心地よく、そんな彼女がトムの心を動かしていく様子がこの作品の読みどころとなっています。

また感情を凍りつかせたトムの心を溶かしていくもうひとりの存在が、貧民街で暮らす孤児の少年バズルで、彼はカサンドラとトムを結びつける役目を果たします。つらい境遇にありながらどこかひょうひょうとしているバズルが登場する場面では読んでいて思わず顔がほころんでしまい、この著者はやはり子どもを描くのがうまいと感心させられます。

レイヴネル一族に属する人々を描いているシリーズに属しているこの作品は、独立した一冊として充分楽しんでいただけるものです。ですがおなじみのキャラクターが繰り返し登場し、過去の作品のヒーローやヒロインのその後を垣間見られるというのがリサ・クレイパスの作品の大きな特徴となっていますので、今回初めて読んで楽しんでいただけた方は、ぜひ過去の作品も手に取っていただければと思います。本作ではカサンドラたち姉妹の幸せをひたすら願うレイヴネル兄弟の兄デヴォンの様子や、フィービーと結婚したウェストと彼女の子どもたちとの関係の変化など、シリーズの既刊を読んでくださったみなさまにはこたえられない場面がいくつもあります。

本シリーズは原書ではすでに七冊目が出版されているとのこと。こちらもご紹介できる日が来ることを願ってやみません。

二〇二一年一一月

ライムブックス

カサンドラを探して

著　者　リサ・クレイパス
訳　者　緒川久美子

2021年12月20日　初版第一刷発行

発行人　成瀬雅人
発行所　株式会社原書房
〒160-0022東京都新宿区新宿1-25-13
電話・代表03-3354-0685　http://www.harashobo.co.jp
振替・00150-6-151594
カバーデザイン　松山はるみ
印刷所　中央精版印刷株式会社

落丁・乱丁本はお取替えいたします。
定価は、カバーに表示してあります。
 ISBN978-4-562-06545-5 Printed in Japan